ANDRZEJ MALESZKA

MAGICZNE DRZEWO

ANDRZEJ MALESZKA

MAGICZNE DRZEWO

INWAZJA

ILUSTRACJE

ANDRZEJ MALESZKA

znak emotikon

KRAKÓW 2016

Projekt okładki i ilustracje
Andrzej Maleszka

Fotografia na 4. stronie okładki
Archiwum autora

Opieka redakcyjna
Maria Makuch

Adiustacja
Anna Szulczyńska

Korekta
Anna Szulczyńska
Judyta Wałęga

Projekt typograficzny
PARASTUDIO

Łamanie
Irena Jagocha

Na okładce i ilustracjach wykorzystano fotografie bohaterów autorstwa
Macieja Mańkowskiego i Moniki Lisieckiej oraz elementy zdjęć autorstwa
© Andrzej Maleszka
© PIMPAN/Shutterstock
© zhu difeng/Shutterstock
© Denis Belitsky/Shutterstock
© Abeselom Zerit/Shutterstock
© Juniors Bildarchiv GmbH/Alamy Stock Photo
© Kevin Foy/Alamy Stock Photo
© agsandrew/Depositphotos
© Bluekaizer/Dreamstime
© Algol/Dreamstime
© Manuela Ferreira/Dreamstime
© Jacek Chabraszewski/Dreamstime
© Abeselom Zerit/123RF
© MyShotz/bigstockphoto.com

Wykonanie modelu robota 3D
Piotr Budzowski

ISBN 978-83-240-3989-0

Książki z dobrej strony: www.znak.com.pl
Społeczny Instytut Wydawniczy Znak, 30-105 Kraków, ul. Kościuszki 37
Dział sprzedaży: tel. (12) 61 99 569, e-mail: czytelnicy@znak.com.pl
Wydanie I, Kraków 2016
Druk: Colonel, Kraków

W dwutysięcznym roku nad doliną Warty przeszła straszliwa burza. Trwała bez przerwy przez trzy dni i trzy noce. Przerażone zwierzęta kryły się w najgłębszych norach. Małe dzieci chowały głowy pod poduszki, by nie słyszeć nieustającego huku grzmotów. W wielu domach zgasło światło, a dachy porwała wichura.

Trzeciego dnia piorun uderzył w olbrzymi stary dąb rosnący na wzgórzu. Drzewo pękło i runęło na ziemię. Zadrżały domy w całej dolinie, a burza natychmiast ustała.

Nie był to zwyczajny dąb. Było to Magiczne Drzewo. Miało w sobie ogromną, cudowną moc, lecz wtedy nikt o tym nie wiedział.

Ludzie zawieźli je do tartaku i pocięli na deski. Z drewna zrobiono setki różnych przedmiotów, a w każdym przedmiocie została cząstka magicznej mocy. W zwyczajnych rzeczach ukryła się siła, jakiej nie znał dotąd świat. Wysłano je do sklepów i od tego dnia na całym świecie zaczęły się niesamowite zdarzenia.

INWAZJA

TRACH! Coś wielkiego spadło za murem.

Alik skulił się w kryjówce. Nie widział, co uderzyło w ziemię, ale musiało być olbrzymie, bo mur zadygotał i uniósł się pył. Po chwili usłyszał miarowy huk. ŁUP! ŁUP! ŁUP! Jakby szedł ktoś wielki.

Ogromny!

Chodnik drżał. Huk narastał. Zbliżał się do Alika.

Chłopak rzucił się do ucieczki. Pędził jak szalony. Musiał zawiadomić przyjaciół o straszliwym niebezpieczeństwie.

Musiał zdążyć.

Kuki, Gabi, Idalia i Blubek stali naprzeciwko szkoły, obok budki z lodami. Sprzedawano tu najlepsze lody w okolicy. Zwłaszcza jagodowe były super. Uczniowie często tu wstępowali przed lekcjami.

– Naprawdę nie macie? – spytał Kuki.

– Nie – westchnął Blubek. – Zapomniałem zabrać kasę.

– Ja też nie mam – powiedziała Gabi. – Ani grosza…

– Może polecimy do domu po forsę?

– Nie zdążymy. Za pięć minut zaczynają się lekcje.

– No to nie ma wyjścia – zdecydował Kuki. – Idalia, musisz to załatwić.

– Gotówka czy karta? – spytała dziewczynka.

– Raczej gotówka. Tylko ostrożnie, żeby ludzie nie zobaczyli.

Idalia zamknęła oczy i coś wyszeptała. Powiał gwałtowny wiatr, zaszumiały liście na drzewach. Potem wszystko się uspokoiło.

– Już! – powiedziała Ida. – Masz to w kieszeni.

Kuki sprawdził, czy nikt nie patrzy, i sięgnął do kieszeni.

– Jest.

Wyciągnął banknot, który wyglądał jakoś dziwnie.

– Ej... Ida! Coś ty wyczarowała? To nie są nasze pieniądze!

Wszyscy się pochylili.

– To banknot japoński – szepnęła Gabi. – Jeny.

– Przepraszam – westchnęła Ida. – Nie powiedziałam dokładnie, jakie mają być. Zaraz go wymienię.

Szybko coś wyszeptała. Banknot wyrwał się z ręki Kukiego, obrócił się kilka razy i znów wylądował na jego dłoni. Wyglądał inaczej.

– Okej – powiedział Kuki. – Teraz jest w porządku. To nasza forsa.

– Szybko, kupujmy! – popędził go Blubek. – Bo zaraz zaczną się lekcje.

– A co z Alikiem? – spytała Ida.

– Weź dla niego porcję jagodowych. Na pewno zaraz przyjdzie...

Alik pędził jak szalony ulicą Kasztanową. Pełno tu było uczniów idących do szkoły. Dzieci śmiały się i wygłupiały, nieświadome zagrożenia. Alik dostrzegł przyjaciół stojących obok budki z lodami. Pobiegł do nich. Z rozpędu wpadł na Blubka, wytrącając mu lody z ręki.

– Ej! Co robisz!? – krzyknął Blubek.

Chłopiec nie odpowiedział. Z trudem łapał oddech. Podeszła do niego Idalia.

– Co się stało?

– Oni... – wyszeptał Alik. – Oni przybyli!

– Kto!?

– Ogromni! Przylecieli na Ziemię! Wylądowali w starej fabryce... To jest inwazja!*

– Jesteś pewny!? – krzyknął Kuki.

– Tak!

– Znowu coś ci się przywidziało! – mruknął Blubek, próbując zetrzeć z bluzy jagodową plamę.

---

* Na stronie 440 znajdziecie opis Świata Ogromnych i inne ważne informacje.

– Nie! Oni naprawdę tam są! – krzyczał Alik. – Chodźcie!

Pociągnął Idalię za rękę i pobiegli razem ulicą Kasztanową.

Kuki spojrzał na szkołę. Zaraz miały się rozpocząć lekcje, ale jeżeli Ogromni naprawdę przybyli, nie miało to znaczenia. Razem z Gabi popędzili za Alikiem. Za nimi ruszył Blubek, mrucząc coś pod nosem.

Dobiegli do skrzyżowania z ulicą Stromą. Na jej końcu znajdowała się stara fabryka motocykli, od dawna nieczynna.

– Są tam! – szepnął Alik.

Z fabryki dochodziło głośne dudnienie, jakby olbrzym rozwalał kopniakami dom. Słychać było huk sypiącego się gruzu. Nad murem, który otaczał fabrykę, unosiła się chmura pyłu.

Wszyscy zbladli. Wyglądało na to, że Alik mówi prawdę.

– Trzeba sprawdzić, co się tam dzieje – powiedział niepewnie Kuki.

Podbiegli do muru. Tutaj huk był jeszcze większy. ŁUP! ŁUP! Chodnik drżał.

– To Ogromni... Na pewno! – wyszeptał Alik. – Kiedy chodzą, zawsze jest taki huk. Pamiętam to...

Inni też pamiętali. Przecież oni także byli w Świecie Ogromnych. Gdy szły olbrzymy, ulica zawsze drżała.

TRACH! Rozległ się łoskot przewracanej ściany.

– Olbrzymy niszczą domy! – krzyknął Alik. Chciał uciekać.

– Alik, spokojnie! – szepnął Kuki. – Powiedz, czy ich widziałeś? Wchodziłeś za ten mur?

– Nie. Jak tylko ich usłyszałem, zaraz pobiegłem po was...

TRZASK! Za murem posypało się jakieś żelastwo. Jakby ktoś zrzucił samochód z trzeciego piętra.

– Trzeba zawiadomić policję! – zawołała przerażona Gabi. – Ludzie muszą uciekać z miasta, bo olbrzymy ich zadepczą.

Kuki ją zatrzymał.

– Czekaj! Najpierw trzeba sprawdzić, co się tam dzieje. Ida, przygotuj się. Jeśli tam są Ogromni, bądź gotowa wykonać czar.

Wszyscy spojrzeli na Idalię. W razie niebezpieczeństwa tylko ona mogła ich ocalić.

– Jestem gotowa – powiedziała dziewczynka.

– Ruszamy!

Zaczęli się skradać wzdłuż muru, aż dotarli do bramy. Ostrożnie zajrzeli. Nad fabrycznym placem unosił się pył. Nie było widać olbrzymów, ale budynek fabryki był zniszczony. Została tylko jedna ściana. Nagle rozległ się huk i ściana się rozpadła.

W tej chwili usłyszeli wołanie:

– Co wy tu robicie!?

Odwrócili się. Biegł do nich mężczyzna w kasku i w pomarańczowej kamizelce. Nie był olbrzymem. Miał normalny wzrost i wyglądał na zwykłego robotnika.

– Dzieciaki! Czy wyście zwariowały!? – krzyczał. – Nie wolno tu wchodzić. Tutaj wyburzają budynki.

– Olbrzymy?

– Co? Jakie olbrzymy? Firma rozbiórkowa burzy starą fabrykę. Powstanie tu pływalnia.

Pył opadł i zobaczyli żółtą maszynę kruszącą ścianę. Dalej wielkie koparki ładowały gruz na ciężarówki. Żadnych Ogromnych tu nie było. Po prostu odbywała się rozbiórka starych budynków.

– Idźcie stąd! – zawołał pracownik. – Bo jeszcze coś na was spadnie. No już! Uciekajcie!

Wypchnął dzieci za bramę i zatrzasnął ją.

W milczeniu szli do szkoły. Alik wlókł się na końcu i patrzył w chodnik. Było mu wstyd, że niepotrzebnie wywołał alarm.

Blubek próbował zetrzeć z bluzy plamę po lodach. Spoglądał ze złością na Alika.

– Wiedziałem, że to ściema – burknął. – Spóźnimy się na lekcje przez twoje głupie obsesje.

– Blubek, nie mów tak! – szepnęła Gabi.

– Przecież to prawda. Już dwa razy narobił paniki: „Ratujcie! Ogromni spadli mi na głowę! Pożarli pół miasta". Więcej nie dam się nabrać!

Alik patrzył na Blubka, zagryzając wargi, nagle się odwrócił i popędził na szkolne boisko.

– Dokąd lecisz!? – zawołał Kuki. – Musimy iść na lekcje!

Alik nie reagował. Przebiegł boisko i zniknął za budynkiem sali gimnastycznej.

– Trzeba go poszukać – powiedział Kuki.

– Idźcie na lekcje! – zawołała Ida. – Ja go znajdę.

Nie czekając na odpowiedź, pobiegła na boisko.

– Żal mi Alika – westchnęła Gabi. – On nadal boi się Ogromnych... Wciąż mu się wydaje, że olbrzymy tu przylecą...

– To chyba lepiej – powiedział Kuki.

– Co jest lepiej? – spytał Blubek.

– Że mu się tylko wydaje. Chyba nie chcecie, żeby Ogromni naprawdę tu przybyli?

– Poważnie myślisz, że oni kiedyś do nas przylecą?

Zanim Kuki odpowiedział, usłyszeli wołanie:

– Na co czekacie!? Na specjalne zaproszenie? – W drzwiach szkoły stała woźna. – Lekcje już się dawno zaczęły. Pędźcie do klas! Szybko!

Pobiegli do budynku.

Idalia wędrowała wokół szkoły, szukając wszędzie Alika. Nigdzie go nie było. Po namyśle Ida przeszła przez dziurę w płocie do parku za szkołą. Był to zarośnięty i ponury teren. W środku parku stały budynki twierdzy z czasów wojny. Mieściło się tam muzeum wojskowe. Na trawniku ustawiono kilka starych armat, był też podziemny schron ze stalowymi drzwiami. Muzeum pilnował strażnik, który najczęściej drzemał.

Idalia nie lubiła tego miejsca, za to Alik często tu przychodził. Kiedy było mu smutno, chował się w podziemnym schronie.

Ida minęła budkę strażnika i wbiegła na teren twierdzy. Zobaczyła, że drzwi do schronu są otwarte. Ostrożnie tam zajrzała.

– Alik!

Nikt jej nie odpowiedział, ale usłyszała jakiś szelest. Zeszła schodami do podziemnego pomieszczenia. Zobaczyła Alika. Siedział na ławce oparty o betonową ścianę schronu.

– Alik…

– Zostaw mnie.

Idalia podeszła do chłopca.

– Chodź na lekcje…

Alik spojrzał na nią niechętnie.

– Nie chcę nigdzie iść – mruknął.

– Czemu?

– Wszyscy się ze mnie śmiejecie! Blubek i wszyscy. Myślicie, że jestem tchórzem. Że mam pomieszane w głowie!

– Nikt się z ciebie nie śmieje.

– Właśnie że tak! Śmieszy was, że wciąż się boję Ogromnych. A zresztą to prawda. Tak! Boję się. Stale mi się zdaje, że Ogromni przylecą i mnie porwą. Albo że wszystko tu zniszczą. Blubek ma rację! Mam obsesję! Jestem porąbany.

– To nieprawda! – zawołała Idalia. – Jesteś zupełnie normalny. Po prostu żyłeś wiele lat w Świecie Ogromnych. I to wciąż siedzi w twojej głowie. Ja byłam tam krótko, a i tak stale mi się to śni. Na przykład wielka łapa, która włazi do pokoju i mnie porywa.

Chłopiec zerknął na Idę, ale nic nie powiedział. Dziewczynka usiadła obok niego.

– Alik, naprawdę myślisz, że olbrzymy przylecą kiedyś na Ziemię?

– Tak. Pewnego dnia odkryją działanie puzzli i tu przybędą. Jestem pewny! I jeśli kogoś porwą, to na pewno mnie! Bo ja wiem wszystko o ich świecie. Jestem dla nich niebezpieczny. Dlatego przygotowałem w tym schronie kryjówkę. Mam tu zapasy. – Alik wskazał ciemną przestrzeń pod ławką. – Schowałem tam śpiwory i jedzenie. I puzzle.

– Trzymasz tu puzzle!? – zawołała zdumiona Idalia. – Po co?

– Żeby ktoś ich nie znalazł i przypadkiem nie przeniósł się do ich świata. I żeby…

– Co?

– Ida… Ja czasem myślę, że trzeba obronić Ziemię przed Ogromnymi. Spowodować, żeby oni tu nie przybyli.

– W jaki sposób?

– Powinienem ułożyć puzzle i znów przenieść się do Świata Ogromnych…

– Zwariowałeś!? – krzyknęła Ida. – Po co chcesz się tam przenosić?

– Żeby zniszczyć ich puzzle. Rozumiesz? Spaliłbym tamte puzzle, które są w Świecie Ogromnych. W ten sposób droga zostałaby odcięta i oni nie mogliby nas zaatakować. To byłoby jak akcja komandosów. Wyprawa, by ocalić świat.

– Bez sensu! – zawołała Ida. – Gdybyś zniszczył ich puzzle, nie wróciłbyś na Ziemię! Zostałbyś na zawsze w Świecie Ogromnych.

– Wiem... – szepnął Alik. – Dlatego nie mam odwagi tego zrobić... Ale kiedyś się odważę!

– Nie zgadzam się, żebyś zrobił coś tak głupiego! – krzyknęła Ida. Chwyciła Alika za rękę. – Posłuchaj. Może Ogromni naprawdę kiedyś tu przybędą. Ale ja też mam wielką moc. Jeśli olbrzymy przylecą, to będę z nimi walczyć. Wszyscy będziemy. Obronimy ciebie.

– Ja sam się obronię! – zawołał Alik. – Nie potrzebuję niczyjej pomocy. Nie jestem tchórzem.

– Alik...

– Zostaw mnie w spokoju!

Chłopiec się zerwał, popędził na schody i wybiegł ze schronu.

Idalia chciała biec za nim, ale nagle się zatrzymała. Chwilę stała bez ruchu, intensywnie o czymś rozmyślając. Potem uklękła i zajrzała pod ławkę.

Było tam czerwono-złote pudło z napisem *TERRA MAGNORUM*. Karton z puzzlami! Dziewczynka na jego widok zadrżała. To był przedmiot, który przeniósł ją kiedyś do strasznego Świata Ogromnych. Nienawidziła go.

Wyciągnęła pudło i otworzyła je. Stos puzzli świecił w mroku. Idalia patrzyła na nie ze złością.

– Nie chcę, by Alik się przenosił do Świata Ogromnych – szepnęła. – Nie chcę, żeby stało mu się coś złego... Skupiła wzrok na puzzlach i zawołała: – Żądam, żeby one zniknęły! Żeby przestały istnieć!

Karton z puzzlami podskoczył. Wystrzeliły z niego płomienie i dym. Elementy układanki się zapaliły. W kilka sekund spłonęły, zmieniając się w garść popiołu.

Puzzle przestały istnieć.

Idalia zamknęła karton i schowała go pod ławką.

– Dobrze, że to zrobiłam – szepnęła i wybiegła ze schronu.

Przez kilka następnych dni Alik unikał przyjaciół. Nie rozmawiał z nimi i nie odpowiadał na esemesy.

– Żal mi Alika – mówiła Gabi, kiedy wracali po lekcjach z Idalią, Kukim i Blubkiem. – On myśli, że uważamy go za tchórza.

– To moja wina – westchnął Blubek. – Bez sensu mu powiedziałem, że ma obsesję. Zawsze coś głupiego powiem…

– Mam pomysł! – zawołała Idalia.

– Jaki? – spytał Blubek.

– Alik ma w piątek urodziny. Przygotujmy dla niego coś fajnego. Żeby wiedział, że go lubimy.

– Masz na myśli jakiś wypasiony prezent?

– Nie. Chodzi o coś specjalnego. O superurodziny.

– Czyli co? – zapytał Kuki.

– Zabierzmy Alika w jakieś niesamowite miejsce. Ja wyczaruję tam piękny dom. I niezwykłe potrawy. Dekoracje i fajerwerki. Żeby było jak w filmie!

– Polecimy dra-kulą?

– Tak.

– Dokąd? – spytał Blubek.

– No... Tego jeszcze nie wiem... – powiedziała Ida.

– Niech do jutra każdy wymyśli, gdzie najfajniej można urządzić urodziny Alika – zaproponowała Gabi. – Wybierzemy najlepszy pomysł.

– Rodzice nas nie puszczą na żadną wyprawę – powiedział niepewnie Blubek.

– Idalia ich zaczaruje, żeby się zgodzili!

– No dobra – powiedział Kuki. – Spotkajmy się jutro po lekcjach i wszystko ustalimy.

– Tylko Alikowi ani słowa – powiedziała Ida. – To musi być niespodzianka.

Następnego dnia spotkali się wszyscy u Kukiego. Oczywiście był także Budyń.

– No więc – spytała Gabi – jakie macie pomysły?

– Przede wszystkim na urodzinach musi być pyszne jedzonko – powiedział kundelek. – Ja proponuję tort z kiełbasek…

Kuki mu przerwał:

– Budyń, przestań gadać o żarciu. Najpierw trzeba ustalić, dokąd lecimy.

– Może na Antarktydę? – zaproponował Blubek. – Urządzimy mu urodziny w zamku z lodu.

– Nienawidzę zimna! – zawołała Gabi. – Lećmy na tropikalną wyspę, gdzie jest ciepło i można nurkować.

– A może polecimy dookoła świata – zaproponowała Idalia. – I będziemy lądować w najciekawszych miejscach.

– To potrwa rok – zaprotestował Blubek. – A w dra-kuli jest masakrycznie ciasno.

– No to co robimy?

Kuki wstał.

– Słuchajcie. Ja myślę, że powinniśmy lecieć gdzieś blisko.

– Dlaczego? – spytała Gabi.

– Bo w razie kłopotów będzie łatwo wrócić do domu.

– A konkretnie jaką masz propozycję?

– Góry Złote. Byłem tam z rodzicami, pod namiotem. Tam jest bardzo fajnie. Wysokie góry, rzeka i las. I nie ma ludzi. Możemy tam wyczarować dom i różne rzeczy i nikt tego nie zobaczy.

– Jak daleko jest do tych gór?

– Blisko... Dra-kulą dolecimy w godzinę.

Ustalili, że polecą w góry na trzy dni. Idalia wyczarowała specjalne „ciasteczka zgody". Kto je zjadł, spełniał każdą prośbę. Dali ciastka rodzicom i spytali: „Zgadzacie się, żebyśmy pojechali sami w góry?". Rodzice zawołali: „Tak!" (oczywiście normalnie nigdy by się nie zgodzili).

Jeden problem został więc rozwiązany.

Pozostawała sprawa Alika. Jak go zabrać w góry? Oczywiście mogli użyć ciastka zgody, ale wtedy zdradziliby niespodziankę. Poza tym Alik nadal ich unikał.

– Ja wymyśliłam sposób – powiedziała Idalia.

Wyciągnęła z plecaka przedmiot, który wyglądał jak połączenie radia z zegarem. Miał wyświetlacz, dwa pokrętła i głośnik.

– Co to jest? – zdziwił się Kuki.

– Antybudzik.

– Czemu „anty"?

– Bo zwykły budzik nas budzi. A antybudzik usypia.

– Usypia?

– Tak. Gdy się go włączy, zaczyna grać muzyka. Kto ją usłyszy, zaraz zasypia. Te dźwięki mają taką moc, że uśpią każdego człowieka. Na minutę albo na wiele dni. Zależy, jak nastawisz antybudzik.

Blubek oglądał z zaciekawieniem urządzenie.

– A można sterować zasięgiem?

– Tym pokrętłem ustawiasz czas snu. A tym zasięg działania i moc. Gdy przekręcisz w prawo, dźwięk się wzmacnia i słychać go daleko. Przy maksymalnej mocy nawet bardzo daleko! Można uśpić całe miasto.

– Ale po co nam ten antybudzik? – pytał Budyń.

– Włączymy go przy Aliku i uśpimy go na dwie godziny. Wsadzimy do dra-kuli i polecimy. Zanim Alik się obudzi, wszystko przygotujemy. Kiedy otworzy oczy, zobaczy superniespodziankę.

– A my? Przecież nas to też uśpi!

– Założymy słuchawki, więc nie usłyszymy tej muzyki.

– Jakaś megaskomplikowana sprawa – powiedział Kuki. – Nie lepiej dać mu tabletki na sen?

– Nie.

– Czemu?

– Bo po tabletkach boli głowa. I nie można sterować długością snu.

– Czuję, że będą kłopoty – westchnął Kuki.

Spotkali się z Alikiem na szkolnym boisku. Od kilku dni ze sobą nie rozmawiali. Chłopak patrzył na nich nieufnie.

– Po co mnie zawołaliście? – mruknął.

– Chcemy ci coś pokazać – powiedziała Idalia.

Wyciągnęła antybudzik. Potem ona i reszta szybko wcisnęli na uszy słuchawki.

– Co wy kombinujecie!? – zawołał Alik

PSTRYK. Ida włączyła urządzenie. Zamigotała czerwona lampka. A potem cicho zagrała muzyka. Dziwne dźwięki, jakich nie słyszał jeszcze nikt na świecie.

Alik krzyknął:

– Co to…!?

Nie dokończył. Nagle jego oczy się zamknęły. Zachwiał się i powoli osunął się na trawę.

Ida uklękła i dotknęła jego policzka. Chłopak nawet nie drgnął.

– Śpi…

Wyłączyli antybudzik i zdjęli słuchawki. Szybko powiększyli dra-kulę. Ostrożnie umieścili Alika w pojeździe i wystartowali.

Polecieli na południe, w stronę gór. Dra-kula mknęła szybko na dużej wysokości. Kierował Blubek. Alik spał skulony na fotelu. Ida otuliła go kocem i pilnowała, żeby było mu wygodnie.

Na konsoli sterującej siedział minirobot Korto. Zaprosili go na urodziny, bo dzięki niemu odnaleźli kiedyś Alika w Świecie Ogromnych. Robot patrzył na uśpionego chłopca i mruczał:

– Głupio… Zły pomysł…

– Korto ma rację – powiedziała Gabi. – Alikowi nie będzie się to podobać. Powie, że go porwaliśmy.

– Przecież to dla jego dobra! – protestowała Idalia. – Chcemy zrobić mu fajną niespodziankę…

– Zobaczcie! – przerwał jej Kuki. – Widać już Góry Złote… Tam…

Przed nimi pojawiły się wzniesienia porośnięte lasem. Dalej było widać wysokie szczyty, które w świetle zachodzącego słońca naprawdę wyglądały jak złote. Po paru minutach głos w nawigacji obwieścił: JESTEŚMY NA MIEJSCU. Blubek pociągnął za joystick. Dra-kula łagodnie wylądowała na leśnej polanie.

Otworzyli właz i wysiedli.

– Ale tu ślicznie! – zawołała Gabi.

Polanę otaczały wielkie świerki obrośnięte mchem. Wyglądały jak baśniowe stwory. Na skraju polany płynął strumień. Dalej piętrzyły się wysokie góry. Miejsce było piękne i zupełnie bezludne.

– Dokładnie tu byliśmy z rodzicami! – zawołał Kuki. – Nawet są ślady po namiotach. Chodźcie, pokażę wam coś.

– Nie ma czasu! – protestowała Ida.

– To jest blisko. Chodźcie.

Śpiącego Alika zostawili w dra-kuli. Pozostałych Kuki poprowadził drogą przez las. Po stu metrach ścieżka się urywała jak ucięta nożem. Dalej była przepaść, okrągła jak garnek i straszliwie głęboka. Ze wszystkich stron otaczały ją pionowe skały. Brzegi zabezpieczał łańcuch umocowany do drewnianych słupów. Podeszli ostrożnie i zajrzeli w czeluść przepaści. Aż się wzdrygnęli, tak była głęboka.

– Ta przepaść nazywa się Czarny Kocioł – szepnął Kuki. – Jest straszna, no nie? Tato nie pozwalał mi tu przychodzić.

– Chyba miał rację – mruknął Blubek. – Kto tam wpadnie, to raczej już nie wylezie.

– Okropne miejsce – powiedziała Gabi. – Chodźmy stąd… Trzeba wszystko przygotować, zanim Alik się obudzi.

Wrócili na polanę.

– Od czego zaczynamy? – spytała Idalia.

– Najpierw trzeba wyczarować dom – powiedziała Gabi.

– Ale jaki?

Każdy miał inny pomysł. Blubek chciał stworzyć supernowoczesny budynek, gdzie wszystko będzie automatyczne. Kuki wolał coś tajemniczego, na przykład stary zamek. Gabi zaprojektowała chatkę z żywych roślin, która sama wyrośnie. Ida wymyśliła dom jak karuzela. Miał się powoli obracać, żeby za oknami był wciąż inny widok. Każdy narysował swój projekt na kartce.

– No więc który mam wyczarować? – spytała Idalia.

Nie mogli się zdecydować. W końcu spytali robota:

– Korto, powiedz, który pomysł jest najlepszy?

– Żaden... Nie rób nic – mruknął zgrzytliwym głosem Korto. – Marnotrawstwo... Marnujesz wszystko.

Robot patrzył na Idalię jakby ze złością.

– O co mu chodzi? – szepnął Kuki.

– Nieważne – mruknął Blubek. – Korto stale narzeka. Chyba procesory mu się już zestarzały...

Rzeczywiście, robot ostatnio chodził z trudem i często miał zły humor.

– Pospieszmy się, bo Alik zaraz się obudzi! – zawołała Gabi.

– Dobra. Będę losować – powiedziała Ida. Zamknęła oczy i na oślep wyciągnęła jedną z kartek z narysowanym budynkiem. – Chcę, żeby powstał taki dom! – powiedziała.

Ziemia pod ich stopami poruszyła się gwałtownie. Idalia otworzyła oczy. Spod ziemi powoli wysuwał się błyszczący, stalowy budynek.

– Łał! – krzyknął Blubek. – Ja wygrałem!

Faktycznie. Ida wylosowała projekt Blubka. Dom był z metalu i szkła. Przypominał bazę kosmiczną z *Gwiezdnych wojen*. Wyglądało to, jakby w lesie wylądowało UFO. Prawdę mówiąc, dom Blubka kompletnie nie pasował do leśnej polany.

Podeszli nieufnie do błyszczących stalowych drzwi. Nie było klamki.

– Ej… Blubek! Jak mamy wejść do tego wynalazku? – spytał Kuki.

– Drzwi są na pilota.

– Dawaj go.

Blubek rozejrzał się niepewnie.

– Pilot chyba się nie wyczarował. Pewnie zapomniałem go narysować. Ale na pewno da się jakoś wejść.

Zaczął pchać drzwi, które nawet nie drgnęły. W końcu rozłoszczony Blubek wymierzył drzwiom kopniaka. Wtedy rozległ się piskliwy alarm. AŁU! AŁU! Zamigotały lampy. Ptaki zerwały się z drzew i odfrunęły. A potem ze ścian domu zaczęły się wysuwać rury, jakby lufy armatnie. Skierowały się w stronę dzieci. TRACH! TRACH! Z luf wystrzeliły metalowe siatki. Spadły na Blubka i na Gabi, a potem dopadły Kukiego i Idalię. Sieci zacisnęły się, krępując ciasno jeńców. Zostali uwięzieni jak muchy w pajęczynie.

– Blubek! Co to ma być!? – wydzierał się Kuki, próbując rozerwać sieć. – Coś ty wymyślił, kretynie!?

– Sorry... To miała być pułapka na złodziei – jęczał Blubek. – Jakby ktoś chciał się włamać, to dom strzela sieciami i łapie złodzieja.

– Rany! Czy musiałeś wymyślić coś tak głupiego!? – krzyczał Kuki.

– Idalia, zlikwiduj ten dom! – błagała Gabi.

– Nie mogę!

– Czemu!?

– Nie widzę go!

Sieć uwięziła Idę, gdy dziewczynka stała tyłem do budynku. Oplątana stalową siatką nie mogła się obrócić i spojrzeć na dom. A jej rozkazy działały tylko na to, co widziała!

– No to będą fajne urodziny! – wykrztusił Kuki. Ledwo mówił, bo stalowa siatka go dławiła.

Uratował ich Budyń. On jeden nie został uwięziony. Podbiegł do Idy i zaczął szarpać metalową sieć. Ciągnął z całej siły. Zdołał ją trochę rozluźnić i Idalia olbrzymim wysiłkiem odwróciła głowę. Skupiła wzrok na domu i krzyknęła:

– Zniknij!

Dom rozpłynął się w powietrzu. Stalowe sieci zniknęły razem z nim.

Byli wolni.

Minęła dłuższa chwila, zanim doszli do siebie. W końcu Gabi powiedziała:

– Słuchajcie. Trzeba wyczarować zwykły dom, bez żadnych kombinacji!

Idalia zamknęła oczy i powiedziała:

– Proszę o zwyczajny dom, ale żeby był ładny.

Tym razem poszło lepiej. Najpierw powiał wiatr, unosząc wir piasku i igliwia. Gdy kurzawa opadła, odsłonił się dom. Był zwykły, trochę staroświecki, ale wyglądał bardzo miło. Drzwi były otwarte.

Weszli do środka. Na parterze był duży salon pomalowany na niebiesko. Stał tu wielki stół przykryty obrusem, a dookoła krzesła z wesołymi żółtymi poduszkami.

– Fajnie, tylko brakuje urodzinowych dekoracji – stwierdziła Gabi.

– Zaraz to załatwię! – zawołała Ida.

Zaczęła szeptać. Po chwili na stole pojawiło się mnóstwo balonów. PUFF! Same się nadmuchały i poleciały pod sufit. Miały kształty słoni, hipopotamów i lwów. Na każdym był napis: ALIK, LUBIMY CIĘ. Potem Idalia wyczarowała kolorowe lampki, które fruwały pod sufitem jak motyle. Na środku pokoju stworzyła fontannę z konfetti. Wyglądało to naprawdę fajnie i wszystkim się podobało. Tylko robot Korto skrzeczał:

– Marnotrawstwo... Co za głupie marnotrawstwo!

Nie zwracali na niego uwagi.

– Teraz coś do jedzenia! – zawołał Kuki.

Idalia otarła czoło, chyba była zmęczona tyloma życzeniami.

– Dobrze się czujesz? – spytała Gabi.

– Tak. Co mam wyczarować?

– No… różne pyszne rzeczy. I dużo owoców!

– I naleśniki! – dodał Kuki.

– Pizzę! – zawołał Blubek.

– Serki, różne smaki! – poprosiła Gabi. – I ciastka migdałowe!

– I kilka arbuzów! – zamówił Kuki.

– I dużo kiełbasek czosnkowych… – pisnął Budyń.

– Poczekajcie… Bo nie zapamiętam wszystkiego! – Idalia zaczęła wymieniać zamówione potrawy, a na końcu dodała: – Niech tutaj przylecą.

Spojrzeli w okno. Niebo pociemniało i rozległ się głośny szum. Jakaś wielka chmura zbliżała się do domu.

– Co to jest? – spytała niepewnie Gabi.

– Spokojnie… Po prostu leci jedzenie.

– Wygląda trochę dziwnie – mruknął Blubek.

Kiedy chmura się zbliżyła, zobaczyli coś zdumiewającego. Leciały do nich owoce, ciastka i kiełbasy. Wszystkie miały skrzydła i dzioby jak ptaki! A także łapy z pazurami! Za nimi szybowały naleśniki i pizze, wirując w powietrzu jak eskadra UFO.

Nim ktoś się odezwał, okno się otworzyło i jedzenie wleciało do pokoju. Fruwało nad dziećmi, wymachując skrzydłami. Kuki próbował złapać przelatującą gruszkę, ale wrzasnął z bólu.

– Ała!

– Szefie, co jest!? – zawołał Budyń.

– Ta debilna gruszka mnie dziobnęła! Ida! Coś ty wyczarowała!?

– Nie wiem… Ja tylko chciałam, żeby jedzenie samo tu przyleciało. Jak te ptaki, co fruwają nad drzewami.

Spojrzeli w okno. Na niebie unosiło się kilka dużych ptaków.

– To są myszołowy! – zwołała Gabi. – Drapieżne ptaki!

– To znaczy, że wyczarowałaś drapieżne żarcie! – jęknął Blubek. – Mamy przerąbane!

– Uwaga! Atakują!!!

Latające owoce rzuciły się na dzieci. Miały kłujące dzioby i ostre pazury. Atakowały ze wszystkich stron. Jabłka dziobały, gruszki drapały i rozdzierały ubrania. Nawet latające truskawki żądliły boleśnie jak osy. Ale najgorsze były naleśniki. Dolatywały i uderzały. PLASK! CHLAST! Biły naprawdę mocno. To bolało, a w dodatku parzyło, bo naleśniki były gorące.

– Te kretyńskie naleśniki nas wykończą! – wrzeszczał Blubek.

Wybiegli z domu, ale jedzenie poleciało za nimi. Ścigało ich jak stado wściekłych wampirów.

Budynia goniły drapieżne kiełbasy. Biedny kundelek uciekał slalomem, a serdelki ścigały go zaciekle. Gabi zaatakowały latające banany. Wyglądały niewinnie, ale miały naprawdę ostre dzioby.

Pikowały ze wszystkich stron i wściekle ją szarpały.

– Ida, zlikwiduj je! – wrzeszczała Gabi. – Odwołaj ten czar.

Sprawa nie była prosta, bo latające jedzenie poruszało się błyskawicznie. Chowało się za drzewami i atakowało znienacka. Idalia biegała, krzycząc do każdego napastnika:

– Zniknij! Zniknij!

Reszta próbowała jej pomóc, łapiąc drapieżne jabłka i gruszki. Owoce wyrywały się i drapały.

– Znikaj! Znikaj! – krzyczała Idalia, biegając od jednego latającego potwora do drugiego.

Musiała wykonać naprawdę mnóstwo czarów, żeby zlikwidować wszystkich napastników.

Wreszcie drapieżne jedzenie zostało anihilowane. Przynajmniej tak im się zdawało. Bo nagle nie wiadomo skąd wyleciał arbuz z wielkim dziobem i spadł na Kukiego jak bomba. Trafiony w głowę chłopak runął na trawę, a upiorny owoc wbił szpony w jego bluzę.

Było to naprawdę niebezpieczne. Na szczęście, zanim drapieżnik rozszarpał Kukiego, Idalia zdążyła dobiec i wrzasnąć:

– Znikaj!

Arbuz eksplodował i rozpłynął się w powietrzu.

– To chyba wszystkie… – szepnęła dziewczynka.

Usiadła na ziemi i oddychała ciężko. Była straszliwie zmęczona. Kuki, słaniając się na nogach, podszedł do strumienia. Zmoczył bluzę i przyłożył do obolałej głowy. Wszyscy oglądali podarte ubrania i liczyli skaleczenia.

– O rany… Ale się narobiło!

Z jakiejś dziury wylazł Korto.

– Już dziewięćdziesiąt… – skrzeczał. – Prawie koniec… Bez sensu… Co za marnotrawstwo!

Byli tak zmęczeni, że nawet nie próbowali pojąć, o co mu chodzi.

Po kilku minutach odpoczynku jakoś doszli do siebie. Tylko Idalii wciąż kręciło się w głowie. Z trudem się podniosła.

– No dobra… – powiedział Kuki. – Musimy szybko działać, bo Alik zaraz się obudzi. Trzeba wyczarować normalne jedzenie. Tylko, Ida, błagam, żadnych wściekłych arbuzów.

Wrócili do domu i Idalia poprosiła o zwyczajne jedzenie. Mówiła bardzo cicho i była niezwykle blada, ale na razie nikt na to nie zwrócił uwagi.

Na stole wyrosły talerze ze zwyczajnymi potrawami. Wyglądały zachęcająco. Budyń chciał nawet porwać jedną kiełbaskę, ale Kuki go odciągnął.

– Czekaj, żarłoku! Zjesz w czasie urodzin.

– Teraz prezent dla Alika. – Gabi zerknęła na Idalię. Dziewczynka była okropnie zmęczona. – Dasz radę?

– Tak.

Tym razem Ida dokładnie widziała, czego chce. Zamknęła oczy i długo szeptała. Po chwili otworzyły się drzwi i do pokoju wjechał zielony karton.

Chcieli go otworzyć, ale Idalia zaprotestowała.

– Nie! Otworzymy, dopiero kiedy Alik się obudzi. On musi być pierwszy.

– No to chyba mamy wszystko – powiedział Kuki.

– Jeszcze stroje! – zawołała Gabi.

– Jakie znowu stroje? – zdziwił się Kuki.

– Na superurodzinach nie możemy być w dresach. Idalia, wyczaruj dla chłopaków coś porządnego. I dla nas fajne sukienki.

Mimo okropnego zmęczenia Ida wstała i wypowiedziała po cichu kilka słów. Najpierw przyleciał krawat i zawiązał się na szyi Blubka. Do Kukiego podfrunęła muszka i przykleiła się do jego szyi.

– Zwariowałaś!? – wrzeszczał Blubek.

– Wyglądamy jak idioci! – wtórował mu Kuki.

– Wyglądacie bardzo elegancko – oceniła Gabi. – Teraz my, Ida. Wiesz, stylowe sukienki, tak jak się umawiałyśmy.

Idalia wypowiedziała życzenie. Natychmiast przyfrunęły dwie suknie i wskoczyły na Idalię i Gabi. Były z prawdziwego jedwabiu. Jedna miała kolor kremowy, a druga błękitny. Gabi zakręciła się, sukienka zawirowała.

– Ale fajna! Muszę się obejrzeć! Ida, wyczaruj lustro!

– Chcę lustro – wyszeptała Idalia zmęczonym głosem.

Usłyszeli zgrzytliwy jęk Korto:

– Dziewięćdziesiąt dziewięć!

Jednocześnie pojawiło się wielkie kryształowe zwierciadło. Zawisło przed Gabi, która przeglądała się w nim z zachwytem. Ida stała obok lustra, bez ruchu, blada, z zamkniętymi oczami.

– Świetna sukienka! – oceniła Gabi. – Okej, zniszcz to lustro.

– Znikaj – powiedziała Ida do lustra.

– Sto! – wrzasnął Korto.

TRACH! Lustro pękło i rozsypało się w pył.

W tej chwili otworzyły się drzwi. Wszedł Alik.

– Już się obudził! – szepnął Blubek.

Alik rozglądał się zaspanym wzrokiem. Był oszołomiony. Wszyscy zerkali na niego niepewnie.

– Co się dzieje? – spytał Alik. – Gdzie ja jestem?

– Spokojnie! – zawołał Kuki. – To jest niespodzianka. To znaczy twoje urodziny. Przygotowaliśmy wszystko specjalnie dla ciebie.

– Dla mnie…?

– No tak! Idalia wyczarowała dom i wszystko.

– A czemu ja zasnąłem? – pytał chłopak.

– No... To była część niespodzianki – powiedziała Gabi. – Chcieliśmy cię tu dostarczyć w tajny sposób. Nie gniewasz się na nas?

Alik milczał.

– Chodź, obejrzyj prezent – powiedział Kuki.

Alik, wciąż bardzo zaspany, podszedł do stołu. Kuki chciał mu podać karton z prezentem, ale Gabi zawołała:

– Czekaj! Najpierw Alik musi zdmuchnąć świeczki na torcie.

– Nie mamy tortu – szepnął Kuki.

– O rany! – zawołała Gabi. – Zapomnieliśmy o torcie! Idalia, wyczaruj go! Szybko!

Ida nie odpowiedziała. Stała ze spuszczoną głową. Była niesamowicie blada.

– Ida! Tort! Szybko!

Dziewczynka uniosła głowę i szepnęła, z trudem wypowiadając słowa:

– Chcę... tort urodzinowy... Ze świe... ca... mi...

Nic się nie zdarzyło.

– Co jest? – zdziwiła się Gabi. – Poproś jeszcze raz.

Ida powtórzyła życzenie. Czekali długo, lecz żaden tort się nie pojawił.

Patrzyli niepewnie na Idę. Jej życzenia przestały się spełniać!

– Idalia! Co się dzieje...?

– Nie wiem... – szepnęła dziewczynka.

– Spróbuj wyczarować coś innego! – zawołał Kuki. – Na próbę. Cokolwiek...

– Chcę... różę – powiedziała Idalia.

Żadna róża nie wyrosła ani nie przyfrunęła.

Byli coraz bardziej niespokojni.

– Poproś o coś innego.

– Chcę... buty...

Nic. Żadne buty się nie pojawiły. Wtedy usłyszeli zgrzytliwy głos Korto:

– Nie uda się... Już nie! To koniec.

Robot podszedł do Idy.

– Twoja moc już się wyczerpała – powiedział ponuro. Mogłaś spełnić tylko sto życzeń. Dokładnie sto... Tyle mogłaś zrobić przez całe swoje życie.

– Tylko sto!? – krzyknęła Idalia.

– Tak... Sto... Tylko tyle. A ty zmarnotrawiłaś swoją moc... Zużyłaś ją na bzdury! Prosiłaś o rzeczy głupie i niepotrzebne. Przypomnij sobie, co robiłaś... Te wszystkie głupie życzenia!

Zmarnowałaś swoją siłę. A teraz już koniec. Twoja moc się wyczerpała... Teraz jesteś zwyczajna. Zwykła... najzwyklejsza....

– To znaczy, że Ida miała limit – jęknął Blubek. – Jak sto darmowych minut w telefonie.

– Korto! Czemu nam o tym nie powiedziałeś!? – wrzasnął Kuki.

Robot milczał. Idalia patrzyła na niego z przerażeniem, a potem zaczęła krzyczeć:

– To nieprawda! Nieprawda! Moja moc się nie wyczerpała... Nie jestem zwyczajna!

Wybiegła z domu i zaczęła wołać:

– Chcę burzę! Wielką burzę!...

Nic się nie zdarzyło.

– Chcę mały deszcz... Maleńki... Błagam!

Nic. Słońce świeciło na bezchmurnym niebie.

Idalia krzyczała przeraźliwie, prosząc o różne rzeczy. Bez skutku. Żadne z jej życzeń się nie spełniło. W końcu zamilkła. Uklękła na trawie i ukryła twarz w dłoniach. Płakała rozpaczliwie.

Gabi kucnęła obok i ją objęła, ale dziewczynka się wyrwała. Pobiegła do lasu.

Patrzyli bezradnie, nie wiedząc, co zrobić.

– To przeze mnie – szepnął Alik. – Dla mnie wyczarowała to wszystko... Zmarnowała tyle życzeń...

Do Alika podszedł Korto. Zaczął coś mówić, tak cicho, że ledwo go słyszeli.

Wszyscy uklękli obok metalowego stwora.

– Powiedzcie Idalii... – szeptał robot – że może kiedyś jej moc powróci. Może... Nie wiem kiedy... Ale może jeszcze odzyska swą siłę. Może tak się stanie, a może nie. Ale pamiętajcie. Teraz jest niebezpieczny czas.

– Niebezpieczny? Dlaczego?

– Bo jesteście słabi. Bezbronni. Przedtem jej moc równoważyła ich siłę. Ale teraz już nic ich nie powstrzyma. A dziś jest ta noc... To może się dzisiaj zdarzyć. Niebezpieczeństwo...

– Korto... Co się może zdarzyć? Mów konkretnie!

Ale robot już zamilkł. Odwrócił się i powoli odszedł, zgrzytając zardzewiałymi nogami.

Przez chwilę milczeli. W końcu Gabi szepnęła:

– Trzeba znaleźć Idę…

– Ja jej poszukam! – zawołał Alik.

Zanim ktoś odpowiedział, chłopak pobiegł do lasu, tam, dokąd odeszła Idalia. Gabi chciała iść z nim, ale Kuki ją zatrzymał.

– Czekaj… Lepiej, jeśli najpierw Alik z nią pomówi.

– To nasza wina… – westchnęła Gabi. – Przecież ona najczęściej spełniała nasze życzenia. Wyczarowywała różne bzdury, o które ją prosiliśmy. To przez nas wyczerpała się jej siła.

– Nie wiedzieliśmy, że kiedyś się wyczerpie – szepnął Kuki.

– Tak. I teraz wiemy, że…

– Co?

– Że jak się dostaje coś niezwykłego, to nie można tego marnować. Wielkiej mocy nie można używać do zabawy! Teraz to wiemy.

Zamilkli.

– Kuki, co robimy? – spytał w końcu Blubek.

– Chyba trzeba wracać do domu.

– Lepiej zostańmy tu do rana – powiedziała Gabi. – Ida źle się czuje…

– Poza tym w nocy ciężko się lata dra-kulą – dodał Blubek.

– Dobrze. Zostaniemy do jutra – zdecydował Kuki.

W ponurych nastrojach weszli do wyczarowanego domu. Wszyscy zastanawiali się nad tym, co powiedział Korto. Nie rozumieli jego słów, ale czuli, że zbliża się jakieś niebezpieczeństwo. Coś bardzo groźnego.

Alik długo szukał Idy. W końcu znalazł ją obok Czarnego Kotła. Siedziała na skraju przepaści z twarzą wtuloną w dłonie. Wciąż płakała.

Usiadł obok dziewczynki, ale ona nawet na niego nie spojrzała. Przez długi czas siedzieli w milczeniu. Wreszcie Alik szepnął:

– Idalia... Dla mnie to nieważne, czy masz magiczną moc, czy nie. Ja i tak uważam, że jesteś niezwykła.

– Nieprawda! – krzyknęła Ida. – Teraz jestem zwyczajna… Taka jak wszyscy… Nie mogę już niczego zrobić. Niczego niezwykłego! Jestem jak muzyk, który stracił ręce i już nie może grać.

– Idalia, posłuchaj…

– Nie chcę niczego słuchać!

– Ale to jest ważne. Korto powiedział, że być może twoja siła kiedyś powróci.

– Wróci? Jak?

– Nie wiem… Ale wydaje mi się, że tak będzie.

– Naprawdę tak myślisz?

– Tak. A nawet jeśli tak się nie stanie, to ja… Ja i tak będę cię lubić. Wszyscy będą.

Ida milczała.

Usłyszeli kroki. Przybiegł Budyń i wskoczył Idalii na kolana.

– Nie martw się już – pisnął psiak. – Wszystko będzie dobrze.

Po chwili przyszli Gabi, Kuki i Blubek. Gabi przyniosła bluzę.

– Ida, włóż ją, bo zmarzniesz.

– Zaraz będzie ciemno – dodał Blubek. – Lepiej wracajmy, bo jeszcze wpadniemy do tego upiornego kotła.

Wrócili do wyczarowanego domu. Zjedli trochę urodzinowego jedzenia, ale nie było żadnych śmiechów ani rozmów. Nikt nie miał ochoty na żarty. Były to bardzo smutne urodziny. Żeby trochę poprawić atmosferę, Kuki powiedział:

– Alik, obejrzyj swój prezent. Przecież jeszcze go nie otworzyłeś.

Chłopak niechętnie wstał i podszedł do zielonego pudełka leżącego na stole. Wszyscy patrzyli zaciekawieni, bo nikt nie wiedział, co Ida wyczarowała.

Alik otworzył karton. W środku było coś przypominającego tablet, ale z okrągłym ekranem. Obudowa była mosiężna. Na stół wdrapał się Korto. Spoglądał uważnie na urządzenie, ale nic nie mówił.

– Czy to jest komputer? – spytał niepewnie Alik.

– Nie... – Idalia podeszła do stołu. – To nie komputer. Wyczarowałam coś specjalnego dla ciebie. To mój ostatni ważny czar – dodała smutno.

– Ale co to jest?

– Tutaj można zobaczyć przyszłość.

– Przyszłość!? – zawołali wszyscy.

– Tak. Gdy naciśniesz ten guzik, włączy się ekran. I zobaczysz na nim informacje z przyszłości. Tutaj ustawiasz datę, która cię interesuje.

– Czyli to jakby internet z wiadomościami z przyszłości? – spytał zdumiony Blubek.

– Trochę tak. – Ida zerknęła na Alika. – Zrobiłam to specjalnie dla ciebie. Po prostu możesz sprawdzić przyszłość. Zobaczysz, że żadni Ogromni nigdy nie przybędą na Ziemię. I wtedy przestaniesz się bać.

– Dzięki – szepnął Alik.

– To trochę straszne – zobaczyć przyszłość – powiedziała Gabi. – Alik, jesteś pewny, że chcesz to zrobić?

– Tak.

– Jaki czas ustawimy?

– No... Może najpierw tydzień? – zaproponował Kuki. – Sprawdzimy, co będzie za tydzień.

Alik włączył urządzenie i ustawił czas na „siedem dni”. Wszyscy się pochylili nad ekranem. Także Korto wpatrywał się w niego z napięciem.

Początkowo na ekranie było widać tylko jakieś błyski. Potem wyświetliła się data. Cyfry szybko się zmieniały. Data przestawiła się o tydzień i zastygła. Wtedy pojawiła się ikona oka. Pod nią pulsował napis: CHCESZ ZOBACZYĆ PRZYSZŁOŚĆ? TAK czy NIE.

Alik nacisnął TAK.

Zamigotał następny napis: CZY JESTEŚ PEWNY?

Alik ponownie potwierdził.

Pisnęło, ekran błysnął. Alik uniósł urządzenie, by spojrzeć z bliska. Nagle przeraźliwie krzyknął. Po chwili krzyknęli też inni.

Na ekranie zobaczyli Ogromnych.

Olbrzymy szły ulicą ziemskiego miasta. Ich miasta! Maszerowały pośród domów, które były przy nich maleńkie. Z głośnika dobiegał miarowy huk. Wiele budynków było zburzonych. Jeden z olbrzymów kopnął autobus, który poturlał się po ulicy.

Dzieci wpatrywały się w ekran jak zahipnotyzowane. Nagle pojawił się na nim jakiś wyjątkowo wielki olbrzym. Był gigantyczny!

Alik znów krzyknął.

Na ekranie był Gigun. Najgorszy z olbrzymów, jakiego spotkali w Świecie Ogromnych!

Wielkolud wrzeszczał:

– Tato, kiedy wracamy!? Już mam dosyć tego świata karzełków!

– Dopiero przybyliśmy.

– Ja tu siedzę już tydzień! – krzyczał Gigun. Okropna twarz olbrzyma wypełniała cały ekran. – Mam już dosyć! – ryknął. – DOSYĆ!

Przerażony Alik wypuścił urządzenie, które runęło na podłogę. TRZASK! Rozbiło się na kawałki.

Zapadła cisza.

Przez dłuższy czas nikt się nie odzywał. Wreszcie pobladły Kuki spytał:

– Idalia, jesteś pewna, że to prawdziwa przyszłość? Może to był jakiś film?

Ida pokręciła głową.

– Nie. To, co widzieliśmy, było prawdziwe. To się zdarzy...

– Zaraz! – wrzasnął Blubek. – Czy to znaczy, że przyleci tu banda olbrzymów i nas rozdepcze?

– Tak – powiedział pobladły Kuki. – Za siedem dni będzie inwazja.

– To nie będzie za siedem dni – szepnął Alik.

– A kiedy!?

– Nie słyszeliście? Gigun krzyczał, że jest na Ziemi od tygodnia. To znaczy, że on pojawi się dziś!

Zapadła cisza. W końcu przerażona Gabi spytała:

– Co robimy?

– Nie wiem – powiedział Kuki bezradnie.

– Szkoda, że Alik upuścił to urządzenie – westchnął Blubek. – Zobaczylibyśmy, co się stanie później. Na przykład za rok…

– Żeby sprawdzić, czy przeżyjemy? – spytała ponuro Gabi.

– Też. I może przyszedłby nam do głowy pomysł, jak temu zapobiec.

– Nie da się temu zapobiec! – krzyknął Kuki.

– Dlaczego?

– Przecież widzieliśmy przyszłość. To znaczy, że to się na pewno zdarzy. Nie da się zmienić przyszłości. Nie możemy nic zrobić.

– Nieprawda – zaskrzeczał Korto. Robot machał metalowymi łapkami i wołał: – Nieprawda! Nieprawda!

Podeszli do niego.

– Przyszłość można zmienić – wyszeptał Korto. – Bo przyszłość ma wiele wersji. Widzieliście jedną, tę najbardziej możliwą. Jeśli nic nie zrobicie, tak się stanie. Olbrzymy zniszczą wasz świat! Ale jeśli będziecie mądrzy, to możecie temu zapobiec. Możecie jeszcze zmienić bieg zdarzeń.

Człowiek zawsze może zmienić przyszłość świata.

– Zmienić przyszłość!? – zawołał Kuki. – Jak?

Zanim Korto odpowiedział, usłyszeli za oknem szum. Jakby coś nadlatywało. Dźwięk był coraz głośniejszy.

– Zaczyna się! – krzyknął Korto. – Już się zaczyna!

– Co się zaczyna!? Co mamy robić!? – krzyczeli.

Robot nie odpowiedział.

Podbiegli do okna i spojrzeli w niebo. Zobaczyli świetlny punkt. Stawał się coraz większy i jaśniejszy. Zbliżał się do nich.

Narastał hałas. Niski, potężny dźwięk. Był coraz głośniejszy! Poczuli gorący podmuch. Drzewa zachwiały się i ugięły jak podczas huraganu. Polanę zalało jaskrawe światło, jakby ktoś włączył nad lasem gigantyczny reflektor. Nagle niebo rozdarła błyskawica. Coś z hukiem przeleciało nad drzewami, a po chwili usłyszeli potężne uderzenie. BUM! Ziemia zadrżała, potem wszystko ucichło.

– Co to było? – spytała przerażona Gabi. – Meteoryt?

– Nie widzieliście!? – zawołał Alik. – To była postać! Ogromna!

– Tak… – szepnęła Idalia. – Ja też widziałam postać…

– Myślicie, że to mógł być o n…?

– Trzeba sprawdzić – zdecydował Kuki. – To spadło za drzewami, po tamtej stronie.

– Kto idzie? – spytała Gabi.

– Chyba wszyscy…

– Zabierzcie latarki.

Wybiegli z domu, zapalili latarki i ruszyli do lasu. Wspinali się wąską stromą ścieżką. Rozglądali się nerwowo, bojąc się, że zza drzew wyskoczy olbrzym albo coś jeszcze gorszego. Nagle usłyszeli jakiś dźwięk. Stukot sypiących się kamieni i jakby sapanie...

– Słyszycie…? – szepnął Kuki.

– Tak…

– Idźcie ostrożnie…

Skradali się, starając się nie robić hałasu.

Po chwili ścieżka się skończyła. Dalej była ciemna otchłań Czarnego Kotła.

Zatrzymali się przed barierą z łańcucha i nadsłuchiwali. Dźwięk dochodził z przepaści. Jakby siedziało tam jakieś zwierzę…

– Przytrzymajcie mnie… – szepnął Kuki.

Blubek i Gabi złapali kaptur jego bluzy. Kuki przykląkł na krawędzi przepaści i się wychylił. Zapalił latarkę, kierując światło w czarną czeluść. I wrzasnął z przerażenia.

Wszyscy rzucili się na kolana i zajrzeli.

Na dnie przepaści leżał olbrzym. Nawet w słabym świetle latarek było widać, że jest straszliwie wielki. Ledwo się mieścił w rozpadlinie. Leżał nieruchomo, twarzą do ziemi. Obok olbrzyma był jakiś wielki przedmiot, jakby czarna torba albo plecak.

– Ogromny! – jęknął Kuki. – Tam jest Ogromny!

W tej chwili wielkolud się poruszył. Powoli ukląkł i uniósł głowę.

– To on! – krzyknął Alik. – Gigun!

Miał niestety rację. W przepaści był Gigun. Wielkolud zaczął powoli wstawać. Dzieci zerwały się przerażone.

– Kuki! Uciekajmy!

– Poczekajcie... On chyba stamtąd nie wyjdzie.

Gigun, chwiejąc się i stękając, stanął na nogi. Był naprawdę wielki. Ale przepaść była jeszcze większa. Gigun sięgał głową do połowy jej wysokości. Nie miał szans, by wyjść z Czarnego Kotła.

Olbrzym rozglądał się nieprzytomnie, oszołomiony lotem z dalekiego świata. Nagle ryknął:

– Gdzie ja jestem!? Co to za dziura!? Wypuśćcie mnie stąd! Jego głos dudnił potwornie, odbijając się echem od skał. Wszyscy patrzyli oszołomieni na wrzeszczącego olbrzyma. Alik drżał ze strachu. W Świecie Ogromnych Gigun gnębił go i upokarzał. Alik zawsze się go potwornie bał. Ida złapała Alika za rękę.

– Spokojnie – szepnęła. – On nie wyjdzie z tej dziury. Poza tym, pamiętaj, że kiedyś go pokonałeś...

Rozległ się huk. To rozwścieczony olbrzym zaczął uderzać pięściami w ścianę przepaści. Tłukł i kopał w skałę z całej siły. Posypały się kamienie. Nagle Gigun wrzasnął: „Ała!", bo jakiś kamień spadł mu na stopę.

Olbrzym przestał się miotać. Zadarł głowę i zobaczył dzieci. W świetle księżyca były dobrze widoczne.

Wielkolud zastygł i rozdziawił usta ze zdziwienia. Potem ryknął:

– To znowu wy, kurduple!? Wy tam jesteście? – Patrzył na nich z wściekłością. – Gadajcie, gdzie ja trafiłem!? – wrzasnął. – Co to za miejsce!?

Nie odpowiedzieli.

– Natychmiast mnie stąd wypuśćcie! Ja chcę wyjść!

Olbrzym spróbował się wspiąć po ścianie przepaści, ale zbocze było strome i gładkie, więc od razu spadł. Wtedy w ataku furii chwycił kilka kamieni i zaczął nimi rzucać w stronę dzieci.

Były to wielkie głazy. Przelatywały niebezpiecznie blisko. Odskoczyli, kryjąc się za drzewami. Kamienie ciskane przez wściekłego olbrzyma wciąż wylatywały z przepaści. Wyglądało to jak wybuch wulkanu. Nagle rozległ się krzyk: „Moja głowa!". Widocznie jakiś głaz stoczył się z powrotem i trafił w Giguna. Kamienie przestały fruwać.

Podczołgali się do krawędzi rozpadliny. Zajrzeli ostrożnie. Olbrzym siedział i rozcierał guza na czole.

Blubek jęknął:

– Rany! Myślałem, że to się nigdy nie zdarzy! Że Ogromni do nas nie przybędą… A może nam się to śni? To na pewno sen! Kuki, powiedz, że to jest sen!

Gigun nagle wstał. Wyciągnął rękę i podskoczył, próbując pochwycić dzieci.

– Cofnijcie się! – wrzasnął Kuki.

Rzucili się do tyłu. Na szczęście łapa wielkoluda nie sięgała do krawędzi przepaści. Wielkie paluchy złapały tylko krzak rosnący parę metrów niżej i z wściekłością go wyrwały. Wyglądało na to, że Gigun nie jest w stanie ich dopaść.

Mimo to cofnęli się kilka kroków.

Przez dłuższy czas nikt się nie odzywał. Byli kompletnie oszołomieni. Wreszcie Gabi szepnęła:

– Skąd ten gigant się tu wziął?

– Po prostu złożył puzzle – powiedział pobladły Kuki.

– To jasne. Ale dlaczego wylądował właśnie tutaj?

– To dlatego, że ja tu jestem… – szepnął Alik.

– A jaki to ma związek!? – zawołał Blubek.

– Ja pierwszy przeszedłem do Świata Ogromnych… Chyba w ten sposób ustaliła się droga.

– To możliwe – powiedziała Gabi. – Idalia też wylądowała tam, gdzie był Alik. Czyli puzzle przenoszą zawsze w okolice Alika.

– Dobra, co robimy? – spytał Blubek, spoglądając nerwowo w stronę przepaści.

Inni też tam zerkali. Nie byli pewni, czy Gigun jednak nie wyjdzie z pułapki.

– Chyba musimy pogadać z tym olbrzymem – szepnął Kuki.

– Po co?

Kuki nie odpowiedział. Ostrożnie podszedł do krawędzi Czarnego Kotła i się wychylił. Inni stanęli za nim.

Gigun leżał na dnie przepaści. Minę miał ponurą.

– Hej! – zawołał Kuki. – Chcemy z tobą pogadać.

Gigun natychmiast się zerwał.

– Mówcie, gdzie ja jestem, kurduple! – wrzasnął. – Co to za przeklęta dziura?

– Nie krzycz!

– To na pewno wasza sprawka, że tu wpadłem! Jak wyjdę, zrobię z was miazgę. Gdzie ja w ogóle jestem!?

– Jesteś na Ziemi – powiedział Kuki.

– Gdzie!? – wrzasnął Gigun.

– Na zupełnie innej planecie. Miliony kilometrów od twojego świata.

Olbrzym patrzył na nich niepewnie.

– Jakim cudem się tu znalazłem?

– Przeniosła cię magia. Powiedz, czy dotykałeś puzzli?

– Tak, ułożyłem te debilne puzzle. Nie wiem czemu... Po prostu coś kazało mi to zrobić...

Kuki mu przerwał.

– Chcesz wrócić do domu?

– Jasne.

– Okej. Możemy sprawić, że tam powrócisz.

– Jak?

– Mamy swoje sposoby... Ale musisz robić to, co ci każemy.

– Jeszcze czego! – ryknął Gigun. – Żadne krasnale nie będą mi rozkazywać!

– No to zostaniesz tu na zawsze.

Gigun patrzył na dzieci ze złością. Nagle spytał:

– Czy na tej Ziemi wszyscy są tacy mali jak wy?

Blubek chciał przytaknąć, ale Kuki zatkał mu usta.

– Nie mów… – szepnął.

– Czemu?

– Mam pewien pomysł... Potem wam wytłumaczę. – Kuki przechylił się nad krawędzią przepaści i krzyknął: – Słuchaj, musimy teraz iść, ale wrócimy tu jutro!

– Jestem głodny – jęknął olbrzym.

– Rano przyniesiemy ci coś do jedzenia. I pamiętaj, nie krzycz, żeby ktoś cię nie odkrył. To byłoby niebezpieczne.

– Co!? – wrzasnął Gigun. – Co jest niebezpieczne!?

Kuki nie odpowiedział. Gigun chyba się trochę wystraszył, bo umilkł. W Czarnym Kotle zapadła cisza.

Kuki i pozostali cofnęli się do lasu.

– Co robimy? – spytał Blubek. – Kuki, jaki masz plan?

– No… Trzeba go odesłać z powrotem do jego świata – powiedział Kuki.

– Jak?

– Za pomocą puzzli.

– To niemożliwe – szepnęła Idalia.

Spojrzeli na nią zdziwieni.

– Dlaczego niemożliwe? O co ci chodzi?

– Ja…

– Co? No mów!

– Ja zniszczyłam puzzle. Już nie istnieją.

– Co!? – zawołał Alik. – Dlaczego to zrobiłaś!?

– Bo nie chciałam, żebyś ty albo ktoś inny przeniósł się do Świata Ogromnych. Dlatego je zniszczyłam.

– No to mamy przerąbane – jęknął Blubek. – Nigdy się tego mutanta nie pozbędziemy.

Zapadła cisza. Tylko z przepaści dobiegały wściekłe pomruki olbrzyma.

– Co teraz zrobimy? – spytała Gabi.

– Trzeba powiedzieć o wszystkim rodzicom i policji – mruknął Blubek. – Muszą tu przyjechać antyterroryści i jakoś go unieszkodliwić.

– Nie możemy tego zrobić! – zawołał Kuki. – Wszystko się wtedy wyda…

– A masz lepszy pomysł?

Kuki milczał. Odezwała się Gabi.

– Słuchajcie. On na razie nie wyjdzie z przepaści. Chodźmy spać i rano zdecydujemy, co robić.

Wrócili do wyczarowanego domu. Nie mieli sił, by wystawiać warty. Wszyscy poszli od razu spać. Mieli okropne sny. Na przykład, że przychodzi Gigun i rozgniata dom butem. Albo że olbrzym na nich poluje z wielkim karabinem do paintballu.

Jednak do rana nic się nie zdarzyło.

Obudzili się wcześnie. Szybko się ubrali i pobiegli nad przepaść, żeby sprawdzić, czy Gigun wciąż tam jest. Łudzili się, że moze to był tylko sen.

Niestety, olbrzym nie był snem. Siedział w Czarnym Kotle, realny, wielki i straszny. Na ich widok się zerwał i wściekle ryknął:

– Zmarzłem! I tyłek mnie boli! Te kamienie są twarde! Jestem głodny! Przynieście mi coś do jedzenia! Słyszycie…?

– Trzeba dać mu śniadanie – szepnęła Gabi.

– Po co? – oburzył się Blubek. – Niech głoduje! On na pewno by nas nie karmił. Prędzej by nas pożarł.

– Ale my nie jesteśmy tacy jak on – powiedziała Gabi.

Pobiegli do domu. Przygotowali w kuchni kilkadziesiąt kanapek, zużywając niemal całe zapasy wyczarowane przez Idalię. Umieścili wszystko w koszu na bieliznę. Do wielkiego kubła nalali wody. Wzięli też linę znalezioną na strychu.

Wtarganie tego wszystkiego w okolice Czarnego Kotła było ciężką pracą.

– Gigun, przynieśliśmy ci śniadanie! – zawołał Kuki.

– No wreszcie. Dawajcie je szybko!

Kuki, Alik i Blubek przywiązali linę do kosza i ostrożnie opuścili go do przepaści.

– Uważajcie – szepnęła Gabi. – On może was wciągnąć. Jak szarpnie, od razu puszczajcie linę.

– Jak zdobędzie linę, to może wyjść – zaniepokoił się Blubek.

– Chyba nie – powiedział Budyń. – Ta lina jest dla niego za słaba.

Kosz zjechał na dno przepaści. Gigun spojrzał na stos kanapek.

– Tak mało? – warknął. – Ja się tym nie najem. Nie jestem krasnalem.

– Więcej nie mamy.

– A picie? Dajcie mi coś do picia.

– Odwiąż najpierw linę.

Gigun łypnął na nich chytrze. Zastanawiał się chyba, czy nie porwać liny. Ale uznał, że jest zbyt słaba. Dla niego była cienka jak sznurowadło! Szybko oderwał kosz.

Kuki i Blubek wciągnęli linę na górę. Przyczepili kubeł z wodą i opuścili go.

– Co? Woda!? – oburzył się olbrzym. – Ja chcę kawę i jakiś napój energetyczny...

Nie odpowiedzieli. Olbrzym zaczął pochłaniać jedzenie. Mlaskanie i siorbanie trwało ledwo minutę. Gigun pożarł całe ich zapasy, jakby to był mały batonik.

– Chcę więcej! – zawołał.

– Nie mamy.

Gigun sapnął ze złości i cisnął w ich stronę garścią kamieni.

Szybko się wycofali. Usiedli przed domem i zrobili naradę.

– Czy ktoś ma pomysł, co zrobić z tym olbrzymem? – spytał Kuki.

Wszyscy milczeli. W końcu odezwał się Alik:

– Pamiętajcie, że nie chodzi tylko o Giguna. Na Ziemię przybędą też inni Ogromni. Kiedy oglądaliśmy przyszłość, była informacja, że po siedmiu dniach przybywają następne olbrzymy.

– Fakt – jęknął Blubek. – Zapomnieliśmy o tym.

– Korto powiedział, że można to zablokować! – zawołał Kuki. – Że możemy zmienić przyszłość.

– Ale jak zwykle nie powiedział, w jaki sposób – mruknął Blubek.

– Gdzie jest Korto? – spytała Gabi. – Niech nam powie, co mamy zrobić.

Zaczęli szukać robota, ale nigdzie go nie było. Wreszcie Budyń go wywęszył. Korto siedział w lesie ukryty w paprociach.

Kuki wziął robota i zaniósł na werandę. Usiedli wokół niego.

– Korto, powiedz, co mamy robić!? – szepnęła błagalnie Gabi.

Robot opuścił metalową głowę. Nie odzywał się.

– Korto, grozi nam katastrofa – powiedział Kuki. – Olbrzymów nie da się teleportować, bo puzzle są zniszczone. Oni tu zostaną na zawsze. Zawładną wszystkim! Całą Ziemią. To będzie inwazja. Prawdziwa wojna! Musimy coś zrobić!

Robot skulił się i siedział nieruchomo jak metalowy posążek.

– Korto! Musisz nam pomóc! – zawołała Idalia. – Zawsze nam mówiłeś, co robić. Jesteś przewodnikiem. Na pewno wiesz, jak znaleźć rozwiązanie. Korto!!!

Robot uniósł głowę i patrzył na nich uważnie. W końcu zaczął mówić. Jego zgrzytliwy głos był bardzo cichy. Musieli się pochylić, by coś usłyszeć.

– Dobrze – szeptał. – Pomogę wam. Lecz to znaczy, że ja już...

Nie dokończył.

– Co? – spytał niepewnie Kuki.

Korto nie odpowiedział. Stał nieruchomo. Wreszcie znów zaczął mówić:

– Istnieje przedmiot, który może przynieść ocalenie. On może was uratować.

– Gdzie jest ten przedmiot!? – krzyknęły dzieci.

– Zabiorę was tam. Zaprowadzę do niego. Musimy lecieć do miasta...

– Wreszcie jakiś konkret! – odetchnął Blubek. – Odpalamy dra-kulę i lecimy. Chodźcie!

– Nie możemy lecieć wszyscy – powiedział Kuki. – Ktoś musi zostać i pilnować olbrzyma.

– Po co? – spytała Gabi.

– A co będzie, jeżeli Gigun wylezie z przepaści? Albo jak ktoś tu przyjdzie i go zobaczy?

– Fakt, ktoś musi pilnować tego mutanta – mruknął Blubek.

– Kto?

– Ja mogę zostać – powiedział Alik.

Wszyscy spojrzeli na niego zaskoczeni. Wiedzieli, że Alik straszliwe się boi Giguna.

– Może lepiej polecisz... – powiedziała Idalia.

Chłopak krzyknął:

– Zostanę! – Spojrzał wyzywająco na resztę. – Myślicie, że się go boję, tak?

– Okej. Zostań – zdecydował Kuki.

– Ja zostanę z Alikiem – powiedziała Idalia.

– Ja też – zaofiarował się Budyń.

– Dobra. Ja z Gabi i Blubkiem polecimy po ten przedmiot. Ale najpierw musimy coś zrobić.

– Co znowu? – niecierpliwił się Blubek, który chciał już uruchamiać dra-kulę.

– Masz ten wypasiony tablet z projektorem?

– Mam.

Blubek dostał od ojca tablet, który miał wbudowany projektor. Można było pokazywać filmy na ścianie i obraz był całkiem duży.

– No to zrobimy pokaz.

– Czego?

– Strasznych filmów.

Olbrzym stał w Czarnym Kotle i oganiał się od ptaków. Siadały na jego ramionach jak na drzewie. Giguna okropnie to wkurzało.

– Wynocha! – wrzeszczał. – Spadajcie!

Dzieci i Budyń obserwowali olbrzyma zza krawędzi przepaści.

– Kuki, jesteś pewny, że to dobry pomysł? – spytała cicho Gabi.

– Tak. Jak to zrobimy, to nie będzie próbował stąd wyleźć. – Kuki wychylił się i zawołał: – Hej, Gigun!

Wielkolud przestał odganiać ptaki i zadarł głowę:

– Macie ten wynalazek do teleportacji!? – ryknął. – Chcę się wynieść z tej ohydnej Ziemi. Macie to?

– Jeszcze nie.

Olbrzym zawył z wściekłości.

– Jest mi gorąco! Nudzę się tu.

– Mamy dla ciebie rozrywkę. Chcemy, żebyś zobaczył, jak jest na Ziemi.

– Nie obchodzi mnie to.

– Tylko mały pokaz… Zobaczysz, kto mieszka na naszej planecie.

Gigun mruknął:

– Co wy kombinujecie, krasnale?

Blubek położył tablet na brzegu przepaści. Spytał cicho Kukiego:

– Co najpierw puścić?

– Dawaj *Godzillę*.

Blubek stuknął w ekran tabletu. Z projektora popłynął film, najnowsza wersja *Godzilli*. Obraz wyświetlał się na skale, tuż przed nosem olbrzyma.

Na filmie ludzie spacerowali ulicą. Nagle wszyscy zaczęli uciekać. Jeden z domów się przewrócił i wyszła wielka Godzilla. Olbrzymi potwór zaczął niszczyć wieżowce.

Gigun wybałuszył oczy.

– Co to jest?

– A, to taki typowy ziemski zwierzaczek! – zawołał szybko Kuki. – Na naszej planecie jest ich pełno! Właściwie są wszędzie.

Gigun gapił się na Godzillę, która demolowała miasto.

– Jakie to jest duże? – spytał.

– Większe od ciebie! – zawołała Gabi. – Dwa razy.

– Co? – Gigun był wyraźnie zaniepokojony.

Kuki szepnął do Blubka:

– Teraz postrasz go Hulkiem!

Blubek puścił dość stary film, w którym wielki zielony mutant walczył z wojskiem.

Gigun był coraz bardziej wystraszony.

– Co to ma być?

– To jest typowy mieszkaniec Ziemi! – zawołał Kuki. – Ale z tych mniejszych.

Potem wyświetlili Gigunowi fragment *Hobbita* z wielkim trollem.

– Coś takiego łazi u was po ulicach? – pytał olbrzym, patrząc z niepokojem na gigantycznego trolla.

– Oczywiście! – zawołał Blubek i spytał cicho: – Co jeszcze mu puścić?

– Daj *BFG* – szepnęła Gabi.

– To jest dziecinny film.

– Ale jest tam sporo olbrzymów.

Blubek puścił fragment *BFG*. Widok olbrzymów szalejących na ekranie przeraził Giguna.

– Czy to jest naprawdę? Tacy wielcy faceci u was mieszkają?

– Jasne! – zawołał Kuki. – Pełno ich jest. Na przykład nasi rodzice są strasznie wielcy. No… pięć razy więksi od ciebie.

– Zaraz. A dlaczego wy jesteście tacy mali? – spytał nieufnie olbrzym.

– No… My…

– My jeszcze nie urośliśmy! – zawołała Gabi. – Na Ziemi rośnie się dopiero po trzydziestce. Kończysz trzydzieści lat i nagle pstryk! Człowiek robi się wielki. Powiększa się w jedną noc.

– I te olbrzymy mieszkają tu blisko? – dopytywał się Gigun.

– Jasne. Są wszędzie. Za tym lasem jest całe miasto pełne wielkoludów. Ty przy nich będziesz wyglądać jak mrówka. Więc lepiej, żeby ciebie nie znaleźli. To na razie, cześć, Gigun.

Wyłączyli tablet i wycofali się do lasu.

– Nieźle drania nastraszyliśmy – zaśmiał się Blubek. – Trzęsie się jak galareta.

Kuki, Gabi i Blubek wsiedli do dra-kuli. Kuki trzymał w dłoni Korto.

– Wrócimy najszybciej, jak się da! – zawołał. – Wy pilnujcie olbrzyma. Macie telefony?

– Ja nie zabrałem – westchnął Alik.

– Ja mam – powiedziała Idalia.

– Bateria naładowana?

– Tak.

– Jakby Gigun coś kombinował, to wyślijcie zaraz wiadomość.

Kuki zamknął właz. Dra-kula zaczęła się unosić.

Ida, Alik i kundelek pozostali na polanie.

Gabi patrzyła przez okno na malejące sylwetki przyjaciół.

– Trochę się o nich martwię – powiedziała. – Mogłam z nimi zostać. Jeszcze ten olbrzym coś im zrobi…

– Spoko – zaśmiał się Blubek. – Ten przerośnięty mutant trzęsie się ze strachu.

Przesunął joystick i dra-kula skręciła. Przyspieszyła, zmierzając w stronę ciemnych burzowych chmur, które zbierały się na północnej stronie nieba.

Idalia, Alik i Budyń podeszli ostrożnie do krawędzi Czarnego Kotła.

– Sprawdź, co robi Gigun – poprosiła cicho Ida.

Alik wychylił się i zajrzał do przepaści. Olbrzym siedział oparty o skałę. Oczy miał zamknięte.

– Śpi.

– To dobrze. Ale trzeba go pilnować.

– On już nic nam nie zrobi – zaśmiał się Alik. – Tak go nastraszyliśmy, że boi się bardziej niż my jego! To był superpomysł – nakłamać mu, że na Ziemi mieszkają olbrzymy.

– Cicho! – szepnęła Ida. – Gdyby Gigun się dowiedział, że to kłamstwo i wszyscy na Ziemi są mali, byłyby kłopoty.

– On śpi! A my chyba możemy zjeść śniadanie.

– Zgadzam się! – zawołał Budyń.

– Ja zostanę na straży – powiedziała Idalia. – Nie jestem głodna. Tylko coś do picia mi przynieście.

Alik z Budyniem pobiegli do domu. Ida została nad przepaścią. Usiadła na kamieniu, opierając się o słupek barierki.

W tej chwili olbrzym otworzył oczy. Udawał, że śpi! Doskonale słyszał wszystko, co dzieci mówiły!

– Oszuści! Wredne kurduple… – syknął. – Chcieli mnie okłamać! Tu nie mieszkają żadne olbrzymy. Są tylko karzełki, takie jak oni. Ja im pokażę!

Wielkolud zerknął na Idalię siedzącą na skraju Czarnego Kotła. Potem po cichu wstał. Pochylił się i złapał świerk rosnący na dnie przepaści. Dla olbrzyma był mały jak chwast w ogrodzie. Szarpnął i wyrwał drzewo z ziemi.

Idalia niczego nie usłyszała. Siedziała tyłem, bo nie chciała oglądać ohydnego Giguna. Patrzyła w niebo, gdzie zbierały się ciemne burzowe chmury. Ida zaczęła się niepokoić o przyjaciół, bo lot dra-kulą podczas burzy był niebezpieczny. Zamyślona, nie zwróciła uwagi na cichy szelest.

Z przepaści za jej plecami zaczęło się coś wysuwać. Czubek świerka wynurzał się powoli ponad krawędź Czarnego Kotła. Wyglądało to, jakby drzewo rosło w przyspieszonym tempie.

Gigun wspiął się na palce i uniósł rękę, w której trzymał wyrwane drzewo. Nagle się zamachnął i uderzył. TRACH! Gałęzie uderzyły Idę.

– Aaa!

Dziewczynka poturlała się i wpadła do przepaści. Runęła w dół.

– Ratunku!!!

Olbrzym rzucił drzewo. Chwycił spadającą Idalię tuż nad ziemią. Trzymał ją w wielkiej dłoni.

– Mam cię, smarkulo!

Ida patrzyła z przerażeniem na Giguna, który pochylał się nad nią.

– Myśleliście, że mnie oszukacie, co? – mruknął olbrzym. – Że mnie nastraszycie? To teraz ja was postraszę.

– Ratunku! – krzyknęła Ida. – Alik, Budyń, na pomoc!!!

– Zamknij się! – syknął Gigun. – Nienawidzę piszczących krasnali!

Idalia próbowała rozchylić trzymające ją wielkie paluchy, ale nie było to możliwe.

– Alik… Słyszałeś!? – zawołał Budyń.

– Tak! Chyba Ida krzyczała!

Obaj wybiegli z domu i pognali ścieżką w stronę przepaści.

– Idalia! – wołali.

Nikt nie odpowiadał. Dobiegli do Czarnego Kotła. Dziewczynki nie było.

– Ida!!! Gdzie jesteś…!? Odezwij się…

Usłyszeli dudniący śmiech olbrzyma. Zajrzeli do przepaści i zamarli z przerażenia.

Olbrzym stał z wyciągniętą w górę ręką. Trzymał w niej Idalię!

– Jak on cię złapał!? – jęknął Budyń.

– Zrzucił mnie do przepaści! – zawołała rozpaczliwie Ida. – Ratujcie mnie!

Alik i Budyń nie wiedzieli, co robić.

– Zostaw ją! – krzyknął Alik błagalnie. – Słyszysz?! Nie rób jej nic!

Olbrzym się zaśmiał.

– To zależy od tego, czy spełnisz moje rozkazy.

– Czego chcesz?

– Wyjść z tej dziury! Postaraj się o grubą linę i rzuć ją tutaj.

– Na Ziemi nie ma takich grubych lin, które by cię utrzymały... – wyjąkał Alik.

– Mam was, oszuści! – ryknął Gigun. – Mówiliście, że tu mieszkają olbrzymy! A teraz „nie ma grubych lin"! Wszystko jest malutkie, co? Wredni kłamcy!

Alik milczał.

– Daję ci piętnaście minut – warknął wielkolud. – Albo mnie stąd wyciągniesz, albo przypadkiem nadepnę tę małą. PLASK! I będzie z niej naleśnik!

– Budyń! Co robić? – szepnął Alik.

– Musimy tego drania uwolnić, inaczej zrobi coś złego Idalii!

– Ale jak go uwolnić? Żeby wyciągnąć tego kolosa, potrzeba dźwigu.

– Niech sam wyjdzie.

– Każda lina się pod nim urwie.

– Lina tak, ale łańcuch nie.

– Jaki łańcuch!? – zawołał Alik. – Skąd go weźmiemy?

– Przecież ta bariera jest zrobiona z łańcucha – pisnął kundelek.

Faktycznie. Krawędź przepaści zabezpieczał łańcuch umocowany do słupów.

– Chyba jest wystarczająco mocny! – zawołał Budyń. – Zrzucimy jeden koniec do przepaści. Wtedy on łatwo wylezie…

Alik podbiegł do łańcucha. Był rzeczywiście bardzo gruby i mocny. Chłopak spróbował go oderwać od wsporników.

– Nie dam rady! – zawołał.

– Trzeba poszukać narzędzi. Może w domu coś znajdziemy…

Alik wychylił się i krzyknął:

– Słuchaj, Gigun! Wyciągniemy cię stąd! Ale przysięgnij, że uwolnisz Idę!

– Najpierw mnie uwolnijcie! – zawołał olbrzym. – Czekam pięć minut. A potem BUM! I z robala będzie naleśniczek!

Budyń i Alik pognali do domu. Na szczęście znaleźli na strychu wielką siekierę do rąbania drewna. Wrócili z nią nad przepaść. Olbrzym na widok Alika ryknął:

– Pospiesz się, mały!

Alik zaczął rąbać siekierą słupy bariery, żeby odczepić łańcuch. Chłopak był chudy i niezbyt mocny, ale strach o Idalię dodawał mu sił. Kolejne słupy padały pod ciosami siekiery. Łańcuch z brzękiem spadał na skałę.

– Zostaw ostatni słup! – zawołał Budyń. – Łańcuch musi się czegoś trzymać!

Alik odrzucił siekierę. Z pomocą psa zepchnął ciężki łańcuch do przepaści. Drugi jego koniec, przymocowany do słupa, został na górze.

– Mam nadzieję, że Gigun odda Idalię, jak wyjdzie – szepnął Alik.

– I że nas nie rozdepcze – dodał ponuro Budyń.

Olbrzym złapał łańcuch. Szarpnął go, sprawdzając wytrzymałość. Mruknął coś pod nosem, a potem włożył Idę do kieszeni. Starannie ją zamknął. Chwycił łańcuch i zaczął się wspinać.

Alik i Budyń obserwowali to, klęcząc na krawędzi Czarnego Kotła. Usłyszeli trzeszczenie. Słup, do którego był przymocowany łańcuch, wykrzywił się.

– Jak pęknie, to Gigun spadnie i rozgniecie Idę… – jęknął Alik.

Olbrzym wspinał się mozolnie. Był dość niezdarny, sapał i dyszał. Wreszcie jego głowa wyłoniła się z przepaści. Wielką łapą złapał skałę, podciągnął się i wypełzł z jaru. Ukląkł na brzegu przepaści, dysząc ciężko.

Alik i Budyń patrzyli na niego z przerażeniem. Dopiero teraz było widać, jak wielki jest Gigun. Olbrzym znacznie urósł od czasu, gdy spotkali go w Świecie Ogromnych. Nawet gdy klęczał, był większy niż drzewa.

Alik przemógł strach i zrobił krok w stronę wielkoluda.

– Oddaj Idalię! – zawołał.

W odpowiedzi Gigun roześmiał się tak donośnie, że wystraszone ptaki zerwały się z drzew. Nagle pochylił się nad Alikiem i Budyniem. I dmuchnął z całej siły.

Wichura uderzyła w chłopca i kundelka. Obaj pofrunęli do przepaści. Runęli w otchłań Czarnego Kotła.

Ida, zamknięta w kieszeni, nie widziała, co się stało z jej przyjaciółmi. Miotała się i krzyczała, ale Gigun nie zwracał na nią uwagi.

– Teraz zobaczę, jak wygląda ta ich Ziemia – mruknął.

Wstał i ruszył leśną drogą. Nie mieścił się na niej, więc buciorami łamał i tratował drzewa.

– Alik! Odezwij się!

Budyń patrzył z przerażeniem na chłopca, który leżał bez ruchu, z zamkniętymi oczami. Zdmuchnięci przez Giguna, obaj spadli do przepaści. Mieli niesamowite szczęście, bo wylądowali na plecaku zostawionym przez olbrzyma. Był wielki i miękki. Zadziałał jak materac. Oczywiście uderzenie było mocne, ale przeżyli i byli cali. Przynajmniej kundelek, bo Alik na razie się nie ruszał.

– Alik...? Żyjesz!? Alik!

Chłopak otworzył oczy.

– Żyję. Nic mi nie jest... – Alik podniósł się z trudem. – Gdzie jest Gigun?

– Poszedł.

– A Ida?

– Zabrał ją...

Chłopak oprzytomniał. Zerwał się.

– Musimy go ścigać!

– A jak chcesz stąd wyjść?

Spojrzeli w górę. Skały otaczały Czarny Kocioł ze wszystkich stron jak mury więzienia. Były wysokie i niemal pionowe. Wyglądało to przerażająco. Alik podbiegł do łańcucha wiszącego nad dnem przepaści.

– Musimy się wspiąć.

– Ja nie umiem – pisnął psiak.

– Zabiorę cię. – Alik włożył kundelka do kaptura. – Trzymaj się, Budyń.

Chwycił łańcuch, oparł stopy o ścianę przepaści i zaczął się wspinać. Posuwał się w górę bardzo powoli. Łańcuch był śliski i kołysał się niebezpiecznie. Zardzewiałe ogniwa raniły mu dłonie. Jednak chłopak uparcie piął się w górę.

– Muszę dać radę – szeptał. – Muszę...

Alik, choć drobny i chudy, był dobry we wspinaczce. Nauczył się tego, gdy żył w Świecie Ogromnych. Tam wszystko było dla niego zbyt wysokie, więc stale musiał się wspinać. Nawet na krzesła i schody.

Wkrótce znalazł się pięć metrów nad dnem przepaści. Był już bardzo zmęczony i bolały go ręce, a do krawędzi Czarnego Kotła było jeszcze bardzo daleko.

Olbrzym szedł polną drogą. Była dla niego zbyt wąska, więc co chwilę potykał się o przydrożne głazy i płoty. Miażdżył je z wściekłością gigantycznymi buciorami.

Idalia była nadal zamknięta w kieszeni. Ustawicznie potrząsana, czuła się jak w łodzi na wzburzonym morzu. W kieszeni były cuchnące resztki kanapek i lepka od smarków chustka. Ida ledwo oddychała z obrzydzenia. Wreszcie zdołała nieco otworzyć zamek i wysunąć głowę. Zaczerpnęła powietrza i się rozejrzała.

Szli przez puste pola. Nie było widać żadnych domów ani ludzi. Nikogo, kto mógłby jej pomóc.

Olbrzym dotarł do rzeki, której brzegi łączył stary drewniany most. Ida zobaczyła na moście rybaka z wędką, a obok rower.

Gigun podszedł do mostu. Szum wody tłumił jego kroki, więc rybak nie usłyszał nadchodzącego wielkoluda. Idalia już chciała zawołać do rybaka, żeby uciekał, kiedy ten zamachnął się wędziskiem. Żyłka pofrunęła do tyłu i haczyk zaczepił o spodnie Giguna! Rybak bez skutku szarpał wędkę. W końcu się odwrócił i wtedy zobaczył olbrzyma. Patrzył na niego z przerażeniem. Wyglądało to, jakby złowił największą rybę świata!

Mężczyzna wrzasnął, cisnął wędkę i w panice wskoczył do rzeki. Rozchlapując wodę, przebiegł na drugi brzeg i popędził przez pole.

Olbrzym go nie ścigał. Patrzył, mrucząc pogardliwie:

– No tak. Na tej Ziemi wszyscy są wstrętnie mali... A chcieli mnie oszukać, łobuzy!

Postawił stopę na moście. TRACH! Most pękł pod jego ciężarem i z trzaskiem się zawalił. Gigun zdążył jednak przeskoczyć na drugą stronę rzeki i ruszył dalej.

Alik wspiął się już prawie do krawędzi przepaści. Niestety skała tu wystawała, odchylając łańcuch, i chłopak nie mógł już opierać nóg o kamienną ścianę. Oplótł je dookoła łańcucha i podciągał się rękoma. Wreszcie wysunął się nad brzeg jaru.

– Skacz, Budyń! – zawołał.

Kundelek dał susa z kaptura i wylądował na skale, w bezpiecznym miejscu. Alik mocniej złapał łańcuch i uniósł się, by także wyjść. Wtedy rozległ się trzask.

– Uważaj! – wrzasnął Budyń.

Słup, do którego był przymocowany łańcuch, nadwerężony ciężarem Giguna, pękł. Łańcuch runął do Czarnego Kotła. Alik zdołał złapać się skały i kołysał się na krawędzi przepaści.

– Trzymaj się! – krzyczał Budyń. – Pomogę ci!

Psiak wychylił się i chwycił zębami bluzę Alika. Nie miał dość sił, by go wyciągnąć, ale dzięki jego pomocy chłopiec mógł na chwilę puścić skałę. Wysunął ręce, złapał gałąź świerku. Podciągnął się i wyczołgał na płaską powierzchnię.

Alik długo leżał bez ruchu, dysząc ciężko. Dłonie miał pokrwawione i był potwornie zmęczony. W końcu z trudem się podniósł.

– Budyń, chodź.

– Alik… A może zaczekamy, aż wrócą Kuki i reszta?

– Nie! Trzeba ratować Idalię. Musimy znaleźć Giguna, zanim zrobi jej coś złego… Chodź!

Ruszyli ścieżką, omijając pnie drzew połamanych przez olbrzyma. Usłyszeli odległy grzmot. Gdzieś daleko była burza.

Dra-kula z trudem przebijała się przez wichurę. Huczały grzmoty, błyskawice przecinały niebo.

Silniki dra-kuli wyły, a pojazd trzeszczał i kołysał się niebezpiecznie. Blubek ściskał stery, z trudem utrzymując kierunek lotu.

Poprzedniego dnia dra-kula pokonała trasę w góry w niecałą godzinę. Ale teraz, odpychana przeciwnym wiatrem, niemal stała w miejscu.

Kuki, Gabi i Blubek z niepokojem patrzyli w okna. Szczególnie Gabi czuła strach. Nienawidziła burzy. Zwłaszcza gdy była tysiąc metrów nad ziemią.

– Kuki! Może lepiej wylądujemy i przeczekamy tę burzę?

– Nie mamy czasu! Po prostu zamknij oczy.

Gabi westchnęła i zasłoniła oczy dłońmi.

Gigun wędrował przez puste pola jak gigantyczny strach na wróble. Jego wielkie stopy zostawiały na drodze głębokie ślady. Daleko na horyzoncie niebo kryły ciemne chmury i słychać było grzmoty, ale tutaj burza nie dotarła.

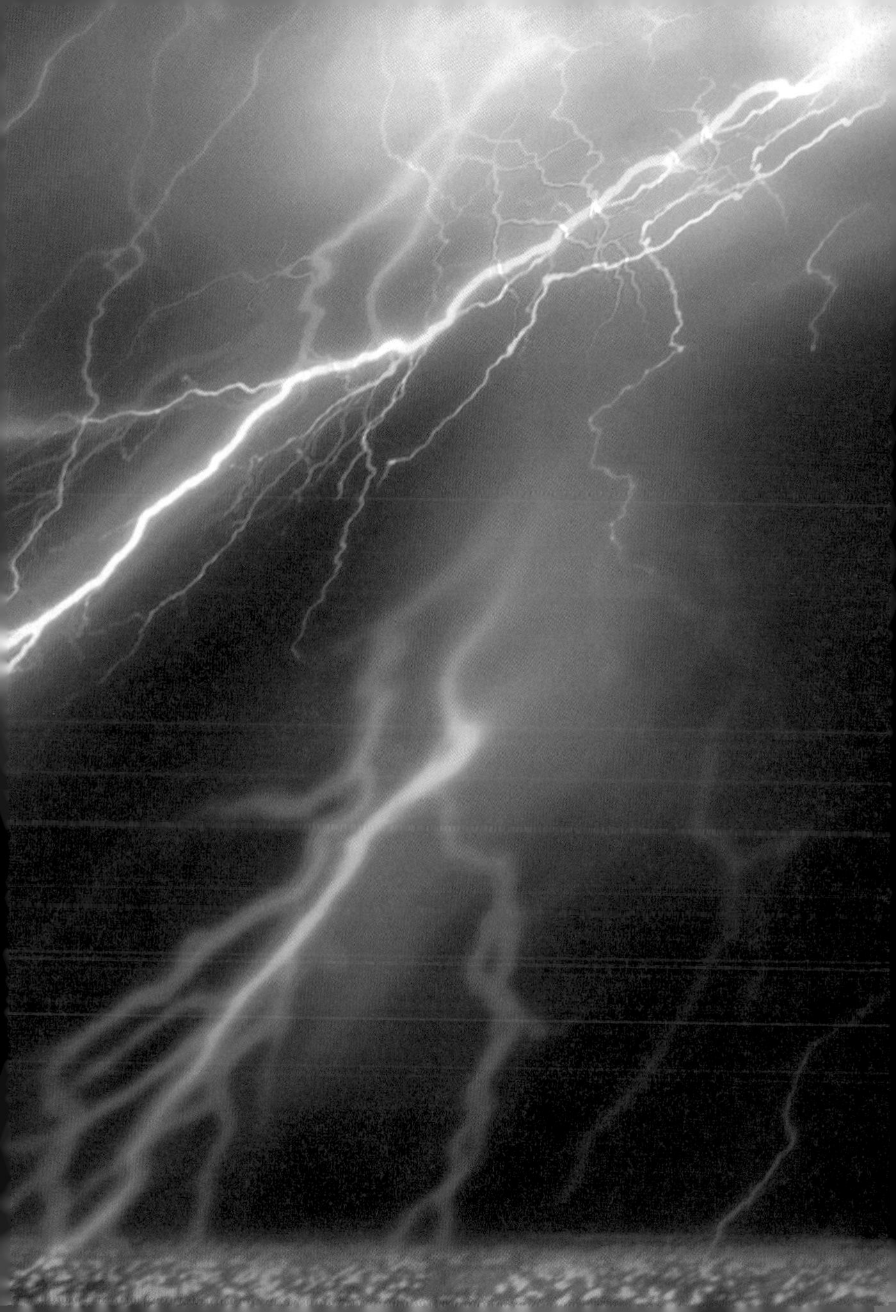

Idalia wychyliła się z kieszeni i zobaczyła linię wysokiego napięcia biegnącą w poprzek drogi. Gigun szedł w tym kierunku! Elektryczne przewody wisiały na stalowych słupach na wysokości brzucha olbrzyma. To oznaczało, że Gigun o nie zawadzi! Prąd go porazi, a przy okazji także ją!

Ida wiedziała, że w liniach wysokiego napięcia prąd jest tysiąc razy mocniejszy od tego w gniazdku. Każdy, kto ich dotknie, zginie. Nawet olbrzym.

– Stój! – krzyknęła.

Gigun wyciągnął Idalię z kieszeni.

– Czego chcesz, robalu? – spytał niechętnie.

– Nie dotykaj tych przewodów! – krzyknęła Ida. – Tam jest prąd!

– Co?

– Prąd!!!

Wielkolud zatrzymał się tuż przed drutami, które blokowały mu drogę. Patrzył niepewnie. W końcu mruknął: „Głupie zabawki", i wysunął rękę, by zerwać przewody.

– Nie dotykaj! – wrzasnęła Idalia. – Bo zginiemy!

Gigun się zawahał. W końcu cofnął dłoń i wymierzył stalowemu słupowi potężnego kopniaka.

TRACH. Maszt się przewrócił. Przewody spadły na ziemię. Fajerwerki iskier strzelały dookoła. HUK! TRZASK!

Wystraszony olbrzym odskoczył. Na szczęście miał buciory na grubych podeszwach, które izolowały go od ziemi. To ich uratowało przed porażeniem. Po chwili iskry przestały strzelać i wszystko się uspokoiło. „Chyba prąd przestał płynąć" – pomyślała z ulgą Ida.

Gigun przeskoczył nad przewodami i ruszył dalej. Nie powiedział „dziękuję", choć Idalia właśnie uratowała mu życie.

Alik i Budyń dotarli do zniszczonego mostu.

– Chyba Gigun to zrobił! – zawołał kundelek.

– Na pewno…

Obaj od godziny wędrowali śladami olbrzyma. Szli najszybciej, jak mogli. Ale Gigun na swoich gigantycznych nogach poruszał się prędzej od nich. Alik i Budyń widzieli tylko ślady jego wielkich stóp ciągnące się po horyzont. Samego olbrzyma nie mogli dopędzić.

– Budyń, my go nigdy nie dogonimy – jęknął Alik. – Nie mamy szans.

– Szkoda, że nie zaczekaliśmy na szefa – westchnął kundelek. – Dra-kulą łatwo byśmy go dopadli.

– Zanim Kuki i reszta wrócą, Gigun może skrzywdzić Idalię. Trzeba ją ratować! Chodź…

Przeszli po resztkach połamanego mostu na drugą stronę rzeki. Już mieli ruszyć dalej, kiedy Budyń zawołał:

– Alik, czekaj…!

– Co?

– Tam jest rower. Widzisz…?

Na brzegu rzeki leżał rower porzucony przez rybaka.

– Możemy go pożyczyć! – zawołał kundelek. – Na rowerze będziemy szybsi. Weź go!

Alik patrzył na Budynia niepewnie.

– O co chodzi? – spytał psiak.

– Ja…

– No co?

– Ja nie umiem jeździć na rowerze – powiedział ponuro Alik.

– Co!? – zdumiał się Budyń. – Przecież każdy człowiek potrafi jeździć. Nawet małe dzieci.

– Ja nie umiem... Bo wiesz... W Świecie Ogromnych rowery były olbrzymie. Nie mogłem na nich jeździć... Więc się nie nauczyłem.

– A potem nie mogłeś się nauczyć?

– Nie chciałem, żeby się ze mnie śmiali. Bo to głupio, jak taki duży jeździ na trzykołowym rowerku.

– Nigdy nie próbowałeś?

– Nie.

– To spróbuj teraz. To chyba nie jest trudne.

Alik niechętnie podszedł do roweru. Podniósł go. Rower był duży i ciężki.

– Nie chcę... – powiedział. – Lepiej pójdziemy piechotą.

– Chociaż spróbuj! – zawołał psiak. – Inaczej nigdy nie dogonimy Giguna... I nie uratujemy Idy!

Alik westchnął i niepewnie wsiadł na rower.

Kundelek obserwował go uważnie. Wiele razy jeździł z Kukim na rowerze. Nie wydawało mu się to specjalnie trudne.

Alik uniósł nogi. W tym momencie rower się zachwiał i przewrócił. Chłopak wstał, podniósł rower i wsiadł raz jeszcze. Odepchnął się. Rower ruszył i potoczył się z górki. Alik próbował postawić stopy na pedałach, ale nie mógł na nie trafić. Rower z rozpędu przejechał sto metrów. Nagle TRACH! Wywrócił się.

– Ała! – krzyknął Alik.

Budyń podbiegł.

– Jesteś cały...? – pisnął.

– Mniej więcej.

Alik wstał, rozcierając siniec na łokciu.

– Spróbuj jeszcze raz – powiedział Budyń.

– Nie chcę.

– Spróbuj!

Chłopak niechętnie podniósł rower. Wsiadł. Tym razem postawił jedną stopę na pedale, a drugą się odepchnął. Zaczął pedałować. Rower chwiał się niebezpiecznie, choć Alik ściskał kierownicę z całych sił. Wjechał na górkę, a potem zaczął z niej zjeżdżać. Pojazd przyspieszył. Pomknął w dół naprawdę prędko.

– Jak się hamuje!? – wrzeszczał Alik. – Budyń... Jak to się zatrzymuje!?

– Trzeba nacisnąć to coś na kierownicy! – wołał psiak. – I przestań pedałować!!!

Chłopiec chyba go nie usłyszał. Zniknął już za zakrętem, tylko z daleka dobiegał jego rozpaczliwy krzyk. Potem wszystko ucichło.

Budyń popędził za Alikiem. Rozglądał się i węszył. Kręta droga prowadziła w dół i była obrośnięta gęstym żywopłotem. Alika nigdzie nie było widać.

– Po co kazałem mu się uczyć jazdy na rowerze? – jęknął Budyń. – Jeszcze sobie połamie nogi albo utonie w jakimś bagnie.

Kundelek biegł stromą drogą dobre dziesięć minut. Wreszcie dotarł do rozległej łąki. I tu zobaczył Alika.

Chłopak jeździł po łące, śmiejąc się i krzycząc:

– Umiem! Już umiem! Potrafię jeździć!!!

Podniósł ręce i jechał przez chwilę bez trzymanki. Zobaczył Budynia i ruszył w jego stronę.

– Budyń! Potrafię jeździć. Nauczyłem się!

Alik zahamował ostro tuż przed psiakiem. TRACH! Przewrócił się.

Wcale się tym nie zmartwił. Wstał i zawołał beztrosko:

– Jeździć już umiem! Zatrzymywanie muszę jeszcze poćwiczyć. Wsiadaj, Budyń!

Kundelek wskoczył do koszyka na bagażniku. Alik ruszył. Rower czasem się chwiał i nie trzymał kierunku, ale się nie wywracał. Alik naprawdę nauczył się jeździć!

Pojechali drogą, omijając głębokie ślady odciśnięte butami olbrzyma.

Giguna wciąż nie było widać. Ale teraz mieli szansę go dogonić.

Olbrzym znajdował się parę kilometrów dalej. Dotarł właśnie do szerokiej dwupasmowej szosy. Wszedł na nią i ruszył w stronę domów widocznych na horyzoncie. Jego ciężkie buciory zostawiały na asfalcie głębokie ślady.

Nagle rozległ się warkot silnika i zza zakrętu wyłoniła się wielka cysterna. Jechała prosto na Giguna. Kierowca na widok olbrzyma zaczął gwałtownie hamować. Ciężarówka wpadła w poślizg i stanęła w poprzek drogi, parę metrów od nóg Giguna. Sięgała mu ledwo do kolan.

Kierowca wychylił się i patrzył osłupiały.

Olbrzym zerknął na samochód i mruknął pogardliwie:

– Jakie tu wszystko jest małe.

Pochylił się i pchnął ciężarówkę. TRACH! Wielka cysterna poturlała się po drodze jak zabawka.

Ida zobaczyła, jak kierowca wyczołguje się przez rozbite okno i ucieka.

Olbrzym powędrował dalej szosą, sadząc ogromne kroki. Minął zakręt i raptownie się zatrzymał.

Idalia wyjrzała z kieszeni, żeby sprawdzić, co się dzieje.

Przed nimi była stacja benzynowa. Przy Gigunie wyglądała jak psia buda, ale na jej dachu siedziała jakaś olbrzymia postać. Była prawie tak duża jak Gigun.

Wielkolud przyglądał się jej niepewnie. Chyba zaczął się bać, że na Ziemi jednak mieszkają olbrzymy. Ogromna figura na stacji była biała i poruszała się na wietrze. Gigun podszedł ostrożnie.

Idalia wysunęła głowę. Zobaczyła, że figura to reklama opon! Wielki nadmuchiwany ludzik Michelin.

Gigun gapił się podejrzliwie. Wreszcie wysunął rękę i ostrożnie dotknął figury. Przekonał się, że jest miękka i lekka jak balon.

– Durna zabawka! – mruknął z ulgą.

A potem się zamachnął i wymierzył kukle cios. TRACH! Reklama odgięła się, ale wróciła do pionu, uderzając Giguna w nos. To rozwścieczyło olbrzyma. Złapał dmuchaną figurę i zaczął ją rozszarpywać. Pękała z hukiem. Po chwili z gumowej kukły zostały strzępy.

Zniszczenie wielkiej figury było męczące nawet dla olbrzyma. Zdyszany usiadł na stacji benzynowej, w miejscu, gdzie przedtem „siedziała" reklama. Dach zatrzeszczał pod jego ciężarem.

Z budynku wybiegł pracownik, chłopak w żółtej czapce. Zobaczył olbrzyma siedzącego na dachu i stanął jak wryty. Przez chwilę patrzył osłupiały na Giguna. Potem wrzasnął:

– Panie kierowniku! Niech pan tu przyjdzie! Panie kierowniku!!!

Z drzwi stacji benzynowej wychylił się wąsaty grubas.

– O co chodzi?

– Ta reklama opon się przemieniła! – jęknął chłopak. – Wygląda jakoś dziwnie... Pan sam zobaczy...

– Co ty znowu wymyślasz? Co jest dziwne?

WITAMY

Grubas niechętnie wyszedł z budynku i zobaczył Giguna.

– O rany – szepnął. – Co to ma być…?

Wielkolud siedział nieruchomo i faktycznie wyglądał jak dziwaczna reklama. Nagle z kieszeni jego bluzy wychyliła się Idalia.

– Ratunku! – krzyknęła. – Na pomoc!

Pracownicy stacji benzynowej patrzyli na dziewczynkę, wybałuszając oczy ze zdumienia.

– Ratujcie! – wołała Ida. – On mnie porwał! Ratujcie mnie!!! Zawołajcie policję!

Obaj mężczyźni stali nieruchomo, kompletnie osłupiali. W tej chwili olbrzym wstał.

Pracownicy wrzasnęli i odskoczyli. Gigant zrobił krok w ich stronę, stawiając stopę na bmw zaparkowanym przed stacją. TRACH. Samochód spłaszczył się jak zgnieciona puszka.

– Moje auto – jęknął kierownik.

Olbrzym ruszył w jego kierunku. Kierownik rzucił się do ucieczki. Chłopak w czapce pognał za nim. Uciekali jak szaleni i po chwili obaj zniknęli za drzewami.

Gigun spojrzał na Idalię.

– Następnym razem siedź cicho! – mruknął. – Nie wydzieraj się! Żaden karzełek ci nie pomoże. Rozumiesz?

Ida nie odpowiedziała, ukryła się w kieszeni.

Olbrzym zmarszczył nos i zaczął węszyć. Z otwartych drzwi stacji benzynowej płynął zapach jedzenia: hot dogów i pieczonych kurczaków. Gigun był bardzo głodny. Pochylił się nad budynkiem. Złapał dach, szarpnął go i oderwał jak wieko puszki. Teraz widział wnętrze stacji z szeregami lodówek i automatów do pieczenia kurczaków.

Olbrzym zanurzył rękę w budynku. Gmerał chwilę i wyciągnął lodówkę, w jego dłoni małą jak pudełko tic taców. Odwrócił ją, z lodówki wysypała się lawina lodów. Olbrzym chciał je podnieść, ale były zbyt maleńkie dla jego wielkich łap. Spróbował poszukać czegoś większego. Wsadził palec w maszynę, która opiekała kurczaki.

– Ała! – syknął, bo oparzył się boleśnie.

Zerwał się i dmuchał na poparzony paluch. Potem ze złości kopnął budynek. TRACH! Stacja benzynowa rozpadła się jak z domek z klocków. Olbrzym sapnął wściekle i poczłapał z powrotem na szosę.

Ida myślała z przerażeniem o tym, co będzie, jak wielkolud dotrze do miasta. „On pozabija tam ludzi! Muszę temu zapobiec. Ale jak?" Nic nie przychodziło jej do głowy. Telefonu nie miała, bo wypadł, kiedy runęła do przepaści. Kieszeń, w której była uwięziona, znajdowała się na wysokości dziesięciu metrów. Idalia nie mogła nawet marzyć o ucieczce. Rozglądała się, mając nadzieję, że zobaczy gdzieś Alika i Budynia. Ale szosa była zupełnie pusta.

– Zbliżamy się do miasta! – zawołał Blubek.

Przebijanie się przez wichurę zajęło dra-kuli mnóstwo czasu. Ale wreszcie burza ucichła i pojazd zaczął się poruszać z normalną prędkością. Zobaczyli na horyzoncie domy i ulice.

– Korto, dokąd konkretnie mamy lecieć? – zapytał Kuki. – Gdzie jest przedmiot, którego szukamy?

Robot przez całą drogę milczał. Wyglądał na smutnego i pozbawionego energii.

– Dokąd mamy lecieć? – powtórzył pytanie Kuki.

Robot podniósł głowę i wymamrotał kilka cyfr.

– Co to znaczy?

– Ja wiem! – zawołał Blubek. – To namiary GPS.

Wpisał cyfry do nawigacji i dra-kula skierowała się na zachód. Po chwili wylądowali na pustym placu na peryferiach miasta.

Wysiedli i rozglądali się niepewnie. Na placu stał tylko jeden budynek. Był to stary barak, z którego ścian odłaziła farba, a dach był pokryty zardzewiałą blachą. Obok drzwi leżały kawałki pociętego drewna. Z wnętrza budynku dobiegał jakiś pisk.

Podeszli bliżej.

– Co to jest? – szepnął Blubek.

– Stolarnia – powiedziała Gabi.

– Skąd wiesz?

– Jest tabliczka. Tam, nad drzwiami.

Nad wejściem był szyld z wyblakłym napisem ZAKŁAD STOLARSKI.

– Kuki, wchodzimy tam? – spytała Gabi.

– Poczekaj... Przecież nie wiemy, czego szukać.

Kuki wyciągnął z kieszeni robota.

– Korto... Powiedz, czego mamy szukać? Co to za przedmiot?

Robot szepnął:

– Łuk.

– Łuk?! – zawołał Kuki. – Mamy szukać łuku?

Robot pokiwał głową.

– Będziemy strzelać do olbrzyma? – spytał Blubek.

– Nie – zaskrzeczał robot. – Jest inaczej... Zupełnie inaczej... Ale teraz idźcie... Spieszcie się, bo jeśli ktoś wcześniej użyje tego łuku, to wam nie będzie już służyć. Spieszcie się.

Ruszyli niepewnie do drzwi stolarni.

– Słuchajcie, jak mamy zdobyć ten łuk? – spytał Blubek.

– Chyba trzeba go kupić… – powiedziała Gabi.

– Nie mamy forsy! – zawołał Blubek.

– Ja mam trochę… – szepnął Kuki. – A ile kosztuje łuk?

– Nie mam pojęcia.

– To co robimy?

– Trzeba wejść i zapytać.

Niepewnie otworzyli drzwi. Zobaczyli warsztat stolarski pełen maszyn. Mężczyzna w podkoszulku przecinał deskę elektryczną piłą. Miał tatuaże na ramionach i brakowało mu palca u prawej ręki. Piła przeraźliwie piszczała. W powietrzu unosił się pył.

Kuki zawołał:

– Proszę pana!

Stolarz go nie usłyszał, bo hałas maszyny zagłuszał głos Kukiego. Podeszli bliżej.

– Proszę pana!!!

Trach. Deska została przecięta. Stolarz zatrzymał piłę. Zapadła cisza.

– Proszę pana…

Mężczyzna odwrócił się i zobaczył dzieci.

– Co wy tu robicie? Czego chcecie?

– My… My szukamy łuku.

– Czego? Łuku?

– Tak. Drewniany łuk.

Stolarz patrzył na nich zdziwiony. Potem zawołał:

– Ej… szefowa… Przyszli po ten dębowy łuk, który robiliśmy…

Otworzyły się drzwi. Usłyszeli miauknięcie. Wyszła ruda kocica, a za nią równie ruda kobieta.

– O co chodzi? – spytała. Mówiła niskim głosem i była mocno wymalowana.

– Oni mówią, że przyszli po łuk – powiedział stolarz.

– Co? – Kobieta podeszła do dzieci i patrzyła na nie podejrzliwie. – Przecież łuk już dawno został zabrany – mruknęła. – Był trener z klubu łuczniczego, zapłacił i zabrał ten łuk. A wy niby kim jesteście?

– My… – Gabi próbowała wymyślić jakieś kłamstwo, żeby dowiedzieć się czegoś o tajemniczym przedmiocie. – My chcemy kupić łuk. Bardzo lubimy strzelać! I słyszeliśmy, że tu można kupić łuk.

– Nie robimy łuków. Wykonaliśmy tylko jeden na zamówienie klubu łuczniczego. Był im potrzebny na zawody. Jak chcecie strzelać, to zapiszcie się do klubu.

– To znaczy, że pani nie ma tego łuku?

– Przecież ci mówię, że go zabrali na zawody łucznicze.

– Kiedy są te zawody?

– Chyba dziś…

– Gdzie?

– Przestańcie mi głowę zawracać! Nie jestem biurem informacji. Idźcie stąd!

Ruda kocica syknęła wściekle, a kobieta wypchnęła dzieci ze stolarni i zatrzasnęła drzwi.

Pobiegli do dra-kuli.

– Blubek, sprawdź w necie, gdzie są zawody łucznicze! – zawołał Kuki.

Blubek wyciągnął tablet i wpisał pytanie.

– Już mam: „Zawody strzelania z łuku tradycyjnego. Stadion Miejski".

– Kiedy?

– Dziś. O piątej.

Spojrzeli na zegarki. Było pięć po piątej.

– Już się rozpoczęły! – krzyknął przerażony Kuki. – A Korto mówił, że jak ktoś użyje łuku, to nam nie będzie służyć.

– Może jeszcze nie zaczęli strzelać. Wsiadajcie! Szybko!

Wskoczyli do dra-kuli. Blubek błyskawicznie wystartował. W wariackim tempie przelecieli nad miastem i po chwili zobaczyli Stadion Miejski.

– Zatrzymaj się – zakomenderował Kuki.

Blubek przyciągnął joystick i dra-kula zawisła nad stadionem. Unosiła się jak balon na wysokości kilkudziesięciu metrów. Uklękli nad oknem w podłodze.

Na trybunach stadionu siedziało sporo ludzi. Na boisku kilkunastu zawodników stało naprzeciwko tarczy strzelniczej.

– Zobaczcie! – zawołał Kuki. – Jest łuk... Tam.

Na stole przykrytym granatowym suknem leżał łuk. Zdawało im się, że lekko świeci. Obok leżały strzały.

Usłyszeli, jak spiker zapowiada: „Zaczynamy zawody. Wszyscy zawodnicy będą używać tego samego łuku. Tradycyjnego drewnianego łuku klasy ROBIN”.

– Zaraz zaczną... – jęknął Blubek. – Kuki, co robimy!?

– Możemy wylądować, porwać łuk i uciec!

– Zwariowałeś? Tam jest masa ludzi. Złapią nas.

– To jak zabrać ten łuk?

Korto wychylił się spod fotela i skrzeczał:

– Trzeba się spieszyć... Spieszyć... Spieszyć!

Kuki patrzył bezradnie. Nie miał pojęcia, co robić.

– Czekajcie! – zawołała nagle Gabi. – Ja mam pomysł! Przypomniałam sobie o... – Zanurkowała do wnętrza pojazdu. Szukała czegoś pod fotelami. Po chwili wyciągnęła brązową skrzynkę. – Przecież mamy antybudzik!!!

– Ale jesteśmy głupi! – jęknął Kuki. – Zapomnieliśmy o nim! Mogliśmy uśpić Giguna!

– Nie gadaj o tym teraz…

Gabi wyjęła urządzenie wyczarowane przez Idalię.

– Chcesz uśpić ludzi na stadionie? – spytał niepewnie Blubek.

– Tak. Zawodników i kibiców.

– Gabi ma rację! – krzyknął Kuki. – To jedyna możliwość. Uśpimy ich na krótki czas. Zabierzemy łuk i odlecimy. Blubek, obniż dra-kulę.

– Zauważą nas.

– I tak ich uśpimy. Pomyślą, że dra-kula im się przyśniła.

Blubek przesunął sterownik i pojazd zaczął powoli opadać.

– Stop! – szepnął Kuki, kiedy znaleźli się dwadzieścia metrów nad boiskiem. – Otwórz drzwi. Ja nastawię antybudzik.

Kuki chwycił urządzenie i niepewnie je oglądał. Najlepiej znała się na nim Ida, ale jej nie było, więc musieli sami sobie radzić.

Blubek otworzył właz dra-kuli i ukląkł obok przyjaciela.

– Tym pokrętłem ustawiasz długość snu! – wyszeptał.

– Nastaw na pięć minut – szepnęła Gabi.

– Lepiej na dziesięć... – powiedział Blubek.

– Dobra.

Kuki przekręcił gałkę.

Gabi obserwowała stadion. Jeden z zawodników szedł w kierunku stołu, na którym leżał łuk.

– Szybko!!! Już zaczynają!

Kuki oglądał w panice urządzenie.

– Nie wiem, jak się ustawia zasięg.

– Chyba ta gałka po prawej...

– Uprzedź, zanim włączysz! – szepnęła Gabi. – Musimy założyć słuchawki.

– Wiem!

– Szybko! – krzyczał Korto. – Spieszcie się!

– Jaki zasięg mam ustawić!?

– Sto metrów. Tylko dokładnie. Nie możemy uśpić kierowców na ulicach, bo się porozwalają.

Kuki zaczął obracać pokrętło wzmacniacza mocy.

– Źle to robisz! – zawołał Blubek.

– Dobrze!

Kuki trzęsącymi się ze zdenerwowania rękami próbował nastawić antybudzik. Na ekranie migały cyfry.

– Kuki, źle! – wrzasnął Blubek. – Kręć w drugą stronę!

– Nie przeszkadzaj mi.

– Uszkodzisz go!

Blubek zabrał Kukiemu antybudzik. Sam zaczął regulować wzmacniacz mocy. Zdenerwowany Kuki próbował mu odebrać przedmiot.

– Zostaw! Ja to zrobię!

Wyrwał Blubkowi antybudzik. Wtedy zdarzyło się nieszczęście. Kuki potknął się i przewrócił. Żeby nie wypaść z dra-kuli, puścił antybudzik i złapał się poręczy.

TRACH! Antybudzik wypadł przez otwarte drzwi pojazdu. Runął na stadion, z trzaskiem uderzając w boisko. Łucznicy patrzyli zdumieni na dziwny obiekt, który spadł z nieba. Podbiegł sędzia. Gapił się niepewnie. W antybudziku coś syczało i iskrzyło. Obudowa była popękana. Unosił się z niej dym, a oba pokrętła obróciły się maksymalnie w prawo. Na ekranie pulsował napis: NAJWYŻSZA MOC. NAJWIĘKSZY ZASIĘG. Sędzia chciał podnieść antybudzik. Wtedy przedmiot podskoczył. I nagle popłynęły z niego potężne dźwięki. Jakby zagrała wielka orkiestra. Dźwięk stawał się coraz głośniejszy. Przenikał wszelkie bariery.

TRACH! Na boisko upadł sędzia. Zasnął, skulony jak dziecko. Potem zawodnicy kolejno zamykali oczy i osuwali się na trawę. Widzowie najpierw zerwali się z miejsc, patrząc na to zdumiewające zjawisko, ale potem także zaczęli zasypiać. Opadali na krzesełka i schody. Zamykali oczy i po chwili wszyscy na stadionie spali głębokim snem. Niektórzy głośno chrapali, lecz nie było tego słychać, bo z antybudzika płynęła coraz potężniejsza fala dźwięków. Muzyka niosła się nad stadionem i dalej, docierając do wszystkich ulic i domów w mieście.

Dźwięki przenikały przez okna i ściany. Wdzierały się wszędzie. Do mieszkań i kin. Do parków, szkół i fabryk. A każdy, kto je usłyszał, zasypiał.

W całym mieście działy się niesamowite rzeczy. Ludzie zasypiali w biurach, w domach i na chodnikach. Zasypiali nauczyciele przy tablicach i dzieci w szkolnych ławkach. Zasypiały kasjerki w sklepowych kasach i klienci w kolejkach. A także kierowcy samochodów. Na szczęście proces zasypiania nie był gwałtowny. Większość kierowców zdążyła zahamować pojazdy, choć niektóre wjechały na trawniki lub uderzyły w barierki. Jakiś policjant próbował zaprowadzić porządek, ale sen go zmorzył po kilku sekundach. Opadł na jezdnię, z gwizdkiem w ustach.

Całe miasto zapadło w sen.

Gdy antybudzik zaczął działać, Kuki, Gabi i Blubek nie zdążyli założyć słuchawek. Zacisnęli dłonie na uszach, lecz straszliwych dźwięków nic nie mogło powstrzymać. Były tak głośne, że przenikały przez wszelkie zapory. Nie mogły ich zablokować najgrubsze ściany, a tym bardziej ludzkie dłonie. Troje przyjaciół zasnęło w unoszącej się nad stadionem dra-kuli. Spali spokojnie, wtuleni w siebie.

W końcu straszliwe dźwięki przestały płynąć. Z antybudzika unosił się dym, a ekran zgasł. Urządzenie zamilkło i już nigdy nie miało działać.

W mieście zapadła cisza. Nie było słychać ludzkich głosów ani warkotu samochodów. Tylko śpiew ptaków wciąż trwał, bo na zwierzęta usypiające dźwięki nie działały.

W dra-kuli rozległ się cichy szelest. Korto wypełzł z kryjówki pod fotelem. On, jako robot, oczywiście nie zasnął. Patrzył na uśpione dzieci i szeptał:

– Nie udało się... Źle... Bardzo źle...

Wychylił się z otwartych drzwi dra-kuli i spojrzał na boisko. Łuk leżał na stole, a obok trzy strzały. Korto wysunął się jeszcze mocniej i skoczył. W locie zwinął swe metalowe ciało, osłaniając głowę. Spadł na trawnik. Leżał nieruchomo, lecz po chwili drgnął, rozprostował nogi i wstał. Spojrzał na łuk, który błyszczał coraz mocniej, jakby był zrobiony z diamentu, a nie z drewna.

Idalia wyjrzała z kieszeni w bluzie olbrzyma. Zobaczyła miasto na horyzoncie. Było daleko, więc dźwięki antybudzika tutaj nie dotarły. Dlatego Idalia nie zasnęła. Olbrzym oczywiście także nie spał. Wręcz przeciwnie, poruszał się bardzo szybko. Był okropnie głodny i chciał znaleźć coś do jedzenia. Szedł wielkimi krokami w stronę miasta.

Ida zastanawiała się, czy jednak nie spróbować ucieczki. Problemem było to, że Gigun miał krótkie spodnie. Kiedy będzie zsuwać się po jego nodze, olbrzym to poczuje. Trzaśnie wielką łapą i rozgniecie ją jak komara. Nie. Lepiej poczekać, aż Gigun się zmęczy i usiądzie. Ale czy ten olbrzym kiedykolwiek się zmęczy?

Na razie szedł energicznym krokiem. Miasto było coraz bliżej.

Do Alika i Budynia dźwięki antybudzika także nie dotarły, więc nie usnęli. Ścigali olbrzyma już od wielu godzin. Alik jechał na rowerze naprawdę szybko, mimo to wciąż nie mogli dogonić Giguna. Napotykali tylko ślady jego „wyczynów”: przewróconą cysternę i zniszczoną stację benzynową. Wreszcie, kiedy minęli kolejny zakręt, ujrzeli olbrzyma.

– Jest! – zawołał Alik. – Widzę go!

Wielkolud szedł drogą jakiś kilometr przed nimi. Ogromna sylweta rysowała się ostro na tle nieba.

– Co robimy? – spytał Budyń.

– Trzeba go dogonić – powiedział Alik.

– Jasne, ale co dalej? Przecież nie będziemy się z nim bić. Jest trochę za duży.

– No... Musimy się zakraść w jego pobliże. I sprawdzić, co z Idalią.

– On trzyma ją w kieszeni. Przynajmniej tam ją schował, jak wyłaził z przepaści.

– Trzeba to sprawdzić. I ją uwolnić.

– Na przykład kiedy Gigun się położy – zaproponował psiak. – Przecież on kiedyś musi się zmęczyć. Wtedy położy się na ziemi, bo łóżka są dla tego olbrzyma za małe.

– Najpierw musimy go dogonić.

– No to jedź prędzej!

– Staram się.

Alik zaczął szybciej pedałować.

Na ratuszowym zegarze wybiła godzina szósta, gdy Gigun wszedł do miasta. Idalię zaniepokoiła panująca tu dziwna cisza. Nie było słychać głosów ludzi ani hałasu jadących aut. Ukryta w kieszeni Ida nie pojmowała, co się dzieje. Czemu w mieście jest tak cicho? Czy ludzie dowiedzieli się o olbrzymie i wszyscy uciekli?

Gigun się zatrzymał. Dziewczynka ostrożnie wysunęła głowę.

Wielkolud stał przed mostem nad rzeką. Nieufnie uderzał butem, sprawdzając, czy most wytrzyma jego ciężar. Idalię zdziwiło, że przez most nie jedzie żaden samochód. Auta stały nieruchomo, jakby wszystkim zabrakło paliwa. Patrząc z góry, nie mogła się połapać, o co chodzi.

Olbrzym ruszył. Ostrożnie przeszedł przez most i wkroczył na główną ulicę. Na razie nie robił większych szkód. Złamał tylko kilka znaków drogowych.

Nagle Gigun się zatrzymał.

Na chodniku parkowała otwarta ciężarówka wyładowana skrzyniami owoców. Olbrzym gapił się na nie łakomie. Pochylił się i z trudem wyciągnął jedną pomarańczę, dla niego małą jak ziarnko ryżu. Próbował wielkimi paluchami obrać ją ze skórki, ale tylko zgniótł owoc. Sapnął ze złości. Potem zerknął na Idalię. Wyciągnął ją z kieszeni.

– Słuchaj, robalu – mruknął. – Masz mi przygotować jedzenie. Rozumiesz? Obierz sto tych kurdupelkowatych owocków. Nie sto! Tysiąc! Obierz je. Pospiesz się, bo jestem głodny.

– Ja nie dam rady zdjąć tych skrzyń! – zawołała Idalia.

W odpowiedzi olbrzym kopnął samochód, który się przewrócił. Skrzynki z owocami spadły na ulicę. Gigun postawił Idalię na chodniku.

Dziewczynka rozejrzała się niepewnie. Liczyła, że zobaczy jakichś ludzi, którzy jej pomogą, ale dostrzegła tylko kobietę na przystanku. Siedziała bez ruchu, jakby spała.

– Obieraj! – krzyknął olbrzym. – Pospiesz się!

Ida zaczęła podnosić pomarańcze i obdzierać je ze skórki. Nie miała noża, więc musiała robić to palcami. Obrane owoce wkładała do jednej ze skrzynek. Miała ręce mokre od słodkiego soku i zaczęły wokół niej krążyć osy. Poza ich brzęczeniem nie było słychać żadnego dźwięku.

„Czemu jest tak cicho? Gdzie są ludzie?" – myślała Idalia.

Kiedy skrzynka zapełniła się obranymi pomarańczami, Gigun ją podniósł i wsypał owoce do ust.

– Więcej! – zawołał. – Pospiesz się!

Idalia zaczęła obierać banany. Z nimi szło trochę łatwiej. Szybko napełniła skrzynkę owocami. Sama chciała zjeść jeden, ale olbrzym porwał pojemnik i pożarł zawartość jednym gryzem.

– Co tak mało? – mruczał, mlaskając głośno. – Chcę więcej! Pospiesz się, krasnalu!

Idalia zaczęła podnosić mandarynki. Owoce potoczyły się w różne strony. Zbierając je, Ida oddalała się od Giguna. Obejrzała się ostrożnie. Wielkolud na nią nie patrzył. Idalia błyskawicznie podjęła decyzję. Cisnęła skrzynkę z mandarynkami i rzuciła się do ucieczki. Przebiegła przez jezdnię i skręciła w sąsiednią ulicę, żeby zniknąć olbrzymowi z oczu.

– Ej! Wracaj! – ryknął Gigun. – Słyszysz? Wracaj!!!

Idalia uciekała najszybciej, jak mogła. Niestety wielkolud był wyższy niż domy i widział ulicę jakby z samolotu. Trudno było się przed nim ukryć.

Idalia biegła, wypatrując ludzi, którzy mogliby jej pomóc. Ale także na tej ulicy było pusto i cicho. Zauważyła jakąś kobietę w oknie. Podbiegła i zaczęła krzyczeć:

– Ratunku! Niech pani mnie ratuje!

Ale kobieta nawet nie drgnęła. Miała zamknięte oczy i chyba spała...

Chodnik zadrżał. Ida usłyszała łomot kroków. Rozwścieczony Gigun gonił ją.

Idalia zobaczyła na końcu ulicy budynek z napisem POLICJA. Pognała w tamtą stronę. Dobiegła do posterunku, pchnęła drzwi i wpadła do środka.

Znalazła się w dużym pokoju, gdzie obok biurka stał policjant, a drugi siedział przy komputerze.

– Ratunku! Ratujcie mnie! – krzyknęła Ida. – Porwał mnie olbrzym. On tu idzie!

Policjant przy biurku nawet nie drgnął. Dziewczynka podbiegła do niego.

– Proszę pana!

Żadnej reakcji. Policjant miał zamknięte oczy. Spał na stojąco!

– Niech pan się obudzi! Obudź się! Olbrzym tu idzie!!!

Policjant nie reagował. Idalia podbiegła do drugiego, siedzącego przy komputerze.

– Proszę pana!

Żadnej reakcji. Ida zobaczyła, że ten policjant także śpi!

Nie próbowała go budzić. Bo zaczynała już rozumieć, co się stało. To antybudzik! Ktoś musiał go włączyć z największą mocą i uśpił całe miasto! Ale kto to zrobił? Dlaczego?

Idalia usłyszała łomot kroków olbrzyma, a potem huk. Posypał się gruz i nagle w pokoju zrobiło się jasno. To Gigun zerwał dach z posterunku. Idalia zobaczyła jego wielką głowę zaglądającą do wnętrza. Rzuciła się do ucieczki.

Wybiegła tylnym wyjściem, przemknęła między radiowozami i wpadła na wąską uliczkę. Popędziła nią. Po drodze minęła kilkoro ludzi, wszyscy oczywiście spali. Idalia z daleka słyszała krzyk olbrzyma:

– Wracaj, karzełku! I tak cię dopadnę!

Gdzie ma się schować? Jeśli ukryje się w jakimś budynku, Gigun ze złości go rozwali!

Ida przebiegła jeszcze sto metrów i znalazła się na głównej ulicy. Zobaczyła tramwaj stojący na przystanku. Postanowiła się tam schować. Drzwi były otwarte. Idalia wskoczyła do wagonu i skuliła się na podłodze. Po chwili wagon zadrżał. Ida ostrożnie wyjrzała przez okno.

Ulicą szedł Gigun. Zmierzał prosto w stronę tramwaju. Widocznie zauważył, że Idalia się tam ukryła. Było za późno, by uciekać.

„Gdyby ten przeklęty tramwaj ruszył… Wtedy byłaby szansa na ucieczkę…” – pomyślała Ida. Spojrzała na kabinę motorniczego. Kierujący tramwajem spał na podłodze obok drzwi. Dziewczynka podbiegła i wskoczyła na jego fotel. Często przyglądała się motorniczym i pamiętała, co robili w czasie prowadzenia tramwaju. Przekręciła kluczyk sterczący w konsoli, wysunęła prawą nogę i wcisnęła gaz. Tramwaj ruszył! Na szczęście był to nowoczesny model i prowadziło się go łatwo.

Idalia wcisnęła gaz do oporu. Elektryczny silnik zawył głośno i tramwaj przyspieszył. Jechał naprawdę prędko. Ida zerknęła w lusterko. Olbrzym gonił ją, ale zostawał coraz bardziej z tyłu. Była szybsza.

Dopóki tramwaj pędził prostą i pustą ulicą, nie było problemów. Ale zbliżał się zakręt. Ida trochę zwolniła. Piszcząc przeraźliwie kołami, tramwaj skręcił w prawo. I wtedy Idalia zobaczyła na torach kobietę z wózkiem. Drzemała, oparta o rączkę wózka, w którym było śpiące dziecko. Stali dokładnie na środku torów! Tramwaj pędził prosto w ich stronę.

Idalia wcisnęła z całych sił hamulec.

Rozległ się przeraźliwy zgrzyt i tramwaj zaczął hamować.

– Stój! Stój!!! – krzyczała błagalnie Ida, zapominając, że jej życzenia już się nie spełniają.

Na szczęście tramwaj zatrzymał się kilka metrów przed kobietą.

Idalia oddychała ciężko, pobladła ze strachu. Znów usłyszała łomot ciężkich kroków. Obejrzała się. Gigun pędził ulicą w jej stronę.

Wyskoczyła z tramwaju. Rozglądała się, rozpaczliwie szukając jakiejś kryjówki. Sto metrów dalej były schody do przejścia podziemnego. Idalia błyskawicznie tam popędziła. Zbiegła do długiego ciemnego tunelu. Postanowiła się w nim ukryć, licząc na to, że wielkolud tam się nie wciśnie.

Dziewczynka stanęła pośrodku tunelu. Oparła się o ścianę, dysząc ciężko ze zmęczenia. Przejście podziemne było pokryte graffiti, a z kosza na śmieci cuchnęło okropnie. Poza Idalią nie było tu nikogo.

Przez chwilę panowała cisza. Potem Ida usłyszała nad głową głuchy łoskot. To olbrzym szedł ulicą. Sufit podziemnego przejścia zadrżał. Posypał się tynk. Nagle huk kroków umilkł. Gigun zatrzymał się obok wejścia do tunelu.

„On wie, że tu jestem" – pomyślała wystraszona Idalia.

Nagle w podziemnym przejściu zrobiło się jeszcze ciemniej. Ida zobaczyła wielką twarz Giguna zaglądającą do tunelu.

– Tu się chowasz! – zawołał.

Olbrzym nie mógł wejść do przejścia podziemnego, ale wcisnął tam rękę. Ida odskoczyła. Wielka dłoń przesuwała się w jej stronę, próbując ją pochwycić. Ogromne paluchy poruszały się jak macki ośmiornicy. CAP! CAP!

Ida cofała się, ale gigantyczna ręka wciąż sunęła w jej kierunku. Była coraz bliżej.

Idalia rzuciła się do ucieczki.

Wybiegła z tunelu schodami na drugą stronę ulicy. Zobaczyła Giguna klęczącego na chodniku. Olbrzym podniósł głowę i ujrzał ją. Chciał wstać, ale nie mógł wyrwać ręki z tunelu, bo uwięzła w zbyt ciasnym dla niego otworze!

Ida zaczęła uciekać. Słyszała, jak Gigun wrzeszczy ze złości, a potem rozległ się huk. Olbrzym, wyciągając rękę, rozwalił tunel! Posypał się gruz i uniósł pył. Gigun wyszarpnął dłoń spod sterty gruzów, zerwał się i ruszył za Idą. Musiał się chyba skaleczyć, bo dmuchał w rękę i warczał ze złości.

Idalia pędziła najszybciej, jak umiała. Nagle potknęła się na dziurze w chodniku i upadła, uderzając się w kolano. Chciała się zerwać, ale wtedy TRACH!

Wielkie paluchy chwyciły ją za ramiona. Ida odwróciła się i zobaczyła Giguna. Uniósł ją na wysokość swoich oczu. Gapił się na nią przez chwilę.

– Mówiłem ci, robaku, że mi nie uciekniesz.

– Czego ty ode mnie chcesz? – jęknęła Idalia. – Wypuść mnie.

– Nie puszczę cię, póki nie powiesz, jak wrócić na moją planetę. Ta wasza Ziemia to najbardziej kretyńskie miejsce w kosmosie. Wszystko tu jest za małe, a większość tych głupich krasnali śpi. Nie wiem, o co tu chodzi. Chcę wracać do domu! Jeśli mi nie pomożesz, to marny twój los. Ale najpierw muszę coś zjeść.

Gigun tym razem nie schował Idalii do kieszeni. Trzymał ją w ręku.

– Mów, gdzie mogę znaleźć jakieś porządne jedzenie – burknął. – Prowadź mnie!

– Gigun ją złapał! – jęknął Alik.

Razem z Budyniem obserwowali olbrzyma, ukryci za kubłem na śmieci. Do miasta dotarli jakieś pół godziny temu. Na widok ludzi śpiących na ulicach kundelek zaraz zawołał:

– Wiem, co się stało! To antybudzik!

– Co? – zdziwił się Alik.

Nie wiedział o antybudziku, bo został wyczarowany w tajemnicy przed nim.

– Idalia wymyśliła przedmiot do usypiania – tłumaczył Budyń. – Chyba musiał się włączyć ze zbyt dużą mocą. I uśpił całe miasto.

– Na jak długo?

– Nie wiem. Ida mówiła, że ludzie mogą spać przez wiele dni.

Alik spojrzał niespokojnie na psa.

– Myślisz, że Kuki, Blubek i Gabi też zasnęli?

– Boję się, że tak.

– Czyli nikt nam nie pomoże? – szepnął Alik. – Jesteśmy zupełnie sami!

Budyń myślał, że Alik się załamie. Jednak chłopak powiedział zdecydowanie:

– To znaczy, że sami musimy pokonać olbrzyma! Poradzimy sobie. Najpierw trzeba uwolnić Idę, a potem...

W tym momencie chodnik zadrżał. Zobaczyli nad dachami głowę Giguna. Biegł sąsiednią ulicą.

Alik wskoczył na rower i pojechał w jego stronę. Dogonili olbrzyma w chwili, gdy pochwycił Idalię.

Ukryci za kubłem na śmieci patrzyli, jak Gigun odchodzi, trzymając więźnia w olbrzymiej dłoni. Alik chciał ruszyć na pomoc, ale Budyń go powstrzymał.

– Czekaj… Musimy być ostrożni. Jeżeli nas rozwali, to już nikt Idzie nie pomoże.

Ruszyli ostrożnie za olbrzymem, trzymając się sto metrów za nim.

Gigun doszedł do centrum handlowego GLOBO. Tutaj się zatrzymał. Rozglądał się uważnie. Potem złapał metalową linę, na której wisiały reklamy. Była długa, biegła wokół całego parkingu. Wielkolud ją zerwał. Postawił Idalię na parkingu, ale wciąż trzymał ją za ramię. Drugą ręką obwiązał jeńca liną w pasie. Było to trudne zadanie dla grubych paluchów Giguna, ale jakoś sobie poradził. Zaciągnął mocny podwójny węzeł. Ida była teraz uwiązana jak pies na smyczy, a Gigun trzymał koniec liny.

– Co ty robisz? – jęknęła Idalia. – Uduszę się!

– Siedź cicho! – Gigun poluźnił pętlę, ale tylko odrobinę. – Słuchaj, krasnalu. Przyniesiesz mi coś do jedzenia. Bierz wózek, idź do sklepu i przynieś mi dużo żarcia. Ma go być mnóstwo, rozumiesz? Nie próbuj uciec, bo i tak cię złapię! Zresztą będziesz uwiązana. Idź! Dalej!

Ida chwyciła wózek stojący obok wejścia i weszła do galerii. Stalowa lina wlokła się za nią.

Czuła się okropnie, jak niewolnik z filmów o starożytnym świecie. Gigun co jakiś czas pociągał za linę, sprawdzając, czy nie uciekła.

Idalia ruszyła korytarzem galerii. Było tu mnóstwo śpiących klientów z torbami pełnymi zakupów. Ida zobaczyła dwóch ochroniarzy, którzy spali na ławce. Nawet nie próbowała ich budzić, bo była już pewna, że to niemożliwe. Jednak co innego przyciągnęło jej uwagę. Ochroniarze mieli broń. W kaburach przy ich pasach tkwiły pistolety. Może wyciągnąć jeden... Ida wzdrygnęła się. Przecież nie mogłaby strzelać do Giguna. Ten olbrzym jest żywą istotą. Tak naprawdę to po prostu ogromny chłopak. Nie może do niego strzelać. Zresztą ziemskie pistolety przy Gigunie były malusieńkie. Pocisk nie zrobiłby mu krzywdy większej niż ugryzienie komara. Ida musiałaby chyba zdobyć czołg, żeby walczyć z olbrzymem.

Poczuła szarpnięcie „smyczy". To Gigun sprawdzał, czy nie uciekła. Metalowa lina okropnie uwierała i utrudniała oddychanie. A może uda się ją rozwiązać i uciec? Dziewczynka chwyciła węzeł i próbowała go rozplątać. Szarpała stalową linę z całej siły, ale bez skutku. Węzły były zaciągnięte zbyt mocno. Tylko olbrzym potrafiłby rozerwać tę pętlę.

Nie mogła uciec.

Idalia westchnęła i skierowała się w stronę supermarketu spożywczego.

Przeszła obok kas. Siedziały w nich uśpione kasjerki, a klienci drzemali w kolejce. Ktoś trzymał w dłoni otwarty portfel, z którego wysypały się pieniądze. Jakieś uśpione dziecko ściskało w dłoni batonik. Widocznie zasnęło w chwili, gdy próbowało naciągnąć mamę na kupno słodyczy. Wszyscy ludzie mieli zamknięte oczy. Wyglądało to okropnie.

„Jak w jakimś horrorze – pomyślała Ida. – A w dodatku to moja wina! To ja wymyśliłam ten przeklęty antybudzik!"

Znów poczuła szarpnięcie „smyczy" i usłyszała daleki krzyk Giguna:

– Pospiesz się!

Skierowała się do półki z chlebem. Zaczęła wrzucać bochenki do wózka, wybierając te największe. Potem pojechała do działu z serami. Te w paczkach były zbyt małe dla olbrzyma, więc

Ida weszła za ladę między śpiące ekspedientki. Z wysiłkiem zdejmowała z półek wielkie kręgi sera i zanosiła je do wózka. Dodała kilka szynek i stos arbuzów.

Co jeszcze? Po namyśle poszła do maszyny opiekającej kurczaki. Otworzyła szklane drzwi i włożyła do wózka dwadzieścia kurczaków. Miała teraz okropnie tłuste ręce, czego nie cierpiała. Niestety nie mogła pójść do łazienki, aby się umyć. Wózek zrobił się okropnie ciężki. Kiedy go pchała, kółka piszczały przeraźliwie. Ida znów poczuła mocne szarpnięcie liny. Wygłodniały olbrzym chciał, żeby wracała.

Ruszyła do wyjścia. Musiała iść dokładnie tą samą drogą, którą przyszła, bo inaczej lina zaplątałaby się między półkami. Nagle usłyszała szept:

– Ida…

Gwałtownie się zatrzymała. Musiało jej się chyba wydawać… Przecież wszyscy śpią.

Znowu usłyszała:

– Idalia!

Spod sąsiedniej półki wychylił się…

– Budyń!!! – Idalia popędziła do niego. – Budyń… Skąd się tu wziąłeś…?

– Ciii… – szepnął psiak. – Chodź ze mną…

Zdumiona dziewczynka ruszyła za kundelkiem. Weszli do działu z narzędziami.

Tutaj czekał na nich Alik!

Ida podbiegła i objęła go.

– Alik! Budyń! Jak to dobrze, że jesteście. On mnie złapał i przywiązał. Powiedzcie, skąd się tu wzięliście…?

– Czekaj – szepnął Alik. – Najpierw cię uwolnię.

Wziął wielkie nożyce do cięcia metalu leżące na półce z narzędziami.

– Nie ruszaj się, żebym cię nie skaleczył.

Alik rozwarł ostrza nożyc i zacisnął je z całej siły na stalowej linie. Metal zgrzytał, ale lina nie chciała pęknąć. Była gruba i mocna.

Usłyszeli odległy krzyk olbrzyma:

– Wracaj!

Gigun pociągnął linę i w ten sposób pomógł Alikowi. „Smycz" się naprężyła, chłopak natychmiast zwarł nożyce. TRACH! Rozległ się przeraźliwy zgrzyt i lina została przecięta!

– Uciekajmy! – zawołał Budyń.

– Czekajcie…

Ida złapała linę i błyskawicznie przywiązała ją do rączki wózka z zakupami.

– Co robisz!? – spytał Alik.

– On będzie myślał, że wciąż jestem na smyczy.

W tej chwili rozległ się krzyk:

– Wracaj!

Olbrzym zaczął ciągnąć wózek, który gwałtownie pojechał w stronę wyjścia, potrącając po drodze regały. Z półek spadały butle z sokami i stosy czekolad. TRACH! TRACH! Po chwili rozległ się pisk alarmu. Widocznie wózek przejechał obok kas i czujniki wykryły niezapłacony towar.

– Zwiewajmy! – zawołał Budyń. – Szybko!

O półkę był oparty rower Alika. Chłopak wsiadł na niego.

– Idalia, wskakuj z Budyniem na bagażnik!

– Lepiej niech weźmie drugi rower! – krzyknął Budyń. – Tu jest ich pełno.

Faktycznie, w dziale sportowym stało dużo rowerów. Idalia pobiegła tam i zabrała żółtego krossa. Wskoczyła na siodełko i razem z Alikiem pojechali do tylnego wyjścia ze sklepu.

Usłyszeli daleki wrzask olbrzyma:

– Ty oszustko! Ty mały draniu! Dopadnę cię!

Widocznie Gigun wyciągnął wózek z galerii i zobaczył, że jeniec uciekł.

Dwa rowery pędziły przez sklep. Budyń zawołał:

– W lewo, w tamte drzwi. Tam pachnie wolnością!

Wjechali w drzwi osłonięte plastikową kurtyną. Znaleźli się w magazynie. Był wypełniony kartonami i zgrzewkami butelek. Na drugim końcu była brama. Otwarta!

Popędzili tam. W bramie stał wózek widłowy z uśpionym kierowcą. Ominęli go i wyjechali na tylny parking zastawiony ciężarówkami. Klucząc między autami, wydostali się na ulicę. Usłyszeli wrzask Giguna:

– Małe dranie! Widzę was!

Olbrzym ich zauważył i ruszył za zbiegami. Mimo zagrożenia Idalia pomyślała, że to lepiej. Inaczej wielkolud, szukając jej, zburzyłby galerię handlową. A tam było mnóstwo śpiących ludzi!

Jednak musieli uciekać najszybciej, jak to możliwe, bo Gigun był blisko.

Wjechali na główną aleję miasta. Popędzili, omijając stojące na jezdni autobusy. Jakoś udało im się zgubić olbrzyma.

Dotarli do ulicy Kasztanowej. Alik skręcił w nią. Ida pojechała za nim. Ulica prowadziła w dół, więc mogli rozwinąć naprawdę dużą prędkość. Ida myślała, że Alik chce się ukryć w szkole. Jednak chłopak minął szkolny budynek. Wjechali do parku i popędzili alejką w kierunku starej twierdzy. Zatrzymali się przed wejściem do schronu.

Alik zeskoczył z roweru. Podbiegł do stalowych drzwi. Zamiast klamki było na nich wielkie metalowe koło.

– Ida! Pomóż mi. Obracaj ze mną!

Dziewczynka podbiegła i razem przekręcili obrotową klamkę. Drzwi schronu otworzyły się powoli. Były niesamowicie ciężkie. Miały chyba pół metra grubości.

– Wchodźcie! – zawołał Alik.

Cała trójka wbiegła do wnętrza. Alik zatrzasnął drzwi. Przekręcił kontakt, zapaliło się światło.

Po betonowych schodach zeszli do podziemnej sali, tej samej, w której Idalia spaliła puzzle.

– Nad nami jest dziesięć metrów betonu – powiedział Alik. – Nawet Gigun tego nie rozwali. Nie ma szans.

Usiedli na kamiennych ławkach. W schronie było zimno i wilgotno, ale poczuli się tu bezpiecznie. Alik miał rację. Tutaj olbrzym nie mógł im nic zrobić.

– Wiecie, że ja zawsze się bałem, że Ogromni przylecą na Ziemię – powiedział Alik. – Więc wymyśliłem, że ten schron będzie naszą kryjówką. Nawet schowałem tu różne zapasy. Wyciągnął spod ławki torbę. Było w niej parę butelek wody i paczka z jedzeniem.

– A masz może kiełbaski czosnkowe? – zainteresował się Budyń.

– Tak… Jedno opakowanie. Specjalnie dla ciebie.

– Dzięki.

Powoli dochodzili do siebie po niesamowitych przeżyciach. Alik i Budyń opowiedzieli, co się z nimi działo, od kiedy wydostali się z przepaści. Ida zdała relację z podróży w kieszeni olbrzyma.

– Co teraz zrobimy? – spytała.

– Najpierw – powiedział Budyń – trzeba sprawdzić, co się dzieje z Kukim, Gabi i Blubkiem. Bardzo się o nich martwię.

– Ja też – westchnęła Ida. – Oni chyba użyli antybudzika i coś poszło nie tak. Nastawili zbyt dużą moc.

– Myślisz, że oni też zasnęli? – spytał Alik.

– Tak.

– Przecież na pewno założyli słuchawki.

– Przy najwyższej mocy nic nie chroni.

– Ale Korto chyba nie zasnął – powiedział Alik. – Przecież on jest robotem. Musimy go znaleźć. Powie nam, co się stało.

– I zaprowadzi do przedmiotu, który miał nas ocalić! – dodała Idalia.

– Nie wiadomo, gdzie Korto jest – powiedział Budyń.

– Trzeba go odszukać.

– Chodzenie po mieście jest niebezpieczne – ostrzegł Budyń. – Przecież ten wściekły olbrzym krąży po ulicach.

– Ja się martwię o moich rodziców – szepnął Alik. – Oni na pewno też zasnęli. A Gigun może rozwalić nasz dom i wtedy oni zginą.

– Zagrożeni są też rodzice Gabi i Kukiego, i Blubka – powiedziała Idalia. – Wszyscy ludzie w mieście są w niebezpieczeństwie.

– To znaczy, że trzeba coś z tym Gigunem zrobić! – zawołał Budyń. – Musimy go unieszkodliwić.

– Ale jak!?

– Poczekamy, aż zaśnie, i wtedy możemy go po cichu związać – zaproponował Alik.

– To się nie uda – westchnął Budyń. – Gigun rozerwie każdą linę.

– Linę tak. Ale grubego łańcucha nie rozerwie. Trzeba znaleźć łańcuch w jakimś sklepie i go związać.

– I co dalej? – spytał kundelek.

– Odszukamy Korto i ten tajemniczy przedmiot – powiedziała Idalia.

– A jak nie znajdziemy Korto?

– To poczekamy, aż obudzą się ludzie i nam pomogą.

– Najpierw trzeba iść na zwiady – zdecydował Alik. – Musimy sprawdzić, co robi Gigun.

– Zaraz...?

– Nie. Wyruszymy, jak zapadnie zmrok. W ciemności łatwiej się ukryć przed olbrzymem.

– To teraz coś zjedzmy, żeby mieć siły – zaproponował Budyń. – Na przykład małą kiełbaskę.

O dziewiątej zdecydowali, że można już wyruszyć na wyprawę zwiadowczą. Otworzyli ciężkie drzwi schronu i ostrożnie wyjrzeli. Zapadł zmrok, ale świecił księżyc. Było wystarczająco jasno, by dojrzeć Giguna. Na razie nie było go widać.

– Idziemy – szepnął Alik.

Wyszli ze schronu i szybko przebiegli przez teren twierdzy. Nie zabrali rowerów, bo po ciemku trudno byłoby im jechać. Poza tym Alik wciąż nie czuł się na rowerze najpewniej.

Ruszyli przez park w stronę szkoły. Co jakiś czas mijali ludzi drzemiących na ławkach albo śpiących na stojąco. Nikt się nie poruszał. Tylko czasem słyszeli chrapanie albo ktoś mamrotał przez sen. Poza tym panowała kompletna cisza. Było to niesamowite. Czuli się jak w mieście duchów.

Starali się iść pod drzewami, by gałęzie osłaniały ich przed wzrokiem olbrzyma. Ale i tak czuli lęk. Gigun mógł się gdzieś czaić. Czekać na nich ukryty za jakimś domem albo za drzewami. Wielka ręka mogła w każdej chwili wyskoczyć spomiędzy gałęzi i ich porwać. Jednak na razie olbrzym ich nie atakował. Doszli bezpiecznie do ulicy Kasztanowej i tutaj się zatrzymali.

Przed nimi była szkoła. Kilku uczniów spało na schodach, a obok drzemała woźna, oparta o miotłę.

– Poczekajcie tu – szepnął Alik. – Ja pójdę sprawdzić, co się dzieje z moimi rodzicami.

Alik mieszkał na terenie szkoły, bo jego mama była nauczycielką.

– Pójdziemy z tobą – powiedziała Ida.

W trójkę pobiegli do szkoły. Wspięli się na ostatnie piętro narożnej wieży. Alik otworzył kluczem drzwi i weszli do mieszkania.

Rodzice Alika spali w salonie na kanapie przytuleni do siebie.

Podbiegł do nich. Mama drgnęła przez sen, jakby poczuła obecność syna. Alik wziął koc i okrył rodziców, żeby nie zmarzli.

– Nie bójcie się... – szepnął. – Ja będę was strzegł... Olbrzym nie zrobi wam nic złego. Pokonam go. Przysięgam...

Potem Alik delikatnie pocałował mamę, która uśmiechnęła się przez sen. Chłopak zerknął na Idę i Budynia, trochę się wstydząc swojej czułości. Szybko wstał.

– Musimy iść – mruknął.

Idalia go zatrzymała.

– Alik... A może spróbujemy wezwać pomoc? Twoi rodzice mają telefony... Przecież w innych miastach ludzie nie zasnęli. Możemy zadzwonić na policję albo do wojska...

Budyń zawołał:

– Kuki zawsze mówi, że nikt obcy nie powinien się dowiedzieć o magicznych przedmiotach!

– Ma rację – zgodził się Alik.

– Ale teraz sytuacja jest zbyt niebezpieczna – powiedziała Ida. – Sami możemy nie dać rady.

– No dobrze... Spróbujemy wezwać pomoc.

Alik wziął telefon taty i wybrał numer 112. W szkole uczyli ich, że pod tym numerem zawsze ktoś im pomoże, ale nie było żadnego sygnału. Zupełna cisza. Wypróbowali inne numery.

Bez skutku. Potem wzięli telefon mamy Alika. Z niego także nie można było nawiązać połączenia. Oba telefony wskazywały zerowy zasięg. Nie działał też internet.

– Chyba padła sieć telefoniczna – powiedział Alik. – Na przykład jakiś technik, zasypiając, mógł wyłączyć komputer. Albo bez obsługi stacje przekaźnikowe po prostu przestają działać.

– To znaczy, że nie możemy wezwać żadnej pomocy? – spytała Idalia.

– Nie. Musimy sami sobie poradzić.

– No to co robimy? Idziemy szukać olbrzyma?

– Najpierw trzeba zdobyć wyposażenie.

Ruszyli do miasta, przemykając ostrożnie najciemniejszymi uliczkami. Co jakiś czas przystawali, nadsłuchując, czy nie nadchodzi Gigun. Ale na razie nie słyszeli jego ciężkich kroków.

Alik zaprowadził przyjaciół do sklepu WĘDROWIEC. Sprzedawano tu sprzęt turystyczny. Sklep był otwarty, a sprzedawcy oczywiście spali.

Zaczęli myszkować między półkami. Najpierw wyszukali kaski rowerowe (mogły się przydać, gdyby Gigun czymś w nich rzucał). Potem wybrali trzy latarki czołówki (jedna, najmniejsza, pasowała na łepek Budynia). Dodatkowo Alik wziął specjalną lampę do nadawania sygnałów alfabetem Morse'a.

– Po co to?

– Potem ci powiem.

Zabrali jeszcze scyzoryki, mocną lornetkę i mapę miasta.

– Okej, teraz jesteśmy wyposażeni.

– Alik, myślisz, że możemy to wszystko brać bez płacenia? – zaniepokoiła się Idalia.

– A co mamy zrobić? Sytuacja jest nadzwyczajna, a my walczymy, żeby ocalić miasto i ludzi. Nie będziemy niczego kraść, ale sprzęt musimy mieć.

– Masz rację.

Wyszli na ulicę.

– Co teraz robimy? – spytał Budyń.

– Uważam, że najpierw trzeba znaleźć Korto – powiedział Alik. – On nam powie, co się zdarzyło. I wskaże, gdzie jest ten tajemniczy przedmiot.

– Jak chcesz go znaleźć?

– Korto zna alfabet Morse'a. Ja też go znam. Więc chcę nadać sygnał świetlny alfabetem Morse'a. Jeśli Korto go dostrzeże, to nam odpowie. On ma laserowe oczy, może wysyłać promienie.

– W takim razie musimy wejść gdzieś wysoko – powiedziała Idalia – bo inaczej Korto nie zobaczy sygnału.

– Zgadza się. Chcę się wspiąć na wieżę ratusza.

– Ja mam lepszy pomysł.

Idalia poprowadziła Alika i Budynia w stronę rzeki. Doszli do dużego placu, na którym znajdował się park rozrywki JOYLAND. Były tu rollercoaster, tor gokartowy i hala koncertowa. Ale najsłynniejsze było wielkie koło widokowe ustawione nad rzeką. Kiedy wjechało się na górę, widziało się całe miasto. To stamtąd Idalia chciała nadać sygnał świetlny do Korto.

– Jesteś pewna, że to dobry pomysł? – spytał Alik.

– To najwyższy punkt w mieście. Widać go z każdego miejsca. Jeśli stamtąd wyślemy sygnał, Korto na pewno go zauważy. Kiedyś Kuki tam wjechał, by użyć czerwonego krzesła.

– Jeżeli przyjdzie Gigun, nie będziemy mogli uciec – powiedział niepewnie Alik.

– Musimy zaryzykować.

Ida, Alik i Budyń weszli przez obrotowe bramki na teren JOYLANDU.

Rollercoaster stał nieruchomy, ale koło widokowe obracało się powoli. Było puste, nikt nie siedział w gondolach.

– Wszyscy wjeżdżamy na górę? – spytała Ida.

– Ktoś powinien zostać na warcie – powiedział Alik. – Gdyby Gigun przyszedł, trzeba go zatrzymać, aż zjedziemy na dół.

– Ja mogę zostać – pisnął psiak. – Nienawidzę wysokości. Wolę już walczyć z olbrzymem. Choć nie obiecuję, że go zjem…

– Okej – powiedział Alik. – My wjedziemy na górę i nadamy sygnał do Korto.

Razem z Idą wspięli się na platformę, z której wsiadało się do koła widokowego. Obsługa spała, więc musieli bez niczyjej pomocy wskoczyć do jadącej gondoli. Pierwsza skoczyła Idalia. Alikowi było trudniej, bo trzymał w rękach dużą lampę do nadawania sygnałów. Wsiadając, omal się nie wywrócił, ale Ida złapała go za rękę i wciągnęła do gondoli. Zaczęli powoli sunąć w górę. Im wyżej się wznosili, tym lepszy otwierał się widok. Widzieli całe miasto. Plątaninę ulic i morze dachów oświetlonych księżycowym światłem. Idalia wyciągnęła lornetkę i uważnie się rozglądała. Ale nawet przez superlornetkę nie miała szans wypatrzyć maleńkiego Korto. Także olbrzyma nie było nigdzie widać.

Kiedy gondola zbliżyła się do najwyższego punktu, Alik uruchomił lampę sygnalizacyjną. Naciskał rytmicznie włącznik, światło zaczęło błyskać. Ponad miasto popłynęła nadawana alfabetem Morse'a wiadomość: KORTO. GDZIE JESTEŚ? KORTO! DAJ NAM ZNAK!

Na drugim końcu miasta, na boisku Stadionu Miejskiego stał robot. Wpatrywał się w górę. Widział świetlne znaki pulsujące na ciemnym niebie.

Korto natychmiast odczytał sygnał. Jego laserowe oczy zaczęły świecić, wysyłając w górę czerwone promienie. Światła zapalały się i gasły.

– Jest odpowiedź! – krzyczał Alik. – Korto nadaje wiadomość! Patrz, tam!

Daleko, nad dachami domów, widoczne były czerwone laserowe smugi. Pulsowały rytmicznie.

– Co on mówi!? – zawołała Ida.

Alik z napięciem odczytywał sygnał.

– CZEKAM. STADION. CZEKAM. SZYBKO.

– Zapytaj go, który stadion, bo jest kilka…

Alik uniósł lampę, by zadać pytanie.

W tej chwili usłyszeli krzyk Budynia:

– Uwaga! On tu idzie!

Odwrócili się gwałtownie. Zobaczyli olbrzyma.

Gigun szedł w stronę parku rozrywki, a właściwie gnał jak wściekła lokomotywa! Widocznie zauważył świetlne sygnały i pędził, by ich złapać!

Olbrzym stratował płot i wbiegł na teren JOYLANDU.

Gondola, w której siedzieli, była dopiero w połowie drogi do ziemi, a koło widokowe obracało się bardzo powoli. Ida i Alik nie mieli jak uciec.

Zobaczyli, że Budyń podbiega do olbrzyma i coś do niego krzyczy. Gigun chyba nie słyszał jego głosu. Po prostu nie zwracał uwagi na coś, co miało dla niego rozmiar mrówki. Ruszył w stronę koła widokowego.

Wtedy psiak rzucił się na olbrzyma. Wskoczył na jego but i ugryzł Giguna w nogę. Było to niesłychane bohaterstwo!

Olbrzym poczuł ugryzienie, bo spojrzał w dół i machnął nogą. Budyń pofrunął i spadł na trawnik. Pozbierał się i znowu próbował atakować. Ale Gigun ruszył już w stronę koła.

Alik i Idalia skulili się, kryjąc się w gondoli.

Gigun podszedł do koła widokowego i gapił się niepewnie. Koło było prawie tak duże jak on. Nagle dostrzegł dzieci ukryte w gondoli. Krzyknął i natychmiast wysunął rękę, by je pochwycić. Wcisnął ją pomiędzy szprychy koła. To był błąd, bo obracająca się konstrukcja ścisnęła boleśnie jego dłoń. Olbrzym syknął z bólu. Zaczął szarpać ręką, próbując ją wyrwać spomiędzy szprych. Koło widokowe się zakołysało. Ida i Alik musieli się trzymać uchwytów, żeby nie wypaść.

Rozłoszczony olbrzym trząsł wielką konstrukcją. Nagle coś chrupnęło. TRACH! Koło widokowe oderwało się od podstawy i spadło na ziemię! Stalowy krąg, wielki jak wieżowiec, zaczął się toczyć po trawie.

Alik i Idalia wrzeszczeli ze strachu. Spadły im z głów kaski. Trzymali się rozpaczliwie uchwytów w gondoli. Wirowali razem z kołem, co chwila wisząc do góry nogami, jak w upiornym rollercoasterze. Wiedzieli, że jeśli koło się przewróci, to zginą. Konstrukcja toczyła się drogą z potwornym dudnieniem.

Olbrzym był zaskoczony tym, co się stało. Patrzył niepewnie, jak gigantyczne koło widokowe przetacza się przed nim, miażdżąc po drodze ławki i latarnie. Konstrukcja toczyła się w stronę rzeki. Nad brzegiem była wysoka skarpa, a wzburzona woda płynęła wiele metrów niżej.

Alik i Ida nie mieli szans, by wyskoczyć. Połamaliby nogi albo koło by ich zgniotło. Ida na chwilę zapomniała, że jej życzenia się nie spełniają, i krzyczała:

– Stój! Zatrzymaj się!

Oczywiście bez skutku.

Koło dotarło do kamiennych schodów. Ze straszliwym łoskotem stoczyło się po stopniach i poturlało do krawędzi skarpy. Już miało runąć do wody, gdy nagle coś je zatrzymało. Koło zastygło w powietrzu jak na filmowej stop-klatce.

Ida i Alik obejrzeli się. Zobaczyli, że Gigun złapał stalową konstrukcję i stękając z wysiłku, uniósł ją. A potem położył koło na trawie. Wyciągnął ręce w stronę dzieci. Ale zanim ich dosięgnął, wyskoczyły z gondoli i uciekły między drzewa. Ukryły się w gęstych zaroślach.

Ida i Alik siedzieli dłuższy czas niemal bez ruchu. Zastanawiali się, gdzie jest Budyń. Zanim ruszyli na poszukiwanie przyjaciela, genialny nos kundelka ich wywęszył.

– Jestem! – pisnął psiak, wynurzając się z krzaków. – Znikajmy stąd!

Pobiegli alejką, ukryci pod koronami gęstych drzew. Na końcu była żółta brama z napisem SUPERGOKARTY.

– Chodźcie tam! – krzyknęła Idalia.

Wbiegli na tor gokartowy otoczony barierą ze starych opon. Dziewczynka pociągnęła Alika do dwuosobowego gokarta. Wskoczyła na miejsce kierowcy, a Alik usiadł obok.

– Budyń, właź!!!

Psiak wskoczył na kolana Alika. Ida włączyła silnik i pognali do bramy. Żółty pojazd podskakiwał na nierównościach, ale jechał naprawdę szybko. Minęli zakręt i nagle zobaczyli Giguna stojącego przed nimi na drodze. Było za późno, by zawrócić.

Ida wcisnęła gaz. Udało jej się przejechać między szeroko rozstawionymi nogami olbrzyma. Gigun krzyknął i próbował ich chwycić, ale zdołali przemknąć, zanim się schylił.

Popędzili do bramy parku. Bariera była opuszczona. Na szczęście gokart był niski. Schylili się i przejechali pod szlabanem. Wypadli na ulicę.

– Alik! Dokąd jechać?

– Do schronu!

– A Korto?

– Potem go znajdziemy. Na razie musimy się ukryć.

Do twierdzy było daleko, musieli przejechać przez całe miasto. Gokart pędził, podskakując jak piłka na torach i dziurach. Ida omijała slalomem stojące auta i tramwaje. Wkrótce się pogubili w plątaninie ulic. Krążyli długo, ale nie mogli znaleźć drogi do twierdzy. Na szczęście na razie nie natknęli się na olbrzyma. Po kilku godzinach błądzenia po nocnym mieście byli okropnie zmęczeni. Zatrzymali gokart.

– Alik, ja się zupełnie zgubiłam – szepnęła Ida. – Dokąd mam jechać?

Alik rozłożył plan miasta i oglądał go niepewnie.

– Wydaje mi się, że trzeba pojechać w lewo. Chyba tam jest twierdza.

– Chyba?

– Nie wiem. Przecież ja jeżdżę autobusem.

– Ja też. Dobra, skręcę w lewo.

Ida uruchomiła gokart i wjechała w boczną uliczkę. Niestety nie była to właściwa droga. Po chwili znaleźli się na terenie jakiejś budowy. Stało tu kilka nieukończonych budynków otoczonych płotem. Nad nimi sterczały ramiona dźwigów. Po placu budowy wiatr rozwiewał papiery i kawałki styropianu.

Idalia już chciała się wycofać, kiedy usłyszeli jakiś głos. Z mroku dobiegało mruczenie i jakby płacz.

Był to głos olbrzyma!

– Gigun tu jest – pisnął Budyń. – Uciekajmy!

– Czekaj... Sprawdzimy, co się dzieje.

Ida szybko wyłączyła silnik gokarta i dała znak przyjaciołom.

– Chodźcie… Tylko cicho. Nie zapalajcie latarek.

Weszli przez bramę na teren budowy i zatrzymali się gwałtownie. Na placu siedział Gigun. Oparty o ścianę domu gapił się w niebo, w stronę gwiazd.

– Zobaczcie… – szepnęła Ida. – On płacze…

Faktycznie po policzkach olbrzyma płynęły wielkie łzy. Usłyszeli, jak mruczy:

– Chcę wracać… Chcę do domu. Do rodziców… Do mojego Morusa… Nie chcę tu być. Nie chcę!

W świetle księżyca olbrzym wyglądał jak dziwne gigantyczne dziecko. Bo prawdę mówiąc, właśnie tym był. Olbrzymim dzieckiem.

– Trochę mi go żal – westchnęła Idalia. – A może…

– Co?

– Może warto z nim pogadać? To znaczy, zawrzeć jakiś pokój.

– Jak chcesz z nim gadać? – spytał Budyń. – Zanim skończymy zdanie, on nas rozdepcze.

– Lepiej byłoby go najpierw związać – szepnął Alik.

– Jak?

– Zaczekajmy, aż zaśnie. Chyba jest bardzo zmęczony. Jak uśnie, to go zwiążemy.

– Czym?

– Łańcuchami.

– Skąd je weźmiesz...?

– Przecież tam leżą...

Alik wskazał wielkie szpule z nawiniętymi łańcuchami, które na końcach miały haki. Chyba używano ich przy podnoszeniu dźwigami różnych rzeczy.

– Wyglądają na bardzo mocne – szepnął Alik.

– Są okej – powiedziała Ida. – Możemy spróbować.

– Czyli musimy poczekać, aż Gigun zaśnie – pisnął kundelek.

– Chyba to będzie niedługo... Zobaczcie, ziewa – szepnął Alik. – Musi być bardzo zmęczony.

– Ja też jestem bardzo zmęczona – westchnęła Idalia.

Ukryli się za budynkiem. Co jakiś czas wyglądali, sprawdzając, czy olbrzym już usnął.

On jednak wciąż siedział i gapił się w niebo.

– Szkoda, że nie mamy antybudzika – szepnęła Ida. – Po prostu byśmy go uśpili.

Minęła godzina. Dzieci i pies z trudem się zmuszali, by nie zasnąć. Ziewali i oczy im się kleiły. Wreszcie Budyń szepnął:

– Uwaga... Położył się!

Gigun, bardzo już zmęczony, ułożył się na ziemi. Głowę oparł o stertę worków. Było mu chyba niewygodnie, bo wiercił się i pojękiwał:

– Ja chcę do domu. Do mojego łóżka... Chcę wracać.

Wreszcie wielkolud się uciszył. Zamknął oczy i znieruchomiał. Po chwili usłyszeli głośne chrapanie.

Olbrzym zasnął.

– Śpi! – wyszeptał Alik. – Możemy zaczynać akcję.

– Tylko cicho...

Podbiegli do szpul, na które były nawinięte łańcuchy. Były potwornie ciężkie. Z trudem dotoczyli jedną do olbrzyma. Szpula z łańcuchami narobiła trochę hałasu, ale wielkolud na szczęście się nie zbudził.

Kiedy zbliżyli się do Giguna, Alik zadrżał. Spędził w Świecie Ogromnych wiele lat. Wiedział, jak niebezpieczne są olbrzymy. Jednak starał się nie okazywać lęku.

Rozwinęli łańcuch i przyciągnęli go do śpiącego wielkoluda. Teraz nadszedł najtrudniejszy moment. Musieli go związać. A co będzie, jeśli Gigun się obudzi, zanim go skrępują?

– Od czego zaczniemy? – szepnęła Ida.

– Chyba najpierw zwiążemy mu nogi…

Podeszli do monstrualnej stopy olbrzyma, wlokąc za sobą łańcuch. Zaczęli go owijać wokół prawej nogi, grubej jak pień drzewa. Starali się robić to ostrożnie, niemal nie dotykając olbrzyma. Jednak ten coś poczuł, bo przez sen poruszył stopą.

Zastygli. Na szczęście Gigun się nie zbudził. Dalej chrapał.

Wróciliли do pracy. Obwiązali kilkakrotnie obie nogi olbrzyma. Budyń pomagał, przeciągając łańcuch pod jego łydkami. Marszczył przy tym nos.

– Fuj!

– Co jest?

– Okropnie śmierdzą mu skarpetki.

– Cicho…

Skrępowali nogi Giguna najdokładniej, jak mogli. Zawiązali podwójny węzeł.

Gigun nadal spał.

– Teraz ręce.

Przytoczyli drugą szpulę z łańcuchem. Z wiązaniem rąk poszło łatwiej. Po pierwsze, nie były tak strasznie grube jak nogi, a poza tym Gigun trzymał je razem.

Idalia ze zdziwieniem zobaczyła, że Gigun położył obok policzka maskotkę, pluszowego psa. „To dziwne… Jest taki wielki, a zachowuje się jak małe dziecko" – pomyślała, patrząc na zabawkę.

Kiedy skończyli krępować ręce olbrzyma, Alik szepnął:

– Lepiej go przywiązać do czegoś, bo inaczej wstanie i zacznie nas atakować.

– Ze związanymi nogami? – zdziwiła się Idalia.

– Będzie skakać jak kangur.

– Do czego chcesz go przywiązać?

– No... na przykład do tego budynku. Chyba takiego wieżowca nie da rady wyrwać.

Ruszyli po nową szpulę z łańcuchem i wtedy zdarzyło się nieszczęście.

Tocząc ją, potrącili stojący obok stos beczek. Alik chciał zatrzymać spadającą beczkę, ale było za późno. Runęła na beton, pociągając za sobą następne. Rozległ się przeraźliwy huk.

Gigun otworzył oczy. Chwilę mrugał, rozglądając się nieprzytomnie. Wreszcie zauważył dzieci i psa. Chciał się zerwać, ale zaraz upadł. Zobaczył, że ma skrępowane ręce i nogi. Olbrzym ryknął jak tygrys. Zaczął się miotać, próbując rozerwać więzy. Bez skutku.

– Dranie! Robale! – wrzeszczał. – Rozgniotę was, karaluchy!

Dzieci i Budyń stali jak sparaliżowani, patrząc na miotającego się olbrzyma.

Gigun przestał szarpać więzy i spróbował wstać. Za którymś razem mu się udało. Wyprostował swe gigantyczne ciało. Skrępowane nogi nie pozwalały mu iść, ale mógł skakać. Ruszył w stronę dzieci. Podskakiwał jak kangur, dzwoniąc łańcuchami. Przypominał ucznia biorącego udział w wyścigu w workach. Wyglądało to nawet śmiesznie, jednak dzieciom ani Budyniowi nie było do śmiechu. Ziemia drżała, gdy olbrzym skakał. ŁUP! ŁUP! ŁUP! Zbliżał się do nich.

Rzucili się do ucieczki. Chcieli pobiec do gokarta, ale Gigun stał na drodze do pojazdu. Popędzili w drugą stronę i wydostali się z placu budowy przez dziurę w płocie. Gigun ścigał ich. Skakał jak upiorny kangur. Rozgniótł płot i gonił ich dalej. Ręce miał skrępowane z przodu, więc mógł podnosić różne przedmioty i rzucać nimi w dzieci. Wyrywał znaki drogowe i latarnie i ciskał nimi w uciekinierów. Chwycił nawet małą koparkę i rzucił. Na szczęście związane ręce nie pozwalały na celne rzuty. Koparka przeleciała ze świstem wysoko nad ich głowami i wbiła się w asfalt. Ale Gigun był niebezpieczny, więc musieli uciekać.

– Tam! – krzyczała Idalia. – W lewo!

Dzieci i kundelek skręcili w brukowaną uliczkę. Olbrzym gonił ich, ale ze związanymi nogami poruszał się powoli. Zostawał coraz bardziej z tyłu.

Uciekinierzy przebiegli kilkaset metrów. Dalej drogę blokowała brama.

– Wiem, gdzie jesteśmy! – zawołała Idalia. – Tam jest zoo!

Znała to miejsce, bo często przychodzili tu ze szkołą na lekcje biologii. Faktycznie na bramie był napis: OGRÓD ZOOLOGICZNY. WEJŚCIE SŁUŻBOWE.

Pchnęli bramę i wbiegli na teren zoo. Zwierzęta nie usnęły, więc było słychać różne piski, pomruki i porykiwania. Tuż obok bramy pływały w sadzawce foki. Dalej była słoniarnia i wybiegi lwów.

– Gdzie się schowamy? – spytał Budyń.

– Najlepiej w pawilonie z małpami! – zawołała Idalia.

– Szybko!

Pobiegli alejką. Minęli wybieg zebr i wpadli na plac z fontanną. Stał tu okrągły drewniany pawilon małpiarni.

Weszli do środka i usiedli na ławce, dysząc ze zmęczenia. W pawilonie było ciepło i pachniało niezbyt ładnie. Dach był szklany, a dookoła stały klatki z małpami. Zwierzęta zgromadziły się przy kratach, gapiąc się na przybyszy. Małe kapucynki skakały i piszczały jak dzieciaki. Orangutany chwyciły jakieś naczynia i uderzały nimi w kraty. Rude wyjce zaczęły wydawać przeraźliwe odgłosy jak syreny alarmowe, a szympansy szczekały jak psy. Małpy wszczęły taki harmider, że było go chyba słychać z odległości kilometra.

– Rany, czemu one się tak wydzierają – jęknął Alik. – Gigun usłyszy i tu przylezie!

Podbiegł do klatek.

– Bądźcie cicho! Cii...

Małpy zaczęły wrzeszczeć jeszcze głośniej.

– Budyń, czy rozumiesz, co one gadają? – spytał Alik.

– O, wypraszam sobie! – obraził się kundelek. – Jestem psem, a nie małpą! Ale domyślam się, że one po prostu są głodne.

– Budyń ma rację! – zawołała Idalia. – Przecież opiekunowie zasnęli, więc biedne zwierzęta nie dostają jedzenia.

Kiedy małpy usłyszały słowo jedzenie, zaczęły wrzeszczeć jeszcze głośniej.

– Trzeba się stąd ewakuować! – krzyknął Alik. – Bo one ściągną tymi wrzaskami Giguna.

– Czekaj – powiedziała Ida. – Możemy je nakarmić.

Pokazała wózek z owocami, który stał obok drzwi. Widocznie pracownicy mieli właśnie karmić małpy, ale zasnęli.

Idalia podbiegła do wózka i wzięła kiść bananów. Wrzuciła je do klatki z kapucynkami, bo te małpki lubiła najbardziej. Alik jej pomógł i razem zaczęli karmić kolejne zwierzęta. Do każdej z klatek wrzucali kiście bananów i garście jabłek i gruszek. Małpy zaczęły zajadać owoce. Tylko orangutany nie chciały jeść. Uderzały wciąż metalowymi miskami w kraty.

– Idalia, o co im chodzi? – spytał niepewnie Alik.

– Chyba chce im się pić.

Rozejrzeli się. Nie było widać żadnego kranu ani pojemnika z wodą. Obok drzwi stało tylko puste wiadro.

– Przyniosę im wody – powiedziała Idalia.

– Skąd? – spytał Alik.

– Z fontanny.

– Pójdę z tobą.

Otworzyli drzwi i ostrożnie wyjrzeli. Giguna nie było widać. Pobiegli do fontanny, napełnili wiadro wodą, pilnując, by nie dostały się tam rybki pływające w sadzawce.

Ruszyli z pełnym wiadrem z powrotem do pawilonu. I wtedy poczuli, że ziemia drży pod ich stopami.

A potem usłyszeli głuchy łomot. BUM! BUM! BUM! Szedł olbrzym!

Jego głowa wyłoniła się ponad bramą. Gigun uderzył w nią pięścią. Brama się rozleciała. Dzieci z przerażeniem zobaczyły, że olbrzym nie ma już związanych rąk ani nóg. Widocznie zdołał rozerwać łańcuchy albo je rozplątać.

Ida i Alik skulili się za murkiem fontanny, mając słabą nadzieję, że olbrzym ich nie zauważy. Ale mur był niski i olbrzym ze swej wysokości natychmiast ich dostrzegł.

Ruszył w stronę dzieci, które rzuciły się do ucieczki. Popędziły do małpiarni.

– Budyń! On tu jest! Uwolnił się! Musimy uciekać!

Już mieli wybiec, kiedy budynek się zakołysał. To olbrzym stanął nad małpiarnią i potrząsał nią. TRACH! Szklany dach się rozpadł. Dzieci odskoczyły pod ścianę, uciekając przed lawiną szkła. Wszystko trzeszczało i pękało. TRACH! Ściany małpiarni się rozleciały. Odpadły też drzwi od klatek i małpy zaczęły uciekać. Uwolnione goryle, szympansy i orangutany popędziły w ciemność. Małe kapucynki, biegnąc, robiły dziwne miny i jakby chichotały.

Alik wygrzebał się spod desek. Idalii nie było nigdzie widać. Przerażony chłopak zawołał:

– Ida! Gdzie jesteś?

Poruszyły się połamane belki i wynurzyła się spod nich Idalia. Miała skaleczone czoło. Alik ruszył do niej na czworakach. Nagle coś huknęło. To Gigun ich zobaczył i ukląkł. Błyskawicznie złapał Idalię. Drugą ręką chwycił Alika.

– Wreszcie was dopadłem, robale!

Budyń wysunął pyszczek spod sterty desek i obserwował to z przerażeniem. Nie wiedział, co robić.

Olbrzym wstał i ruszył do bramy. Dzieci trzymał w rękach. Maszerował powoli, mrucząc:

– Teraz już nie uciekniecie. I nigdy więcej mnie nie zwiążecie!

Nagle, kiedy mijał wielkie drzewo rosnące obok bramy, rozległ się jakiś pisk.

Zdumiony Budyń zobaczył, jak z gałęzi skaczą na olbrzyma małpy. Szympansy, goryle, wyjce i kapucynki wskakiwały na ramiona i głowę olbrzyma.

Budyniowi zdawało się, że to sen. Szympansy ciągnęły wielkoluda za włosy. Goryle waliły go pięściami w nos. Wyjce wciskały się do jego uszu i wydawały tam przeraźliwe krzyki (co musiało być okropne). Maleńkie kapucynki właziły olbrzymowi do dziurek od nosa. Gigun kichał, ryczał i wrzeszczał. Nie mógł się bronić, bo w rękach trzymał dzieci. Miotał się i potrząsał głową. Ale małpy wciąż skakały po nim jak po żywym drzewie. Były przy nim maleńkie, ale bardzo rozzłoszczone. Tłukły, gryzły i szarpały. Najwyraźniej mściły się za zniszczenie ich domu.

A może chciały pomóc dzieciom, odwdzięczając się za to, że je nakarmiły? W każdym razie atakowały Giguna jak oddział dzikich wojowników.

Zdesperowany olbrzym w końcu położył Idę i Alika na trawie i zaczął zdzierać z siebie małpy. Te zręcznie umykały przed jego rękami. W końcu wszystkie uciekły na drzewo.

Zanim Gigun pozbył się natrętów, dzieci uciekły. Olbrzym ruszył za nimi. Żegnał go drwiący chichot małp.

Ida, Alik i Budyń dobiegli do placu budowy. Obok bramy stał gokart.

– Teraz ja kieruję! – zawołał Alik.

Wskoczył na miejsce kierowcy. Ida usiadła obok z psem kolanach. Słyszeli już nadbiegającego olbrzyma. Alik włączył silnik i popędzili w stronę centrum miasta. Jechali naprawdę szybko.

Po chwili olbrzyma nie było już słychać.

Była druga w nocy, gdy dotarli do twierdzy. Gokart ukryli w krzakach. Pobiegli do schronu i zeszli do podziemnej sali. Wyczerpani przygodami położyli się od razu w śpiworach rozpostartych na podłodze. Chcieli porozmawiać o tym, co się stało, ale byli tak zmęczeni, że natychmiast zasnęli.

Rano zjedli resztki zgromadzonych przez Alika zapasów i podzielili się ostatnią butelką wody.

– Musimy znaleźć Korto – powiedział Alik.

– Czyli trzeba iść na stadion.

– Ale który? – Alik pochylił się nad planem miasta. – W mieście są cztery stadiony. Jeden piłkarski i drugi do wyścigów motocyklowych. Poza tym jest Stadion Miejski i jeszcze jeden do gry w hokeja.

– Trzeba sprawdzić wszystkie po kolei – powiedziała Ida.

– Okej. Najpierw pójdziemy na piłkarski.

– Czemu tam?

– Bo jest najbliżej.

– A może nadamy jeszcze raz wiadomość do Korto? – zaproponował Budyń. – Niech nam powie, gdzie dokładnie jest.

– To ryzykowne – powiedział Alik. – Żeby nadać sygnał, znowu musimy wejść gdzieś wysoko, na przykład na wieżę ratusza. Gigun zobaczy światło i nas dopadnie. Poza tym zgubiliśmy lampę sygnalizacyjną.

– Dobra, sprawdzimy ten stadion piłkarski – zdecydowała Idalia. – Jeżeli Korto tam nie będzie, pójdziemy na następny.

Postanowili pojechać gokartem.

– Ja kieruję! – zawołał Alik.

– A dlaczego ty? – spytała Ida.

Lubiła prowadzić gokart i uważała, że robi to świetnie.

– Bo ty kierowałaś ostatnio.

– Wcale nie! Ty jechałeś prawie całą noc!

Oboje byli zmęczeni i niewyspani. Mieli fatalne humory i byli skorzy do kłótni.

Alik szybko usiadł za kierownicą.

– Wsiadaj! – zawołał.

– Ja chcę kierować – upierała się Idalia.

– Nie!

– Tak!

– Możecie losować – zaproponował Budyń, żeby załagodzić sytuację. – Zgadujcie, pod którą łapą mam kamień.

Przesunął kilka razy biały kamyk, a potem ukrył go pod łapą.

– Alik, powiedz, pod którą go schowałem!

– Pod prawą – mruknął niechętnie Alik.

Budyń podniósł prawą łapkę. Kamienia tam nie było.

– Przegrałeś. Kieruje Idalia.

Alik mruknął cicho coś, co brzmiało jak „oszustwo", ale przesiadł się na miejsce pasażera. Ida usiadła za kierownicą. Ruszyli.

Alik sprawdzał na planie miasta, którędy jechać. Tym razem nie zabłądzili i po kwadransie podjechali pod stadion piłkarski. Ida zaparkowała gokart na wielkim parkingu z klubowymi chorągwiami. Przez otwartą bramę i długi tunel weszli na boisko.

Na murawie spali na stojąco piłkarze, niektórzy z uniesionymi nogami, jakby zaraz mieli kopnąć piłkę. Śpiący sędzia ściskał w dłoni czerwoną kartkę. Widocznie zasnął w chwili, gdy chciał ukarać zawodnika. Na widowni drzemali kibice.

Dzieci rozglądały się niepewnie.

– Korto! – zawołał Alik. – Jesteś tu!? Korto!!!

Nikt nie odpowiedział.

Budyń, węsząc, obiegł całe boisko.

– Nie – powiedział stanowczo. – Tutaj Korto nie ma i nigdy nie było. Przynajmniej ja go nie czuję.

– To znaczy, że jest na innym stadionie.

Alik zerknął na mapę.

– Okej. Jedziemy na Stadion Miejski. To jakiś kilometr stąd.

Wrócili do gokarta. Teraz kierował Alik. Niestety, kiedy przejechali sto metrów, silnik się wyłączył. Zatrzymali się.

– Co się stało? – spytała Ida. – Zepsułeś coś?

– Niczego nie zepsułem! – oburzył się Alik. – Po prostu skończyło się paliwo.

Faktycznie wskaźnik na tablicy sterującej migotał i wskazywał zero.

– Co robimy…?

– Możemy go tam zatankować. – Alik pokazał stację benzynową z żółto-czerwonymi dystrybutorami. Było do niej może sto metrów.

Alik i Ida zaczęli pchać gokart w stronę stacji. Budyń siedział na miejscu kierowcy i zębami trzymał kierownicę, obracając ją w razie potrzeby. Mocno się zasapali, zanim dotoczyli ciężki pojazd do dystrybutora paliwa. Zatrzymali się i gapili niepewnie na ekraniki z cyframi.

– Alik... Wiesz, jakiej benzyny używa się do gokarta? – spytała Ida.

– Chyba zwykłej. To znaczy 95.

Żadne z nich nigdy nie tankowało paliwa. Na szczęście Alik czasem przyjeżdżał na stację benzynową z rodzicami. Mniej więcej pamiętał, co trzeba robić. Zdjął wąż z napisem Pb 95 i zaczął oglądać gokart, szukając wlewu paliwa. Nie mógł go znaleźć. W pojeździe niczego takiego nie było.

– Już wiem! – zawołał. – On ma silnik elektryczny! Na prąd, a nie na benzynę.

– Jesteś pewny?

– Tak. Nawet jego dźwięk wydawał mi się jakiś inny. Mniej warczał. O, zobacz, tu jest gniazdko do ładowarki.

Rzeczywiście na zderzaku pojazdu był okrągły otwór, trochę podobny do gniazdka elektrycznego w ścianie.

– I co teraz zrobimy?

– Może mają tutaj stanowisko ładowania...?

Rozejrzeli się.

– Jest! – zawołała Idalia. – Tam!

Pokazała żółtą skrzynkę z napisem SZYBKIE ŁADOWANIE SAMOCHODÓW ELEKTRYCZNYCH. Przetoczyli tam gokart. Alik podłączył żółty przewód. Coś pisnęło i zapalił się napis: ŁADOWANIE.

– Musimy poczekać, aż akumulator się naładuje – powiedział Alik.

– To może sprawdzimy, czy nie ma tu czegoś do jedzenia? – spytał Budyń. – Pachnie stamtąd całkiem miło.

Budyń wskazał nosem na budynek stacji benzynowej.

Ida zerknęła nieufnie. Pamiętała, jak Gigun, wędrując do miasta, zburzył inną stację.

Jednak byli bardzo głodni, więc mimo zagrożenia pobiegli do budynku. Drzwi się rozsunęły i weszli do środka. Ochroniarz drzemał na krześle, a kasjer spał oparty o ladę. Podeszli do lodówek i powyciągali jogurty i kilka kanapek. Nie było kiełbasek czosnkowych, ale psiak znalazł wędzone kabanosy. Alik zabrał z półki wielką pakę chipsów.

– One są niezdrowe! – zawołała Ida.

– Nie są.

– Są!

– To ich nie jedz – powiedział Alik. – Ja je lubię.

– Nie będziesz jadł takiego świństwa! – Ida wrzuciła chipsy z powrotem na półkę.

– Nie będziesz mi rozkazywać! – oburzył się Alik.

– Nie chcę ci rozkazywać…

– A właśnie to robisz.

– Wcale nie.

– Właśnie że tak!

Obrażony Alik wziął swój jogurt i bułkę i poszedł na drugi koniec pomieszczenia. Ida wzruszyła ramionami i obróciła się do niego plecami.

– Nie kłóćcie się! – zawołał Budyń. – Mamy dosyć kłopotów.

– To niech ona mi nie rozkazuje! – zawołał Alik.

– Jestem starsza.

– Nie jesteś!

– Słuchajcie, trzeba po prostu ustalić, kto jest dowódcą – powiedział Budyń. – Jesteśmy armią, która walczy z olbrzymem. A w armii musi być dowódca. Generał.

To było najgorsze, co mógł wymyślić.

– Ja jestem dowódcą – powiedział zaraz Alik.

– A niby czemu? – oburzyła się Idalia.

– Bo jestem chłopakiem.

– I co z tego? Dziewczyny też są generałami.

– Nie są!

– Są!!! I premierami, i królowymi!

– Możemy losować, kto jest dowódcą – zaproponował Budyń.

– Nie chcę losować – mruknął Alik. – Ja najczęściej mam pecha.

– Jak masz zawsze pecha, to nie możesz być dowódcą – powiedziała szybko Idalia.

– Nie mam z a w s z e pecha, tylko c z a s e m – zaperzył się Alik. – A ty też masz pecha.

– Wcale nie mam.

– Masz. Gdyby nie twój głupi antybudzik, ludzie by nie zasnęli. Ani Kuki, ani nikt! To wszystko twoja wina.

– Właśnie że twoja! – krzyknęła Ida. – To ty przyciągasz te ohydne olbrzymy. Jakby cię tu nie było, to Gigun by nie przyleciał.

Alik spojrzał na nią, a potem nagle się odwrócił i pobiegł do drzwi.

– Alik! Czekaj!

Chłopak nie reagował. Wybiegł.

Idalia jęknęła:

– Po co to powiedziałam!? Ale ja jestem głupia.

Zerwała się i popędziła za Alikiem, jednak chłopak gdzieś zniknął. Chodzili z Budyniem dookoła stacji, szukając go wszędzie. Wołali go, ale nie odpowiadał.

W końcu Budyń wyczuł zapach Alika w myjni samochodowej. Weszli tam. Chłopak siedział w kącie na taborecie.

– Alik…

– Zostaw mnie.

– Przepraszam – powiedziała Idalia. – Słyszysz? Chcę cię przeprosić. Nie chciałam tego powiedzieć… Alik!

Chłopak odwrócił się do niej plecami. Ida podeszła.

– Jak chcesz, możesz być dowódcą... – szepnęła. – Ale pod warunkiem, że nie będziesz mi dawać jakichś głupich rozkazów. I...

– Zostaw mnie...

Alik zerwał się i pobiegł do wyjścia. Zrobił to tak nerwowo, że poślizgnął się na mokrej podłodze. TRACH! Upadł na skrzynkę z przyciskami sterującymi myjnią. Zapaliło się czerwone światło. Pisnął sygnał. A potem z czarnych rur trysnęły strugi wody.

– Uciekajmy! – krzyknął Budyń.

Rzucili się do drzwi, ale nie mogli ich otworzyć. Okazało się, że w czasie działania myjni brama się blokuje i nie można wyjść!

Ramiona z prysznicami zaczęły się kręcić, oblewając ich strumieniami wody. Po sekundzie Alik, Ida i Budyń byli kompletnie mokrzy. Przestali cokolwiek widzieć, bo para wypełniła pomieszczenie. Nie mogli znaleźć wyłącznika myjni. Próbowali uciekać pod ściany, ale wtedy ruszyły wirujące myjki. Najpierw dopadły Idalię. Szczotki ścisnęły ją i kręcąc się sto razy na minutę, czyściły ją dokładnie. Dziewczynka wrzeszczała, w końcu się przewróciła. Wtedy górna myjka przycisnęła ją do podłogi. Wirująca szczotka jeździła po Idalii tam i z powrotem, niemal ją rozwałkowując.

– Ratunku!

Alik rzucił się, by ją ratować.

Udało mu się odchylić ramię z wirującą szczotką i Ida wyczołgała się spod niej. W tej chwili z boków wyskoczyły wielkie prysznice i prosto na dzieci poleciała piana. Pokryła je w całości i okropnie szczypała w oczy. Na oślep zaczęli uciekać wokół pomieszczenia. Ale strumienie wody i gorąca piana tryskały ze wszystkich stron. Usłyszeli krzyk Budynia:

– Tutaj!

Psiak ukrył się pod taboretem w kącie myjni. Dzieci pobiegły do niego.

– Wyłączcie to...! – krzyknął Budyń.

Alik otarł oczy i wreszcie dojrzał konsolę sterującą. Rzucił się do niej. Naciskał na oślep kolejne guziki. Wreszcie coś pisnęło. Woda przestała lecieć. Myjki się zatrzymały.

Komputerowy głos powiedział: DZIĘKUJEMY ZA SKORZYSTANIE Z NASZEJ MYJNI. MAM NADZIEJĘ, ŻE JESTEŚCIE ZADOWOLENI.

Drzwi uniosły się. Natychmiast uciekli z tego koszmarnego miejsca.

Pobiegli do budynku stacji. Byli kompletnie przemoczeni i dygotali z zimna. Na szczęście na półkach w sklepiku znaleźli kostiumy kąpielowe i koce. Alik i Ida przebrali się, a mokre rzeczy powiesili na słońcu. Owinęli się kocami, otulili też Budynia, który trząsł się i kichał.

– Dzięki, Alik, że mnie uratowałeś – szepnęła Idalia.

Chłopak nie odpowiedział.

– Alik…

– Co?

– Nie kłóćmy się, dobrze?

– Dobrze.

– I możesz być dowódcą.

– Nie chcę. W ogóle to jest głupie, żeby w trzyosobowym oddziale wyznaczać dowódcę.

– A jeśli będziemy chcieli czegoś innego? – spytała Ida. – Co wtedy będzie?

– Zrobimy głosowanie. Po prostu będzie demokracja.

– Dobrze. Jak chcesz, to możesz zjeść trochę tych chipsów.

– Nie chcę, są niezdrowe. – Alik dotknął głowy Idy. – Masz strasznie mokre włosy…

Zaczął wycierać jej włosy kocem. Robił to delikatnie, żeby Idy nie bolało.

– Właściwie to miało jeden plus – powiedział Budyń.

– Jaki?

– Jesteśmy superczyści.

Kiedy ich rzeczy wyschły, przebrali się i poszli sprawdzić, co się dzieje z gokartem. Wskaźnik naładowania baterii pokazywał MAKSIMUM.

– Możemy jechać – powiedziała Ida.

– Czekaj. Mam jeden pomysł – powiedział Alik. I szybko dodał: – Ale zrobimy to, jak ty i Budyń się zgodzicie.

– Jaki masz pomysł?

– Przypomniałem sobie, jak w jednym filmie ścigały się samochody. Kierowca, który uciekał, rozlewał za sobą olej.

– Po co?

– Żeby auto, które go goniło, wpadło w poślizg i wyleciało z drogi.

– A na czym polega pomysł?

– Możemy wziąć olej do gokarta. Jak olbrzym będzie nas gonić, to wylejemy ten olej na jezdnię. Może on się wtedy poślizgnie i wywali.

– Bardzo fajny pomysł! – zawołali Ida i Budyń.

Wzięli ze sklepiku wielki pojemnik oleju silnikowego. Wsiedli do gokarta i ruszyli w stronę Stadionu Miejskiego.

Pomysł Alika przydał się szybciej, niż myśleli. Kiedy gokart wyjechał na główną ulicę, coś z hukiem uderzyło w jezdnię. Obejrzeli się. Zobaczyli Giguna! Olbrzym gonił ich. Co chwila wyrywał znaki drogowe i rzucał nimi w stronę gokarta. TRACH! TRACH!

– Uciekajmy!

Alik przyspieszył i jechali naprawdę szybko. Ale olbrzym biegł w tempie sprintera. Zbliżał się do nich. Wyglądało na to, że tym razem ich dopadnie. Skręcili na Rynek Główny, ale Gigun to dostrzegł i pognał za nimi. Był coraz bliżej.

– Idalia! – krzyknął Alik. – Spróbuj z tym olejem! Rozlej go!

Ida uklękła na siedzeniu, tyłem do kierunku jazdy. Z trudem otworzyła pojemnik z olejem i chlusnęła płynem na jezdnię. Wielka tłusta plama rozlała się po bruku.

Wtedy na rynku pojawił się olbrzym. Pędził w ich stronę. Po drodze wyrwał kolejny znak. Chciał go rzucić, ale w tej chwili wpadł w kałużę oleju.

– Aaaa!

Gigun poślizgnął się jak łyżwiarz na lodzie. Nogi mu się rozjechały. Wrzeszcząc przeraźliwie, olbrzym runął na jezdnię. Huknęło strasznie i zatrzęsła się ulica.

Na sekundę zapadła cisza. A potem rozległ się płaczliwy głos Giguna.

– Ała... Aaaa! Moja noga! Ała!

Przypominało to zawodzenie małego dziecka.

Alik chciał uciekać dalej, ale Ida zawołała:

– Zatrzymaj się!

– Po co?

– Trzeba sprawdzić, co się z nim stało.

Alik zatrzymał gokart. Wysiedli.

– Idziemy wszyscy?

– Tak.

– Poczekajcie! – zawołał Budyń. – Ja pójdę pierwszy. Jestem mały, więc mnie nie zobaczy.

Nie czekając na odpowiedź, kundelek pobiegł tam, gdzie upadł olbrzym.

Po chwili usłyszeli jego wołanie:

– Alik, Ida! Chodźcie tu!

Wołał głośno, nawet nie próbując się kryć. Dzieci się wystraszyły, że kundelkowi coś się stało. Pobiegły w jego stronę.

Budyń stał na rogu ulicy.

– Zobaczcie! – szepnął.

Wychylili się ostrożnie. Olbrzym leżał na środku rynku. Rękoma ściskał prawą nogę w kostce. Jęczał:

– Boli... Boli mnie...

Po chwili wielkolud usiadł i pojękując, ostrożnie zsunął but i skarpetę. Było widać, że jego noga spuchła w kostce. Była sinoczerwona.

Idalia zerknęła na Alika.

– Chyba skręcił nogę.

– Albo złamał.

– Raczej skręcił…

– Ważne, że nie może chodzić – szepnął Alik. – Rozumiecie? Teraz już nie będzie mógł nas dopaść. Nic nam nie zrobi!

Patrzyli na olbrzyma, który rozpaczliwie jęczał. Jego noga puchła coraz bardziej.

– Musi go chyba strasznie boleć – szepnęła ze współczuciem Idalia.

– Chyba tak – mruknął Budyń. – Jest wielki, więc ból też musi być duży.

– Co robimy?

– Można go teraz jakoś unieszkodliwić – powiedział Alik. – Na przykład związać.

– Po co? Przecież on i tak nie może chodzić.

– No to po prostu go tu zostawmy. Niech sobie leży.

– Ale go boli – powiedziała Idalia.

– I co z tego?

– Może trzeba mu jakoś pomóc?

– Co!? – zawołał Alik. – Mamy pomóc Gigunowi!?

– No… na przykład obandażujemy mu nogę.

– Zwariowałaś? Po co!? Żeby mógł nas gonić?

– Może teraz uda się z nim jakoś dogadać – powiedziała Idalia. – Zawrzeć pokój.

– Nie uda się! – zawołał Alik. – Jak podejdziemy, to nas rozwali, zanim się odezwiemy. To jest furiat.

Idalia rozejrzała się.

– Poczekajcie. Mam pomysł.

Przebiegła na drugą stronę ulicy, gdzie był sklep ze sprzętem muzycznym. Na wystawie leżały żółte megafony, używane w czasie ulicznych występów. Ida wbiegła do sklepu, zabrała jeden z megafonów i wróciła do przyjaciół.

– Po co ci to? – zdziwił się Alik.

– Pogadamy z nim z bezpiecznej odległości.

Poszli na koniec rynku, tak daleko, by olbrzym nie mógł ich uderzyć.

Ida włączyła megafon i zawołała:

– Gigun! Gigun!!! Chcemy z tobą pogadać!

Głos Idalii było słychać na całym rynku.

Olbrzym odwrócił głowę. Zobaczył ich.

– Gigun! – wołała Ida. – Posłuchaj! Chcemy ci pomóc!

– Odwalcie się! – krzyknął olbrzym. – To wszystko wasza wina!

– Chcemy ci pomóc! Wyleczymy ci nogę.

– Odczepcie się! Rozgniotę was! Rozwalę! – Gigun próbował wstać, ale jęknął boleśnie i znów upadł. Ścisnął nogę. – Ała... – jęczał.

Ida znowu zawołała:

– Gigun! Możemy ci zabandażować nogę i dać lekarstwo, żeby cię nie bolało. Ale najpierw musimy zawrzeć pokój. Przysięgnij, że nie będziesz nas atakować.

– Będę was atakować! – ryknął olbrzym. – Rozgniotę was na miazgę... – Tupnął i zaraz jęknął: – Ała... Moja noga...

– Gigun! Nie chcemy ci zrobić nic złego. Pomożemy ci!

Olbrzym nie odpowiedział. Leżał nieruchomo. Jego kostka puchła okropnie i miała teraz rozmiar samochodu.

– Mówiłem ci, że z nim nie da się dogadać – szepnął Alik.

– Poczekajmy.

Siedzieli w bezpiecznej odległości, schowani za budką z kwiatami. Przez dłuższy czas panowała cisza, przerywana tylko jękami Giguna.

Nagle usłyszeli:

– Jesteście tam...? – Głos olbrzyma był słaby i pełen bólu. – Jesteście...?

Idalia zawołała przez megafon:

– Tak! Jesteśmy!

– Boli mnie noga. Strasznie...

– Widzimy.

– Czy naprawdę możecie mi pomóc?

– Tak jak umiemy.

– No to pomóżcie!

– A nie zrobisz nam nic?

– No nie... Nie zrobię.

– Przysięgasz?

– Tak.

– Powiedz: przysięgam.

– Przysięgam. Nic wam nie zrobię... Ała...

Ida zerknęła na przyjaciół.

– Chodźcie.

– Naprawdę chcesz bandażować tego olbrzyma? – szepnął Alik.

– Tak. Będzie potrzeba dużo bandaży.

– Ale on może nas zatłuc.

– Chyba tego nie zrobi – pisnął Budyń.

– Chyba...

– Musimy spróbować. – Idalia podniosła megafon i zawołała: – Gigun, idziemy po lekarstwa. Musisz czekać.

– Pospieszcie się – jęknął błagalnie olbrzym. – Boli mnie strasznie…

– Zaraz wracamy.

Cała trójka ruszyła na poszukiwanie apteki. Znaleźli ją na sąsiedniej ulicy. Była to duża apteka zajmująca cały parter kamienicy.

Weszli do środka. Aptekarka spała z głową opartą na dłoniach. Chyba śniło jej się coś miłego, bo uśmiechała się przez sen. Na półkach leżało mnóstwo lekarstw.

Rozglądali się niepewnie. Nie mieli pojęcia, gdzie znaleźć środek na ból i na spuchniętą nogę.

– Rany! Tu są miliony lekarstw! – powiedział Budyń. – Będziemy szukać sto lat.

– Czekajcie. Spróbuję pogadać z aptekarką – powiedział Alik.

– Przecież ona śpi! – zdziwiła się Ida.

– Wiem. Ale ludzie czasem gadają przez sen. Na przykład moja mama często mówi, kiedy śpi.

Alik podszedł do aptekarki i powiedział wolno i wyraźnie:

– Proszę pani… Chcemy się czegoś dowiedzieć.

Śpiąca nie zareagowała.

– Potrzebujemy lekarstwa.

Na dźwięk tego słowa aptekarka drgnęła.

– Lekarstwo…? – szepnęła przez sen.

– Tak. Olbrzym… To znaczy, chciałem powiedzieć nasz… kolega skręcił nogę. Okropnie mu spuchła. Jaki lek mu podać?

– Skręcona noga – wyszeptała kobieta. – Opuchlizna... Czy boli?

– Bardzo…

– Na opuchliznę żel altacet.

– Tak się nazywa lekarstwo?

– Altacet… Okłady trzy razy… – powiedziała aptekarka. – Jak bardzo boli, podać lek przeciwbólowy… Ketonal… Jak duże jest dziecko?

– Bardzo duże…

– Dawka dwa miligramy… – zamruczała kobieta.

– A gdzie znajdziemy te lekarstwa?

– Gdzie znajdziemy? – powtórzyła śpiąca. – Gdzie…?

– No właśnie! Gdzie one są?

– Trzy, trzy, trzy… – szepnęła w odpowiedzi aptekarka.

– Co to znaczy?

Ale kobieta już nie odpowiedziała. Wtuliła głowę w dłonie i dalej śniła.

– Co znaczy to „trzy, trzy, trzy”? – spytał Alik.

Rozglądali się niepewnie.

– Już wiem! – zawołała Idalia. – To chyba te numery na szafach.

Na każdej szafie były mosiężne tabliczki z cyframi. Podbiegli do szafy numer trzy. Były w niej szuflady. Wysunęli trzecią. W środku były ponumerowane kartony. W trzecim znaleźli białe pudełka z napisem ALTACET.

– Bierzemy wszystkie!

Zgarnęli komplet opakowań, bo noga Giguna miała duży rozmiar. W sąsiednim kartonie znaleźli buteleczki z lekiem przeciwbólowym KETONAL. Była na nich narysowana strzykawka.

– Alik, to są zastrzyki! – zawołała Ida. – Będziemy musieli zrobić Gigunowi zastrzyk!

– Ciekawe jak…

– No… Strzykawką.

W następnej szufladzie były jednorazowe strzykawki i igły.

– One są za małe! – pisnął Budyń.

Faktycznie, igły tej wielkości nie przebiłyby skóry olbrzyma.

– To co zrobimy?

– Ja wiem – powiedział Budyń. – Trzeba iść do apteki z lekami dla zwierząt. Tam na pewno będą wielkie strzykawki dla dużych zwierzaków.

Nie mieli pojęcia, gdzie może być taki sklep. Na szczęście Alik zauważył na ścianie plakat z napisem LEKI WETERYNARYJNE. WSZYSTKO DLA KONI. Sklep był kilka ulic dalej.

Pobiegli tam. Na wystawie zobaczyli wielkie strzykawki. Były naprawdę ogromne. Zabrali kilka i karton bandaży. Alik wziął jeszcze drabinę przystawioną do regałów, bo mogła się przydać przy bandażowaniu Giguna.

Pobiegli z powrotem na rynek. Olbrzym jęczał głośno. Był blady i wyglądał naprawdę kiepsko.

Zatrzymali się w bezpiecznej odległości. Ida podniosła megafon i zawołała:

– Gigun!

Olbrzym powoli uniósł głowę.

– Jesteście… – szepnął cicho. – To dobrze… Pomóżcie mi szybko, bo nie wytrzymam, tak okropnie boli…

– Słuchaj. Zaraz zaczniemy cię leczyć. Ale jak zrobisz nam coś złego, to odejdziemy i już nikt ci nie pomoże. Rozumiesz? Nikt!

– Rozumiem – jęknął wielkolud.

Ida chwyciła karton z lekami. W drugiej ręce dźwigała drabinę. Ruszyła w stronę olbrzyma. Alik i Budyń chcieli iść z nią.

– Lepiej tu zostańcie – powiedziała Idalia. – Jakby co, będziecie mnie ratować.

– Nie możesz iść sama do tego draba! – zaprotestował Alik.

– Tak będzie lepiej.

Chłopak się zawahał, ale Budyń szepnął:

– Ona ma rację. Dziewczyny lepiej potrafią się dogadać z wrogami.

Idalia podeszła powoli do olbrzyma.

– Jestem! – zawołała, patrząc mu prosto w oczy. Starała się nie okazywać lęku.

Gigun uniósł głowę. Dziewczynka pomyślała, że mógłby ją teraz rozgnieść jednym uderzeniem. Ale wielkolud tylko gapił się na nią zbolałym wzrokiem. Robił wrażenie bezradnego chorego dziecka.

– Posłuchaj – powiedziała Ida. – Najpierw posmaruję ci nogę specjalnym żelem. Wtedy obrzęk się zmniejszy.

– A czy to będzie boleć? – spytał niepewnie Gigun.

– Chyba trochę. Ale musisz wytrzymać.

Idalia podeszła do stopy wielkoluda.

– Wyprostuj nogę. Tylko mnie nie kopnij.

Olbrzym, jęcząc boleśnie, wysunął stopę. Była gigantyczna i dość brudna. Idalia oparła o nią drabinę. Wycisnęła lekarstwo na tampon i wspięła się na szczyt drabiny. Zaczęła delikatnie nacierać spuchniętą kostkę.

– Ała! – zawołał Gigun. – To boli! Uważaj, robalu.

– Słuchaj – powiedziała Ida. – Jak jeszcze raz nazwiesz mnie robalem, to sobie pójdę!

Gigun mruknął pod nosem coś, co brzmiało jak „przepraszam".

Idalia delikatnie wcierała lekarstwo w opuchniętą kostkę. Musiało chyba trochę pomóc olbrzymowi, bo jęczał ciszej.

– Okej. Teraz obandażuję ci nogę. To może trochę boleć. Wytrzymasz…?

– Chyba tak… – westchnął Gigun.

– Muszę poprosić Alika, żeby mi pomógł. Bądź dla niego miły, rozumiesz?

Idalia odwróciła się i zawołała:

– Alik...! Chodź mi pomóc!

Chłopak powoli, niepewnie zbliżył się do Giguna. Ten zerknął na niego.

– Cześć, mały – mruknął.

Alik nie odpowiedział. Wyciągnął bandaże z kartonu i razem z Idą zaczęli owijać wielką nogę olbrzyma. Była to ciężka praca. Czuli się, jakby bandażowali drzewo. Gigun jęczał i stękał:

– Ała!

Naprawdę musiało go boleć, bo Idalia i Alik bandażowali dość mocno. Mieli w szkole kurs pierwszej pomocy. Wiedzieli, że skręconą kostkę trzeba unieruchomić.

– Gigun, nie wierzgaj tak, bo spadniemy! – zawołała Ida.

– Boli mnie...

– Musisz wytrzymać. Jesteś już duży. Nawet bardzo.

Olbrzym umilkł. Po kwadransie ciężkiej pracy noga Giguna została owinięta bandażami. Zużyli sto opakowań, a i tak ledwo wystarczyło.

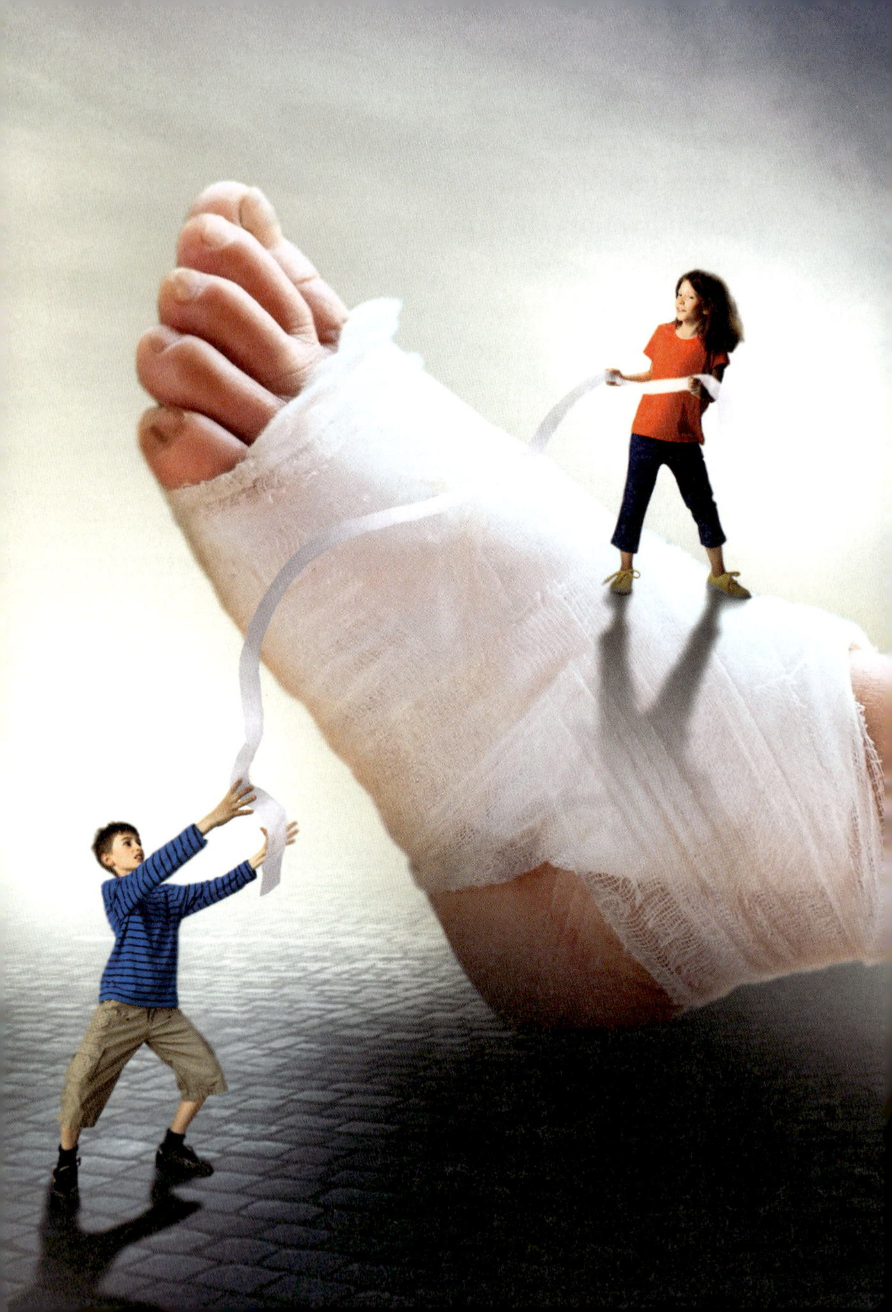

– No, już po wszystkim – powiedziała łagodnie Idalia. – Skończyliśmy.

Gigun oddychał ciężko i pojękiwał.

– Teraz musimy dać ci zastrzyk.

– Co!? – zawołał olbrzym. – Zastrzyk? Nigdy! Nienawidzę zastrzyków. Nie ma mowy. – Wielkolud chyba poczuł się lepiej, bo znów zaczął wrzeszczeć: – Nie zgadzam się! Na pewno chcecie mi wstrzyknąć jakąś truciznę!

– Nie krzycz! – powiedziała Idalia. – Jak nie dostaniesz zastrzyku, to noga będzie cię boleć coraz bardziej. Nie wytrzymasz z bólu.

Gigun poruszył ostrożnie stopą i jęknął. Kostka nadal go bolała.

– To na pewno nie jest trucizna? – pytał nieufnie. – Nie chcecie mnie wykończyć?

– Nie.

– A czy wy w ogóle umiecie robić zastrzyki?

– Nie umiemy. Ale wszystkiego można się nauczyć.

– No dobra… Zróbcie go, tylko błagam, delikatnie. Ja się okropnie boję zastrzyków.

Ida prawie się roześmiała, bo zabrzmiało to zabawnie w ustach takiego wielkoluda.

– Alik, pomóż mi.

We dwójkę zaczęli przygotowywać zastrzyk. Wyciągnęli igłę, strzykawkę i buteleczki z lekiem. Na każdej ampułce był napis: NA DWADZIEŚCIA KILOGRAMÓW.

– Co to znaczy? – szepnął Alik.

– Że jak ktoś waży dwadzieścia kilo, to ma dostać całą dawkę.

– Gigun waży chyba pięć ton.

– Raczej dziesięć.

– To co zrobimy?

– Damy mu wszystko, co jest. Wszystkie dawki.

Idalia założyła na strzykawkę igłę. Była gruba i długa.

– Ale wielka igła – szepnęła. – Nie chciałabym dostać tym zastrzyku.

Wciągnęli do strzykawki lek ze wszystkich buteleczek.

– Gdzie dać mu zastrzyk? – szepnęła Idalia.

– Ja w szpitalu dostawałem w... – mruknął Alik. – No, wiesz w co.

– Chyba zwariowałeś! Dam mu zastrzyk w rękę. Tak też można.

– Okej.

Idalia weszła po drabinie na ramię olbrzyma. Kiedy znalazła się blisko jego wielkiej głowy, poczuła niepokój. Gdyby olbrzym zechciał, mógłby ją pożreć. Ale chyba nie był dzieciojadem.

– Gigun. Dostaniesz teraz zastrzyk. Tylko nie ruszaj ręką, bo spadnę.

– Dobra… Tylko zrób to delikatnie, błagam… Pokaż mi tę strzykawkę. No dobrze… Igła jest cienka…

– To największa, jaką mieli w aptece.

– U was wszystko jest małe, bo tu mieszkają kurduple.

– Ej! Nie nazywaj nas kurduplami.

– Przepraszam – powiedział pokornie olbrzym.

– Uwaga! – zawołała Idalia. Uniosła strzykawkę jak włócznię. – Przygotuj się. Raz. Dwa. Trzy… – Z całej siły wbiła igłę w ramię olbrzyma.

– Ała!!! – wrzasnął Gigun.

– Nie miotaj się. – Dziewczynka powoli nacisnęła tłoczek strzykawki. Lek wszedł pod skórę olbrzyma. Wyciągnęła igłę. – Okej. Już po bólu.

– Wcale tak bardzo nie bolało – odetchnął z ulgą Gigun.

– To dobrze…

Idalia zeszła z ramienia olbrzyma.

– Zaraz lek zacznie działać i przestanie cię boleć. Ale chodzić na razie nie możesz.

– Jak długo?

– Nie wiem. Kilka dni.

– Mam tu leżeć? Na ulicy?

– Trudno. Musisz.

– Tu jest twardo! I zimno!

– Może znajdziemy coś, żeby cię przykryć. Chodź, Alik.

Ruszyli oboje w stronę Budynia czekającego za rogiem. Nagle usłyszeli:

– Dziękuję wam.

Zabrzmiało to dość niezwykle w ustach Giguna.

– Skąd mamy wytrzasnąć przykrycie dla tego wielkoluda? – pytał Alik.

– Właściwie nie wiem.

– A może po prostu przyniesiemy sto kołder i jakoś je połączymy? – zaproponował Budyń.

Pojechali gokartem do IKEI. Błądzili długo po wielkim sklepie, szukając działu z pościelą. W końcu go znaleźli dzięki Budyniowi, który wywęszył zapach pierza. Pościągali z półek całe stosy poduszek i kołder i wcisnęli je do sklepowego wózka. Wzięli też worek agrafek.

Pociągnęli ciężki wózek do wyjścia.

– Ciekawe, czy on by się dla nas tak męczył... – sapał Alik.

Budyń chciał odwiedzić sklepową restaurację, bo mieli tam fajne klopsiki, ale Ida powiedziała, że nie ma na to czasu. Wzięli tylko soki i po ciastku migdałowym. Przyczepili obładowany wózek do gokarta i pojechali na rynek.

Gigun wyraźnie się ucieszył na ich widok.

– Naprawdę mniej mnie boli! – zawołał. – Nie myślałem, że takie krasnale znają się leczeniu. Sorry, nie będę mówić krasnale... A co mi przywieźliście?

– Kołdrę i poduszki. Tylko musimy je poszczepiać.

Rozłożyli kołdry na rynku i połączyli je agrafkami. W trójkę rozciągnęli przykrycie nad cielskiem Giguna. Drugą kołdrę olbrzym wcisnął pod siebie.

Potem dali mu jeszcze stos poduszek. Nie dało się ich połączyć, ale jakoś je ułożyli pod głową olbrzyma. Gigun z ulgą oparł policzek na miękkim stosie. Było mu teraz ciepło i wygodnie. Humor wyraźnie mu się poprawił.

Zapadał powoli zmierzch.

– Alik, co teraz robimy? – spytała Ida.

– Chyba pójdziemy do schronu.

Gigun usłyszał jego słowa.

– Nie idźcie nigdzie... Ja nie lubię być sam w nocy.

– Co!? – zawołała Idalia. – Jesteś taki wielki i boisz się ciemności?

– Eee... To znaczy... Po prostu jak jest noc, to wolę, jak ktoś ze mną jest – mruknął speszony olbrzym. – Na przykład moja mama przychodziła i siedziała przy mnie, zanim nie zasnąłem. Mama mówi, że jestem wrażliwym chłopcem.

Zerknęli na olbrzyma. Pamiętali, jak miażdżył domy i przewracał samochody. Wtedy raczej nie wyglądał na zbyt wrażliwego. Przypomnieli sobie też jego matkę, olbrzymkę rozmiaru wieżowca. Ojciec Giguna był jeszcze większy. Był największym olbrzymem w Świecie Ogromnych.

Idalia szepnęła:

– Dobrze, że Gigun sam tu przyleciał. Nie dalibyśmy rady, gdyby było więcej olbrzymów.

– Inni Ogromni mieli się pojawić po siedmiu dniach – szepnął Alik. – Zapomniałaś?

– Korto mówił, że można temu zapobiec.

– No właśnie. Trzeba znaleźć Korto. Zapomnieliśmy o nim.

– Chcesz teraz go szukać? – spytała Idalia.

– Lepiej rano. W nocy raczej go nie znajdziemy.

– To może przenocujemy tu. To znaczy w jakimś domu obok rynku. Przecież już nie musimy się kryć w schronie, bo Gigun jest niegroźny.

– Dobrze – zgodził się Alik.

– Ale najpierw poszukajmy czegoś do jedzenia! – zawołał Budyń. – Jestem głodny jak nie wiem co. Chodźcie.

– Zostawiacie mnie? – zmartwił się olbrzym, widząc, że odchodzą.

– Zaraz wrócimy. Przyniesiemy ci coś do jedzenia.

– Przynieście mi coś słodkiego – powiedział zbolałym głosem Gigun. – Na przykład żelki. Najlepsze są cytrynowe. Wiśniowe też są w porządku. Tylko nie miętowe... Miętowych nienawidzę.

Po drugiej stronie rynku była elegancka włoska pizzeria Rivoli. Nigdy tam nie chodzili, bo pizza w Rivoli była okropnie droga. Ale w uśpionym mieście nie miało to znaczenia.

Otworzyli drzwi z wymalowaną włoską flagą i weszli do pizzerii. W środku kilku gości spało przy stolikach. Kelnerzy drzemali na stojąco, z tacami w rękach. Alik, Idalia i Budyń poszli do kuchni.

Były tu wielkie elektryczne piece do pieczenia pizzy. Na metalowym stole stały misy z ciastem, a obok butle sosu pomidorowego. W lodówkach były różne dodatki: sery, pieczarki, kiełbaski pepperoni i setki innych rzeczy. Kucharze spali na krzesłach, głośno chrapiąc.

– Alik, wiesz, jak się robi pizzę? – spytała Ida.

– Wiem. W domu sam ją robię.

– Naprawdę to potrafisz? – zdziwiła się Ida.

– Tak. Ja lubię gotować. – Alik rozejrzał się po kuchni. – To będzie łatwe. Ciasto jest gotowe, tylko trzeba je rozwałkować. Potem nałożymy dodatki i wsadzimy wszystko do pieca. Z czym lubisz pizzę?

– Z serem i pomidorami. I trochę szynki. Tylko nie dawaj pieczarek, bo nie lubię.

– Okej.

– Ja poproszę o same dodatki! – zawołał kundelek, który nie znosił pizzy. – Najlepiej te fajne kiełbaski, które są w misce. I trochę szyneczki też może być.

– A ja zrobię sałatkę owocową – powiedziała Idalia.

Wzięli się do pracy. Ida obierała gruszki i melony, ale zerkała co chwilę na Alika. Chłopak naprawdę potrafił robić pizzę. Wałkował ciasto z niesamowitą szybkością. Potem posmarował je oliwą i poukładał równiutko dodatki. Wyglądały jak płatki kwiatu! Posypał wszystko tartym serem. Na końcu dodał sos pomidorowy i różne przyprawy. Wszystko robił błyskawicznie.

– Jesteś niesamowity! – zawołała Idalia.

Alik trochę się zawstydził. Wzruszył ramionami i za pomocą szerokiej łopatki włożył pizze do piekarnika. Piec był elektryczny, dość skomplikowany. Na szczęście na ekranie można było wskazać, jaką chce się pizzę. Alik wybrał: CHRUPIĄCA, i wcisnął START.

– Teraz musimy poczekać. Dziesięć minut.

Usiedli w restauracji przy okrągłym stoliku. Budyń był tak głodny, że zaczął zajadać kiełbaski z miski. Ida i Alik jedli sałatkę owocową.

– Chce mi się pić – westchnęła Ida.

Zerknęła na kelnera, który spał na stojąco z tacą w rękach. Na tacy stały dwie szklanki z jakimiś napojami. Alik podbiegł i je zabrał. Jeden napój podał Idalii. Sam wziął drugi.

– Dziwnie pachnie – mruknął. – Co to jest?

– Chyba sok pomarańczowy.

Idalia wypiła duży łyk.

– O rany!!! – krzyknęła. Zaczęła kaszleć i prychać. – Co za ohyda!

Budyń zmarszczył nos i pisnął.

– To jest alkohol! Nie pijcie tego!

– Obrzydlistwo... – jęczała Ida. – Pali mnie w gardle...

– Połknęłaś to?

– Tak. Ohyda!

Alik pobiegł do lodówki stojącej za barem. Wyciągnął butelkę wody mineralnej. Otworzył i podał Idalii. Dziewczynka wypiła wodę.

– Już lepiej? – spytał Alik.

– Tak… To było naprawdę obrzydliwe.

– Dorośli to lubią.

– Oni często robią głupie rzeczy.

Ida wypiła jeszcze łyk wody.

– Okej. Już dobrze…

W tym momencie rozległ się dzwonek.

– Pizze się upiekły! – zawołał Alik.

Pobiegli do kuchni.

Pizze wyszły znakomicie. Były idealnie wypieczone i naprawdę pyszne. Zjedli je do ostatniego kawałka, choć były bardzo duże.

– Alik, jesteś super! – powiedziała Idalia.

– To zasługa pieca – odpowiedział skromnie chłopak.

– Ale ty wszystko przygotowałeś. Wiesz co, Alik… Jesteś bardzo fajny.

Ida nagle się wychyliła i pocałowała chłopaka w policzek.

– Co ty robisz!? – zawołał Alik.

– Nie wiem – powiedziała niepewnie Idalia. – Jakoś kręci mi się w głowie… I chce mi się śmiać…

Alik zerknął na nią.

– Lepiej już chodźmy. Trzeba sprawdzić, co robi Gigun.

W drodze powrotnej Idalia chichotała bez powodu i śpiewała, a w pewnej chwili weszła na murek i zaczęła tańczyć.

– Nie wygłupiaj się! – wołał Alik. – Musimy iść.

– Nie-e… Musimy najpierw znaleźć żelki. Pamiętasz? Gigun chciał żelki.

– Ciekawe, skąd je weźmiemy.

– Stamtąd.

Ida podbiegła do kolorowego straganu stojącego przy ulicy. Sprzedawano tam długie wężowe cukierki. Miały różne kolory i smaki. Sprzedawczyni spała z głową wtuloną w słodycze.

Idalia nabrała pełną garść żelatynowych węży.

– Wiesz co, Budyń? Ciekawa jestem, jak byś wyglądał z długimi włosami.

Położyła naręcze żelków na głowie psiaka.

– Zwariowałaś!? – pisnął oburzony Budyń. – Nie znoszę klejących obrzydlistw. Zdejmuj to!

– Dobra. Nie denerwuj się. – Ida ściągnęła psu żelkowe włosy. – A może zrobimy brodę Alikowi?

Chichocząc, próbowała przykleić kolorowe węże do twarzy Alika.

– Przestań! – wydzierał się chłopak. – Dostałaś głupawki!?

– W ogóle nie macie poczucia humoru – westchnęła Idalia i zaczęła zjadać żelki.

Alik zerknął na nią.

– Jakoś dziwnie się zachowujesz. – Nałożył do wielkiej torby stertę żelków dla Giguna. – Chodźcie.

Olbrzym leżał na rynku przykryty po czubek nosa wielką kołdrą.

– Czemu was tak długo nie było!? – zawołał na ich widok. – Nudzę się.

– Mamy dla ciebie żelki.

– Cytrynowe?

– Też.

Alik podał olbrzymowi torbę. Ten wrzucił wszystkie żelki do swych wielkich ust.

– Super – powiedział. – Są takie same jak na naszej planecie. Mama mi je zawsze kupuje. Ojciec gada, że są niezdrowe. A sam oczywiście je zjada... Mój pies też je lubi... – Wielkolud westchnął. – Chciałbym już wrócić do domu.

– Wiesz co, Gigun... – mruknęła Idalia. – Ty chyba nigdy nie wrócisz na swoją planetę. Zostaniesz tutaj na zawsze.

– Co!? – zawołał Gigun. – Na zawsze? Ja nie chcę tu zostać! Chcę wrócić do domu!

– To raczej nie będzie możliwe.

– Dlaczego!?

– Bo została zniszczona droga.

– Jaka znowu droga?

– Ta, która pozwala powrócić do Świata Ogromnych – powiedziała Idalia.

– Mówiliście, że tam wrócę! Oszuści!

– To nie nasza wina. Po prostu powrót okazał się niemożliwy. Musisz zostać na Ziemi.

– A mój dom!? Moi rodzice!? – krzyczał olbrzym. – Ja chcę do nich wrócić! I do mojego psa. Dostałem niedawno psa... Boksera. Ma na imię Morus. Jest taki fajny... Chcę do niego wrócić!

– My ciebie rozumiemy – westchnęła Idalia. – Jak byliśmy w twoim świecie, też tęskniliśmy do domu. Ale po prostu nie da się wrócić.

Obawiali się, że olbrzym wpadnie w szał. Na wszelki wypadek się odsunęli. Ale Gigun wtulił twarz w poduszkę. Usłyszeli szloch.

Olbrzym płakał.

Idalii zrobiło się go żal. Podeszła bliżej.

– Słuchaj, Gigun. Tutaj nie będzie ci źle. Będziesz największy na całej Ziemi. To ma dużo plusów. Na przykład wszystkie kluby koszykarskie będą chciały, żebyś u nich grał! Będziesz zarabiać mnóstwo forsy.

– Tak…? Naprawdę?

– Pewnie. Będziesz sławny. I najsilniejszy na Ziemi.

– Ale co ja tu będę robić?

– No… Oprócz grania w koszykówkę możesz wyburzać domy. Oczywiście na zamówienie, a nie ze złości.

– W burzeniu jestem dobry – westchnął Gigun. – Ale tu wszystko jest takie strasznie małe. Ja się nie przyzwyczaję.

– Chyba nie masz wyjścia.

Olbrzym nie odpowiedział. Nakrył się kołdrą po czubek głowy.

– Chodźcie – szepnęła Idalia. – On teraz chce być sam.

Poszli szukać noclegu. Alik wypatrzył budynek z szyldem: HOTEL POD PAPUGĄ.

– Tam możemy przenocować.

Otworzyli drzwi z kolorowymi szybkami i weszli do hotelu. Za biurkiem spała pani wydająca klucze do pokojów. Alik wszedł za biurko i wziął klucz z numerem 212.

– Gdzie to będzie? – spytała Idalia.

– Chyba drugie piętro.

Pojechali windą.

– Tam jest pokój 212! – zawołał Alik.

Pobiegli do drzwi na końcu długiego korytarza. Otworzyli je.

Pokój był duży, z tapetami w niebieskie papugi i dwoma wielkimi łóżkami. Dalej była łazienka z błękitną wanną.

– Fajnie tu jest – ziewnęła Ida.

Kolejno się wykąpali i położyli w wielkich łożach. Budyń skulił się w nogach Idalii. Po poprzedniej nocy spędzonej na podłodze schronu rozkoszowali się miękkimi łóżkami i pachnącą pościelą. Alik szepnął:

– Wiesz, Ida…

– Co?

– Kiedyś myślałem, że byłoby super, gdyby wszyscy ludzie na kilka dni zniknęli i zostałbym sam. Myślałem, że wtedy mógłbym robić wszystko, co chcę. Na przykład grać na perkusji w prawdziwej sali koncertowej... A teraz myślę, że być samemu to coś strasznego. Chciałbym, żeby ludzie już się obudzili.

– Ja też... – westchnęła Ida. – Wtedy byliby z nami Gabi, Kuki i Blubek.

– I moi rodzice.

– Miałam głupi pomysł z tym antybudzikiem.

– Nie wiedziałaś, że tak się stanie. To nie twoja wina.

– Trochę moja...

– Nie myśl już o tym...

Umilkli. Byli bardzo zmęczeni i szybko zasnęli.

O północy Idalię obudził jakiś dźwięk. Dziewczynka otworzyła oczy i rozglądała się nieprzytomnie. W pokoju było ciemno. Tylko przez szczelinę między zasłonami wpadała smuga księżycowego światła. Budyń też się obudził.

– Co się stało? – szepnął.

– Nie wiem... Zdawało mi się, że słyszałam jakiś głos. Ktoś wołał i jakby śpiewał... O, znowu... Słyszysz?

Rzeczywiście zza okna dochodziły jakieś hałasy. Wyraźnie było słychać rozmowy i stukanie butów.

– Olbrzym? – spytał niespokojnie kundelek.

– Nie... To nie jego głos. Zresztą on nie może chodzić...

Alik otworzył oczy.

– Co się dzieje?

– Chyba ludzie się obudzili!

– Co?

Podbiegli wszyscy do okna i odsunęli zasłony.

– Zobaczcie!

Rynek, zalany księżycowym światłem, był pełen ludzi. Chodzili i wymachiwali rękoma. Niektórzy coś mówili.

– Obudzili się! – krzyknęła Idalia.

Dzieci i pies błyskawicznie wyskoczyli z pokoju. Pognali schodami i wybiegli przed hotel.

Na rynku było mnóstwo spacerujących ludzi. Mieli szeroko otwarte oczy, rozglądali się i rozmawiali. Ktoś wołał: „Dzień dobry! Jak miło!". Ktoś inny śmiał się głośno.

– Obudzili się! – krzyczała Ida. – Wszyscy się obudzili!!!

Była to cudowna wiadomość. Oznaczała, że już nie są sami. Inni ludzie im pomogą!

Alik, Idalia i Budyń wbiegli na rynek rozświetlony księżycowym światłem. I zatrzymali się niepewnie. Bo ludzie zachowywali się dziwnie. Poruszali się nienaturalnie, jak roboty. Oczy mieli otwarte, ale wydawało się, że niczego nie widzą. Ktoś wszedł na ławkę i śpiewał. Ktoś inny śmiał się i tańczył na chodniku. Usłyszeli gwizd. Odwrócili się i zobaczyli policjanta. Trzymał gwizdek, dmuchając w niego rytmicznie. Pobiegli do niego.

– Proszę pana! – zawołał Alik.

Policjant spojrzał na niego, ale jakby go nie dostrzegał.

– Proszę pana! W mieście jest olbrzym! I mogą przylecieć następne... Proszę pana!

Policjant nie reagował. Srebrne światło księżyca powodowało, że wyglądał jak duch.

Ida podbiegła do kobiety, która kołysała dziecko na rękach. Niemowlak śmiał się, a kobieta cicho śpiewała.

– Proszę pani!

Kobieta nawet nie spojrzała na Idę. Odeszła, nucąc kołysankę.

– Co tu się dzieje? – szepnął Alik. – To są jacyś zombi czy co?

– Już wiem! – krzyknęła nagle Ida. – To lunatycy!

– Co?

– Lunatycy. – Idalia wskazała na niebo. – Zobaczcie, księżyc jest w pełni.

– I co z tego?

– Jak księżyc jest w pełni, to śpiący ludzie czasem wstają z łóżek i spacerują przez sen. Niektórzy nawet wchodzą na dachy. Ja w czasie pełni też często wstaję. A rano tego nie pamiętam. To się nazywa lunatykowanie!

– Wszyscy tak robią?

– Raczej nie. Ale ich sen wywołała magia. Więc może na nich księżyc działa mocniej.

Alik spojrzał na ludzi spacerujących wokół rynku.

– To znaczy, że oni wciąż śpią?

– Tak... Jak zniknie światło księżyca, zamkną oczy i przestaną się poruszać.

Jakby na potwierdzenie jej słów na niebo wpłynęła chmura. Przesłoniła księżyc. Ludzie natychmiast znieruchomieli. Przestali mówić i umilkł śmiech. Wszyscy zamknęli oczy. Niektórzy powoli opadli na ławki, inni spali na stojąco. Policjant znieruchomiał jak kamień.

Miasto znów ucichło.

Dzieci i Budyń powlekli się do hotelu. Byli załamani. Mieli nadzieję, że ludzie się obudzili i im pomogą. Ale okazało się, że wciąż są samotni w uśpionym mieście.

Położyli się w ponurych nastrojach.

Obudzili się późno i bolały ich głowy. W hotelowej kuchni znaleźli ser i koszyk wyschniętych bułek. Z kilku zrobili grzanki w tosterze. Resztę bułek zabrali dla Giguna.

Kiedy weszli na rynek, olbrzym już nie spał.

– Próbowałem wstać – westchnął – ale noga wciąż mnie boli.

– Mówiłam, że nie wolno ci wstawać! – zawołała Idalia. – Musisz leżeć co najmniej trzy dni.

Alik podał olbrzymowi kosz.

– Masz tu bułki… I jeszcze trochę żelków.

– Zmienię ci kompres – powiedziała Idalia.

Oparła drabinę o nogę Giguna. Weszła i delikatnie odwinęła bandaż. Posmarowała kostkę lekarstwem. Zauważyła, że opuchlizna już prawie zniknęła.

– Niedługo będziesz zdrowy.

– Kiedy?

– Nie wiem. Jak obudzą się lekarze, to dokładnie cię zbadają.

– A właściwie czemu tutaj wszyscy śpią? – spytał Gigun. – Czy na waszej planecie ludzie wciąż kimają? Nigdy mi tego nie powiedzieliście.

– Po prostu były małe kłopoty i dlatego wszyscy zasnęli.

– Kłopoty? – zaciekawił się Gigun. – Jakie?

– Nie mogę ci tego wyjaśnić. Ale niedługo wszyscy się obudzą.

– I co się wtedy ze mną stanie? – zaniepokoił się olbrzym. – Jak tych krasnali będą tysiące, to mogą mi zrobić coś złego.

– Spowodowałeś w mieście dużo szkód – westchnęła Idalia. – Ludzie mogą być rozzłoszczeni. Ale spróbujemy cię obronić.

– Mogę wam wierzyć?

– A my tobie?

Olbrzym gapił się na nich, nagle powiedział:

– Możemy sobie podać rękę. U nas to znaczy, że jest zgoda i że nie oszukujemy.

– U nas też. Ale ty masz za dużą łapę, możesz nas zmiażdżyć.

– No to tylko palec…

Alik i Idalia podeszli niepewnie do Giguna. Ten wysunął rękę.

– A jak nas zgniecie? – szepnął Alik.

– Chyba nie…

Oboje wyciągnęli ręce, śmiesznie maleńkie przy dłoni olbrzyma.

– Czyli od teraz między nami jest zgoda? – spytała Ida.

– Tak.

Uścisnęli kciuk wielkoluda. Gigun chciał coś powiedzieć, kiedy nagle rozległ się dziwny dźwięk... Stawał się coraz głośniejszy. Dobiegał z góry.

Podnieśli głowy i spojrzeli w niebo.

Między chmurami pojawiło się jakieś światło. Mnóstwo świateł! Zbliżały się, rosły…

Blask stawał się coraz jaśniejszy, oślepiający. Hałas narastał. Zmienił się w przeraźliwy ryk, jakby nadlatywało stado wściekłych dinozaurów.

Ida, Alik i Budyń stali jak sparaliżowani.

Zaczął wiać wiatr. Coraz mocniejszy. Gorący podmuch omal ich nie wywrócił.

I nagle spomiędzy chmur zaczęły wylatywać wielkie postacie. Jedna, dwie… Dziesięć! Sto!!! Były ogromne. Gigantyczne!

Olbrzymy lądowały kolejno na rynku. Wichura i hałas były straszliwe. Potem spadł z nieba jakiś ogromny pojazd, chyba czołg. A na końcu wylądował gigantyczny pies. TRACH!

Na chwilę zapadła cisza.

Dzieci i Budyń rozglądali się z przerażeniem. Dookoła było mnóstwo olbrzymów, większość w wojskowych mundurach. Klęczeli lub siedzieli, oszołomieni długim lotem. Ale powoli przytomnieli i zaczęli wstawać. Gdy Ogromni się podnieśli, na rynku zapanował mrok, bo olbrzymie cielska zasłoniły słońce.

– Uciekajmy! – zawołał Budyń.

Dzieci i pies rzucili się do ucieczki. W panice pobiegli w różne strony. Ida i Budyń w lewo, Alik w prawo. Uciekający chłopak zobaczył, że w jego stronę idzie kilku ogromnych żołnierzy. Otworzył drzwi samochodu stojącego na ulicy. Wskoczył i skulił się na fotelu.

Budyń i Idalia uciekli w drugą stronę, ale stamtąd także nadchodziły olbrzymy, a co gorsza szedł pies, gigantyczny bokser. Węszył i warczał.

– Budyń! Tam! – krzyknęła Idalia.

Złapała kundelka i wskoczyła do buta Giguna stojącego obok jego chorej nogi. Bucior był tak wielki, że zmieścili się bez trudu.

W tej chwili usłyszeli krzyk.

– Tam jest Gigun! Nasz synek! Znaleźliśmy go! Nasze maleństwo jest tutaj!

Zadudniła ziemia. Idalia wyjrzała. Dwa największe olbrzymy i wielki pies pędzili w stronę leżącego Giguna. Ida poznała jego matkę i ojca.

Potężny pies wskoczył na kołdrę i łasił się do Giguna, merdając ogonem. Rodzice dopadli do leżącego olbrzyma, kompletnie oszołomionego tym, co się stało.

– Gigunek! – krzyczała wielka matka. – Mój malutki Giguś! Tak długo cię szukaliśmy... A czemu ty leżysz...? Co tobie zrobili?

– Skręciłem nogę – powiedział niepewnie Gigun.

– Zaraz zbada cię lekarz. Pan doktor też tu przybył.

Ojciec Giguna zawołał:

– Słuchaj! Powiedz, gdzie my w ogóle jesteśmy?

– No... Na innej plancie. Tu mieszkają tylko mali.

– Małe robactwo? Fuj. Po co się tu wybrałeś?

– Przypadkiem.

– Twoje przypadki kosztują mnie masę pieniędzy. Musiałem zorganizować wyprawę ratunkową. Wiesz, ile to kosztowało?

– Złożyliście puzzle? – spytał Gigun.

– Tak. Myślałem, że to jakieś bzdury, ale faktycznie przeniosło nas w to miejsce. Zabrałem żołnierzy, żeby się zabezpieczyć, bo pewnie mieszkają tu jakieś prymitywne dzikusy. Nawet mamy czołg…

W tej chwili rozległ się okrzyk:

– Cześć, Gigun!

Podbiegła olbrzymia dziewczyna. Ida pamiętała ją ze Świata Ogromnych. Miała przezwisko Szafa i wszystkich biła.

– Ej? Co ci się stało w nogę!? – ryknęła.

Gigun nie odpowiedział.

– Synku, załóż bucik – powiedziała matka. – Pójdziemy do pana doktora.

Gigun chwycił but. Zobaczył w środku Idalię i Budynia. Zastygli z przerażenia, pewni, że Gigun ich zdradzi. Ogromni zaraz ich złapią!

Ale Gigun dał im znak, żeby siedzieli cicho.

– Mamo – mruknął – nie mogę założyć buta, bo noga mi spuchła.

– Dobrze, kochanie, mamusia pomoże ci iść.

Gigun odłożył but. Olbrzymka objęła go czule i zaczęli kuśtykać w stronę żołnierzy stawiających namioty. Wielki pies węszył przez chwilę podejrzliwie, ale w końcu pobiegł za swoim panem. Gigun jeszcze się odwrócił i pokiwał do Idalii, pokazując, żeby uciekała.

Kiedy olbrzymy się oddaliły, Ida i Budyń wyskoczyli z buciora i popędzili przez rynek. Minęli wielkiego żołnierza, który pełnił wartę, ale na szczęście nie patrzył pod nogi. Wbiegli w boczną uliczkę, tam gdzie był hotel Pod Papugą. Ukryli się w jego bramie.

– Gdzie jest Alik? – szepnął Budyń.

– Nie wiem… Schował się gdzieś indziej. Musimy na niego zaczekać.

– Mam nadzieję, że ten wielki pies go nie wywęszy – szepnął Budyń.

Czekali długo.

Alik siedział skulony w samochodzie. Nie mógł wyjść, bo tuż obok żołnierze ustawiali wielkie namioty. Potem pojawił się ogromny pies. Przytknął nochal do szyby auta i węszył podejrzliwie, na szczęście zawołał go Gigun:

– Morus! Chodź tu!

Olbrzym siedział przed namiotem, a wielki lekarz badał jego nogę. Alik słyszał, jak doktor mruczy:

– Całkiem dobrze zrobiony opatrunek... Sam to, Gigun, bandażowałeś?

– Nie. Leczyli mnie tacy mali...

– Co? – warknął jego ojciec. – Pozwoliłeś, żeby dotykały cię karzełki? Fuj!

– A co miałem zrobić? Oni się mną bardzo opiekowali. Tato... Jak my wrócimy do domu? Bo oni powiedzieli, że nie ma powrotu.

– A co mnie obchodzi bredzenie krasnali. Jest z nami najlepszy inżynier. On zbuduje jakąś rakietę. Zagonimy do pracy te małe stwory. Mówisz, że oni niedługo się obudzą?

– Chyba tak.

– Jakieś lenie, lubią spać – warknął ojciec Giguna. – Ale my ich zmusimy do roboty. Wszystkie małe robale zamkniemy w więzieniu i będą musiały dla nas pracować. Od jutra żołnierze zaczną znosić te karzełki w jedno miejsce. To nawet lepiej, że na razie śpią. Nie będą uciekać.

Alika przeszedł dreszcz. Olbrzymy chciały zrobić z ludzi niewolników! To było straszne! Ostrożnie uchylił drzwi samochodu i wyczołgał się. Ruszył przez rynek. Szedł na czworakach, kryjąc się za kamiennymi donicami. Minął olbrzymiego żołnierza, który stał na warcie. Potem zerwał się i popędził wąską uliczką. Nagle usłyszał:

– Alik! Tu jesteśmy!

W bramie hotelu czekali Ida i Budyń.

– To jest inwazja! Rozumiecie? Inwazja! – krzyczał Alik. – Oni chcą zająć całą Ziemię! Z ludzi zrobią niewolników. Mają dużo broni. A najgorsze, że na pewno przylecą następni. Miliony olbrzymów. Nikt ich nie pokona.

– To jest koszmar – szepnęła Idalia. – Musimy coś zrobić!

– Ale co? – jęknął Budyń.

– Trzeba odnaleźć Korto – powiedział Alik. – Musimy sprawdzić wszystkie stadiony i go odszukać.

– Który stadion jest najbliżej?

– Miejski.

– Chodźmy od razu! – zawołała Ida.

– Nie możemy teraz wyjść – zatrzymał ją Alik. – Tych olbrzymów jest mnóstwo i krążą po mieście. I mają tego strasznego psa! Trzeba poczekać, aż się ściemni.

– Jednej rzeczy nie rozumiem – powiedział Budyń. – Oni mieli przylecieć na Ziemię za tydzień. A minęły dopiero cztery dni. Niecałe!

– Zapomnieliśmy, że czas u Ogromnych płynie inaczej – szepnęła Idalia. – Pamiętasz? Jak byliśmy na ich planecie, to też tak było...

Siedzieli wiele godzin ukryci w hotelowym pokoju, czekając na nadejście zmroku. Kilka razy w pobliżu hotelu przeszli olbrzymi żołnierze. Jeden nawet zajrzał przez okno, ale zdążyli się schować za łóżkiem.

W końcu słońce zaszło i mogli wyruszyć na poszukiwanie Korto. Przedtem za radą Budynia posypali ubrania pieprzem.

– To utrudni temu wielkiemu psu wyczucie naszego zapachu – powiedział kundelek.

Poszli piechotą, bo gokart został na rynku, a Ogromni urządzili tam swój obóz. Musieli co chwila chować się w bramach, bo po mieście krążyli olbrzymi żołnierze. Notowali coś w wielkich zeszytach. Chyba spisywali śpiących ludzi, by później przenieść ich do więzienia.

Dzieci i Budyń szli na stadion bocznymi, najciemniejszymi ulicami. W ich labiryncie szybko zgubili drogę. Zatrzymali się i naradzali, którędy iść, kiedy Budyń zawołał:

– Zobaczcie!

Nad dachami pojawiły się smugi czerwonego światła. Zapalały się i gasły.

– Korto nadaje sygnał!!!

Teraz droga stała się łatwa. Laserowe promienie wskazywały kierunek jak światło latarni morskiej. Po kwadransie dotarli do Stadionu Miejskiego.

– Zobaczcie! – zawołał Budyń. – Dra-kula!

Nad stadionem wisiał kulisty pojazd. Przez otwarte drzwi było widać śpiących Kukiego, Gabi i Blubka.

– Więc jednak zasnęli… – szepnęła Idalia.

Idąc tu, mieli cień nadziei, że jakimś cudem ich przyjaciele uniknęli uśpienia. Niestety, zasnęli tak jak wszyscy. A co gorsza dra-kula wisiała wysoko i była niedostępna. Nie mogli jej użyć do walki z Ogromnymi. To była zła wiadomość.

Weszli przez uchyloną bramę i długim tunelem dotarli na boisko.

– Tam jest antybudzik! – zawołała Ida.

Na trawie leżał roztrzaskany zegar.

To było kolejne rozczarowanie. Liczyli na to, że urządzenie przetrwało i użyją go do uśpienia olbrzymów. Lecz antybudzik był zniszczony.

Na drugim końcu boiska błysnęło laserowe światło.

– Korto!

Robot stał obok tarczy strzelniczej. Popędzili do niego.

– Korto! – wołała Idalia. – Jak dobrze, że ciebie znaleźliśmy!

– Wszyscy zasnęli! – krzyczał Alik. – W mieście jest mnóstwo olbrzymów! Żołnierze i inni. Mają nawet czołg, potwornie wielki…

Idalia uklękła obok robota.

– Powiedz, co mamy teraz robić?

Korto wyszeptał:

– Co robić…? Już prawie nic się nie da zrobić. Prawie przegraliście… Ale…

– Co?

Korto się odwrócił.

– Chodźcie.

Poprowadził ich na środek boiska. Leżał tu na stole drewniany łuk, a obok trzy strzały. Stalowe groty świeciły dziwnym zielonym blaskiem.

– Korto... Czy to jest przedmiot, który mieliśmy odnaleźć? – spytała Idalia.

– Tak... To wasza broń... Broń ostatniej szansy.

– Te strzały są za małe! – zawołał Alik. – One olbrzymów nawet nie zranią.

– Ten łuk nie służy do ranienia. – Robot podszedł do strzał. Zielony blask odbił się w jego metalowym ciele. – Trzy strzały – szeptał. – Każda jest inna. Pierwsza daje wielkość. Druga wielkość odbiera. A trzecia strzała ma moc przywracania tego, co zostało utracone...

– Ale co to znaczy!? – zawołała Idalia. – Wytłumacz to jaśniej!

Robot rozejrzał się niespokojnie i znowu zaczął nerwowo szeptać:

– Przecież już powiedziałem. Wszystko powiedziałem... Pierwsza strzała czyni wielkimi, a druga czyni małymi. A ostatnia odda to, co zostało zgubione, a czego wciąż pragniesz... – Korto mówił bardzo cicho, jego głos czasem zamierał, jakby robot tracił energię. Nie byli pewni, czy dobrze go rozumieją. – Lecz pamiętajcie – szeptał. – Każdej strzały można użyć tylko jeden raz.

Jeśli nie trafisz, moc strzały umiera. Tak samo gdy ją złamiesz lub...

Robot nie skończył, bo nagle stadion zadrżał. Na boisko padł snop światła. Spojrzeli w górę i ujrzeli olbrzymiego żołnierza. Jego głowa i ramiona wystawały nad koronę stadionu. Olbrzym patrzył na nich uważnie, oświetlając ich wielką latarką.

– Uciekajcie! – krzyknął Korto.

Alik chwycił łuk i strzały. Ida podniosła robota. Zaczęli uciekać. Oświetleni jaskrawym światłem latarki przebiegli boisko. Wpadli do tunelu i popędzili do wyjścia. Trafili do innej bramy niż ta, którą weszli. Była zamknięta! Na szczęście nie sięgała do ziemi. Spróbowali się pod nią przecisnąć. Budyń przeczołgał się bez trudu. Ida skaleczyła ramię o ostrą krawędź bramy, Alik rozdarł bluzę, ale udało im się przejść.

Musieli teraz przebiec przez pusty parking. Kiedy byli w połowie drogi, zadudniły ciężkie kroki. Na parking wbiegł olbrzymi żołnierz i skierował na nich światło latarki. Było tak mocne, że niemal ich oślepiło. Nagle usłyszeli świst. Coś uderzyło w parking blisko nich. Ida się odwróciła. Zobaczyła, że żołnierz ma w ręku siatkę na długim kiju. Próbował złowić ich w tę siatkę jak motyle albo ryby! Na szczęście chybił. Zamachnął się drugi raz, ale dzieci i pies zdążyli już wbiec między drzewa.

Schowali się pod gałęziami rozłożystego klonu. Światło latarki krążyło, próbując wyłowić ich w ciemności. Potem się oddaliło. Olbrzym poszedł dalej.

– Co robimy? – szepnęła Idalia.

– Trzeba wrócić do schronu – powiedział Alik.

– Do twierdzy jest daleko.

– Wiem, ale musimy w spokoju obejrzeć ten łuk.

– Szkoda, że dra-kula wisi tak wysoko – powiedziała Ida. – Gdybyśmy ją mieli, olbrzymy by nas nie dopadły.

– Chyba lepiej, że jest wysoko – szepnął Budyń.

– Czemu?

– Bo Kuki, Gabi i Blubek są bezpieczni. Ogromni nic im nie zrobią.

– Masz rację.

Znowu zadudniły kroki i błysnęło światło latarki. Olbrzym wrócił i ich szukał! Nagle usłyszeli trzask. Drzewo, pod którym się ukryli, uniosło się wyrwane z korzeniami. Latarka oświetliła dzieci.

Zaczęli uciekać.

Świsnęła siatka, ale zahaczyła o gałęzie innego drzewa. Usłyszeli, jak rozłoszczony olbrzym je wyrywa.

Popędzili w stronę głównej ulicy. Migało tam rytmicznie jakieś niebieskie światło.

Kiedy wybiegli zza drzew, zobaczyli czerwony samochód straży pożarnej stojący na środku jezdni. Silnik wciąż pracował, a światła migotały. Widocznie strażacy jechali do akcji, gdy antybudzik ich uśpił.

Alik, Ida i Budyń pobiegli do samochodu. Wskoczyli do kabiny. Na fotelu kierowcy spał strażak w mundurze. Uciekinierzy skulili się na podłodze kabiny, licząc na to, że olbrzym tutaj nie będzie ich szukać. Niestety żołnierz zauważył, gdzie się ukryli. Ruszył prosto w stronę strażackiego wozu.

Nie wiedzieli, co zrobić. Nagle Alik się zerwał, odłożył łuk i wskoczył na kolana śpiącego kierowcy. Chwycił kierownicę i wysunął nogę, naciskając gaz. Rozległ się huk potężnego silnika i samochód ruszył.

Był to chyba pierwszy przypadek na świecie, kiedy dziecko kierowało wozem strażackim! Alik z całych sił ściskał kierownicę, która próbowała mu się wyrwać z rąk. Na szczęście skrzynia biegów była automatyczna, ale i tak prowadzenie pojazdu było potwornie trudne.

Idalia zerknęła w lusterko. Żołnierz gnał za nimi. Mimo że strażacki wóz jechał szybko, olbrzym go doganiał.

Ida rozejrzała się. W suficie kabiny był otwór, którym można było wyjść na dach. Prowadziła do niego drabinka. Ida zerwała się i zaczęła się wspinać.

– Co robisz? – pisnął Budyń.

Dziewczynka nie odpowiedziała. Wyszła na dach samochodu. Było tu działko wodne do gaszenia płonących wieżowców. Ida zaczęła iść na czworakach w jego stronę. Samochód jechał szybko i pęd powietrza omal nie zrzucił dziewczynki z dachu. W końcu dopełzła do armatki wodnej. Chwyciła rękojeść i obróciła działko w stronę olbrzyma. Przesunęła czerwony przełącznik. TRACH! Z lufy trysnęła woda. Ida ledwo mogła utrzymać rękojeść armatki. Wytężyła wszystkie siły i skierowała strumień w kierunku wielkiego żołnierza.

Woda trafiła w olbrzyma. Uderzenie było tak mocne, że olbrzym się zatrzymał i zasłonił twarz. Zaraz wznowił pogoń, próbując się uchylać przed ciosami wodnej broni. Ale Idalia opanowała już kierowanie działkiem. Strumień wody trafiał bezbłędnie, prosto w głowę olbrzyma. Żołnierz ryczał z wściekłości, bo woda zalewała mu oczy. Na wpół oślepiony wpadł na dom stojący przy ulicy. ŁUP! Oszołomiony wielkolud zatrzymał się i gapił na uciekający samochód.

Idalia wyłączyła działko i zeszła po drabince do kabiny.

– Jesteśmy super! – zawołała. – Uciekliśmy mu!

Alik nie odpowiedział. Ściskał kierownicę, ramiona miał napięte, a dłonie prawie białe z wysiłku.

– Pomóc ci? – spytała Ida.

– Nie… Dam radę.

Jechali przez jakiś czas główną aleją miasta. Dotarli do ronda. I tutaj ujrzeli kolejnego wielkiego żołnierza, który biegł wprost na nich. Alik skręcił kierownicę. Samochód gwałtownie zawrócił. Ale wtedy zobaczyli olbrzyma pędzącego z drugiej strony. To był chyba ten, którego Ida oblała wodą.

Byli w pułapce.

Przerażony Alik nacisnął hamulec. Samochód zawirował i zatrzymał się na trawniku pośrodku ronda. Spadli z siedzeń. Włączyła się syrena alarmowa.

– Uciekajmy! – krzyknęła Ida.

Alik chwycił łuk i strzały, Idalia schowała do kieszeni robota. Wyskoczyli z szoferki, ale nie mieli dokąd uciec, bo kolejne olbrzymy nadbiegały ze wszystkich stron. Otaczały ich. Jeden z Ogromnych coś zawołał i wszyscy żołnierze ruszyli w stronę dzieci.

Usłyszeli głos Korto. Wysunął się z kieszeni i krzyczał:

– Uciekajcie! Uciekajcie!

Robot skoczył na asfalt. Jego oczy się rozjarzyły. Skierował laserowe smugi na najbliższego olbrzyma. Jaskrawe światło oślepiało żołnierza, który zakrył oczy.

Korto obrócił głowę, przesuwając promienie na następnych przeciwników. Żołnierze się zatrzymali, zasłaniając twarze.

– Uciekajcie! – zawołał Korto.

– A ty? – szepnęła Ida.

– Uciekajcie! Strzeżcie łuku!

Korto ruszył w stronę olbrzymów. Potem jeszcze się odwrócił i zawołał:

– Żegnajcie!

Idalia stała jak sparaliżowana. Alik porwał ją za rękę i rzucili się do ucieczki. Ziemia zadrżała. To Ogromni, osłaniając oczy przed laserowymi promieniami, ruszyli w stronę Korto. Dzieci zobaczyły jeszcze, jak olbrzymy podchodzą do maleńkiego robota. A potem czerwone promienie nagle zgasły.

– Trzeba sprawdzić, co się stało z Korto! – zawołała Idalia.

– Ja sprawdzę! – powiedział Budyń. – Wy wracajcie do twierdzy.

Nie czekając na odpowiedź, kundelek zaczął się skradać w stronę miejsca, gdzie stali Ogromni.

– Ida, chodź! – zawołał Alik. – Nie możemy tutaj zostać…

Pociągnął dziewczynkę w stronę ulicy Kasztanowej. Przebiegli pędem obok szkoły, minęli park i znaleźli się na terenie twierdzy.

– I co teraz będzie? – szepnęła Idalia.

– Trzeba zaczekać na Budynia.

Zeszli do schronu. Drzwi zostawili uchylone, żeby pies mógł szybko się ukryć.

Czekali. Mijały godziny, ale Budyń nie wracał. Alikowi i Idalii oczy kleiły się do snu. Wreszcie usłyszeli, jak kundelek zbiega po schodach. Zerwali się.

– Budyń… I co? Znalazłeś Korto?

Pies bez słowa podszedł do nich i położył coś na kamiennej podłodze.

Uklękli. Zobaczyli mały kawałek metalu, zgnieciony i powyginany. To był Korto!

Jedna z jego łapek wisiała bezradnie, inne były skręcone i połamane, a głowa zmiażdżona.

Korto przestał istnieć.

Idalia zaczęła płakać. Była dziewczynką, która prawie nigdy nie płakała, ale teraz nie umiała powstrzymać łez. Płynęły jej po policzkach i kapały na roztrzaskanego robota. Alik też zakrył dłońmi oczy.

– Znalazłem go na ulicy – szepnął Budyń. – Myślałem, że da się go uratować, ale był strasznie poturbowany. Te olbrzymy go rozdeptały! Nie ruszał się, tylko oczy jeszcze się świeciły. Kiedy podszedłem, powiedział tylko: „Trzecia strzała jest najważniejsza...", a potem jego oczy zgasły i już się nie poruszył.

Ida i Alik milczeli. Po twarzy Idalii wciąż płynęły łzy.

Alik wziął delikatnie Korto i włożył do kartonu, w którym kiedyś były puzzle. Zanim zamknął wieko, pogłaskał pogiętą łapkę robota. Schował pudełko pod ławkę.

Nie odzywali się przez długi czas. W końcu Alik podniósł głowę i powiedział:

– Będziemy z nimi walczyć. Walczyć tak długo, aż tych drani pokonamy.

Następnego ranka zrobili naradę wojenną.

– Pamiętacie dokładnie, co mówił Korto? – spytała Idalia.

– Tak – powiedział Alik. – „Pierwsza strzała czyni wielkimi, a druga czyni małymi. A ostatnia odda to, co zostało utracone...” Tak powiedział.

– Ale co to może znaczyć?

– Chyba to, że jak trafisz kogoś strzałą, to się zmniejszy.

– Albo powiększy – dodał Budyń.

– A trzecia strzała? – spytała Ida. – Rozumiecie, co ona robi?

– Nie...

Czuli się zagubieni. Bardzo brakowało im Korto, który potrafił wytłumaczyć wiele rzeczy.

Alik podniósł strzały. Uważnie je obejrzał.

– Zobaczcie! – zawołał. – Są na nich znaki!

Ida i Budyń pochylili się. Na każdej ze strzał obok grotu były kreski. Na pierwszej strzale jedna, na drugiej dwie i na ostatniej trzy.

– Te kreski to są chyba numery – szepnął Alik. Podniósł strzałę oznaczoną jedną kreską. – Czyli ta strzała jest pierwsza i powiększa tego, w kogo trafi. A ta – wziął strzałę z dwiema kreskami – ta pomniejsza.

– To znaczy, że pierwsza strzała nam się nie przyda! – zawołała Ida. – Bo raczej nie chcemy powiększać olbrzymów.

– A może chodzi o to, żebyśmy sami się powiększyli? – zastanawiał się Alik. – I dzięki temu zwyciężyli olbrzymów.

– Przecież nie będziemy do siebie strzelać! – zawołał Budyń. – To jest zbyt niebezpieczne.

– To znaczy, że musimy użyć drugiej strzały. Tej, która zmniejsza.

– Myślicie, że jak trafimy olbrzyma, to on się po prostu zmniejszy? – zapytała niepewnie Ida.

– Chyba tak.

– Ale tylko jeden – pisnął psiak. – A ich jest cała banda!

Alik się zastanowił.

– Korto chyba powiedział: „Uczyni ich małymi". Czyli dotyczy to każdego Ogromnego. Widocznie strzała ma taką moc, że będzie działać na wszystkie olbrzymy.

– Ale pewne to nie jest… – szepnęła Idalia.

– Najlepiej trafić głównego olbrzyma – powiedział Alik. – Czyli ojca Giguna. On jest największy i wszystkimi rządzi.

– Nie wiadomo, czy w ogóle kogoś trafimy – westchnęła Ida. – Ja nigdy nie strzelałam z łuku. A ty, Alik?

– Kiedyś strzelałem. Ale tylko z takiego dziecinnego.

– Jeśli chybicie, moc strzały umiera – przypomniał Budyń. – Tak powiedział Korto.

– Czyli musimy podejść bardzo blisko, żeby trafić za pierwszym razem.

– To jest niebezpieczne.

– Tak – szepnął Alik. – To będzie bardzo niebezpieczne.

Zdecydowali, że na wyprawę bojową wyruszą wieczorem.

Wcześniej wybrali się do miasta po jedzenie, bo nie mieli już żadnych zapasów. Na ulicy Kasztanowej natknęli się na olbrzyma, który dźwigał wielką klatkę. Nie dostrzegł ich, bo zdążyli się ukryć za drzewem.

Alik szepnął:

– Widzieliście?

– Co?

– W tej klatce byli ludzie. Ogromni zanoszą ich do więzienia! Chyba wyciągają ich przez okna! Pamiętasz? Mówili, że zrobią więzienie i wszystkich tam przeniosą.

Alik był okropnie zdenerwowany.

– Muszę sprawdzić, co się dzieje z moimi rodzicami.

Idalia i Budyń zostali na straży obok szkoły, a Alik pobiegł do domu.

Na szczęście okazało się, że do jego mieszkania olbrzymy na razie nie trafiły. Rodzice Alika nadal spali przytuleni do siebie na kanapie. Chłopiec szczelnie zasłonił okna.

Wrócił do przyjaciół i poszli razem do najbliższego sklepu. Wzięli trochę konserw, jogurty i soki. I oczywiście kiełbaski czosnkowe dla Budynia. Nie było świeżego chleba. Ten, który leżał na półkach, był już stary i wyschnięty. Zabrali więc kilka paczek sucharków.

W drodze powrotnej Alik wszedł do księgarni.

– Po co tu wchodzisz? – zdziwiła się Ida.

– Może są jakieś książki o łukach. Podręczniki, które uczą, jak strzelać…

Chodzili długo po księgarni. Było tu mnóstwo książek, ale o łukach niczego nie mogli znaleźć. Wreszcie Budyń wypatrzył odpowiednią książkę. Choć kundelek nie umiał czytać, zauważył łuk narysowany na okładce. Zawołał Idę i Alika. Ściągnęli z półki gruby tom pod tytułem *Łucznictwo* i zabrali go do twierdzy.

W schronie wypili jogurty i zjedli sucharki, a Budyń kilka kiełbasek. Potem zaczęli przeglądać książkę. Była bardzo gruba. Na szczęście miała dużo rysunków, które pokazywały, jak zakładać strzałę i naciągać cięciwę. A także jak celować i brać poprawkę na wiatr. Alik i Idalia nie mieli odwagi ćwiczyć z magicznym łukiem. Bali się, że niechcący mogą wywołać czar. Dlatego tylko udawali, że trzymają łuk, układając ręce dokładnie według rysunków z książki.

Ćwiczyli przez godzinę. Potem czekali w schronie na nadejście zmroku. Czas dłużył im się okropnie i byli bardzo zdenerwowani. Wiedzieli, że będzie to ostateczna rozgrywka. W dodatku nie byli pewni, co się wydarzy.

– Alik… Jak myślisz? Czy Ogromni zmniejszą się do rozmiaru ludzi, czy bardziej?

– Skąd mam wiedzieć…

– A jak się zmniejszą, to co potem z nimi zrobimy?

– No… Jeśli staną się bardzo mali, to spróbujemy ich złapać.

– A jeśli zmniejszą się do ludzkiego rozmiaru? Nie damy rady ich pokonać, bo jest ich dużo. Co wtedy zrobimy?

Alik wzruszył ramionami.

– Nie wiem…

– Pamiętajcie, żeby użyć właściwej strzały – powiedział Budyń. – Bo raczej nie chcemy powiększyć olbrzymów.

– To może pozostałe strzały zostawimy w schronie? – spytała Ida.

Alik się zastanowił.

– Nie. Bezpieczniej mieć wszystkie ze sobą. Nie wiemy, co się zdarzy.

– A kto będzie strzelał? – spytała Idalia.

– Ja – powiedział stanowczo Alik.

– Może lepiej ja to zrobię?

– Nie. Ja.

Ida zerknęła na Alika. Miał zaciętą minę. Wolała się z nim nie kłócić.

Wyszli ze schronu wcześniej, niż planowali, bo niebo było zachmurzone i szybko zrobiło się ciemno.

Alik niósł łuk, a Idalia strzały. Szli w milczeniu, napięci. Budyń też się nie odzywał. Wiedzieli, że sytuacja jest strasznie niebezpieczna. Padał deszcz i na ulicy było pełno kałuż.

Kiedy zbliżyli się do rynku, usłyszeli z daleka głosy Ogromnych. Niektórzy śpiewali. Inni śmiali się albo rozmawiali. Przypominało to huk grzmotów. Nagle rozległy się ciężkie kroki. Dzieci i Budyń błyskawicznie ukryli się w bramie.

Ulicą maszerował wielki żołnierz. Przeszedł tak blisko, że ochlapał ich błotem z kałuży.

Kiedy odszedł, zaczęli się skradać w stronę obozu olbrzymów. Przeskakiwali od bramy do bramy. W każdej czekali chwilę, nadsłuchując, czy nie idą Ogromni. Potem biegli dalej. Czuli się jak komandosi albo antyterroryści.

Wreszcie dotarli do Rynku Głównego.

Olbrzymy zbudowały tu obozowisko z wieloma namiotami. Jeden był wyjątkowo duży. Domyślali się, że mieszkają w nim Gigun i jego rodzice. Obok stał gigantyczny czołg o dziwnym kształcie.

– Wejdźmy do ratusza – szepnął Alik. – Stamtąd będzie widać cały obóz.

Kryjąc się za samochodami, pobiegli na przeciwną stronę rynku, do ceglanego budynku ratusza. Weszli do wnętrza i wspięli się na drugie piętro. Z okien było dobrze widać obozowisko Ogromnych. Niestety było zbyt daleko, by stąd trafić strzałą w olbrzyma.

– Co robimy? – szepnęła Idalia.

– Zakradnę się do tego dużego namiotu – powiedział Alik. – Tam na pewno mieszka ojciec Giguna. Spróbuję go trafić.

– Pójdziemy wszyscy.

– Nie. Chcę iść sam.

– Zwariowałeś? Musimy się trzymać razem.

– Pójdę sam! – upierał się Alik.

– Dlaczego?

– Bo nie chcę, żeby tobie się coś stało. Ani Budyniowi.

– A tobie może się coś stać!? – krzyknęła Ida.

– Tak. Bo to wszystko moja wina. To przeze mnie przylecieli tu Ogromni. Sama tak powiedziałaś. Dlatego to ja muszę ryzykować. Pójdę sam. Czekajcie tu na mnie!

Zanim Ida odpowiedziała, Alik chwycił strzałę i łuk i wybiegł. Pozostałe strzały zostały na podłodze. Idalia chciała pobiec za Alikiem, ale kundelek szepnął:

– Zostań. Tak będzie lepiej.

– A jak mu się coś stanie!? – zawołała Idalia.

– Będziemy stąd obserwować, co się dzieje. W razie kłopotów pójdziemy go ratować.

– To jest bez sensu!

Ida była zła na Alika. Nie powinni się rozdzielać. Powinni walczyć razem! Wyjrzała przez okno. Zobaczyła, że Alik wychodzi z ratusza i skrada się w stronę obozowiska olbrzymów.

Chłopak krył się za samochodami zaparkowanymi na rynku. Przebiegał na czworakach od jednego auta do drugiego, prawie się czołgał. Poruszanie się utrudniał mu łuk, który był długi i zahaczał o chodnik.

Po jakimś czasie rząd samochodów się skończył. Za nimi stał gigantyczny czołg olbrzymów. Alik przekradł się do niego i schował za gąsienicą. Dalej była odsłonięta przestrzeń, jasno oświetlona latarniami. Nie było gdzie się ukryć.

„Jak dotrzeć do dużego namiotu? – zastanawiał się Alik. – Jak pobiegnę, Ogromni mnie zauważą i złapią…"

Zobaczył, że w głębi obozu olbrzym w białej czapce szykuje jedzenie na ogromnym stole. Co jakiś czas kucharz brał tacę z potrawami i zanosił ją do największego namiotu. Kiedy kolejny raz tam poszedł, Alik zerwał się i popędził w stronę stołu.

Z okna na drugim piętrze ratusza wysunęły się głowy Idalii i Budynia. Próbowali wypatrzyć Alika.

– Budyń, widzisz go?

– Już nie.

– Strasznie się o niego boję.

– Może wejdziemy na wyższe piętro – zaproponował psiak. – Stamtąd będzie więcej widać.

– Dobrze.

Idalia chciała podnieść strzały i ruszyć na schody, lecz nagle zastygła. Patrzyła uważnie na strzały, a potem krzyknęła przeraźliwe. Budyń spojrzał na nią zdumiony.

– Co się stało!?

Ida nie odpowiedziała. Wychyliła się z okna i zaczęła krzyczeć:

– Alik! Alik!!!

– Ida! Co robisz!? – zawołał psiak.

W odpowiedzi dziewczynka odwróciła się i jak szalona popędziła schodami do wyjścia.

– Ida! Co się dzieje…!? – krzyczał Budyń.

Idalia wybiegła z ratusza.

Kundelek nie wiedział, co zrobić. W końcu popędził za Idalią. Na schodach obejrzał się jeszcze. Dwie strzały leżały na podłodze. Budyń pomyślał, że nie powinni ich zostawiać… Ale chyba stało się coś groźnego, skoro Ida tak się zachowuje. Kundelek pognał do drzwi i wybiegł z ratusza.

Dwie strzały zostały na kamiennej posadzce, świecąc w ciemności.

Idalia pędziła przez rynek, tam dokąd poszedł Alik. Budyń ją dogonił.

– Ida! Powiedz, co się stało!?

Alik dobiegł do stołu. Założył łuk na ramię, strzałę wsunął za pasek i zaczął się wspinać po stołowej nodze. Błyskawicznie wdrapał się na blat. Stały na nim dzban z herbatą i ogromna cukiernica. Chłopiec do niej podbiegł. Z trudem odsunął pokrywkę, wielką jak koło ciężarówki. Złapał krawędź cukiernicy, podciągnął się i wskoczył do jej wnętrza. Nasunął pokrywkę i zagrzebał się po szyję w białych kryształach cukru. Wtedy usłyszał łomoczące kroki. Wielki kucharz wracał.

Idalia i Budyń biegli przez rynek, szukając wszędzie Alika. Niemal się nie kryli. Budyń gnał z przodu, rozglądając się we wszystkie strony i węsząc. Od kiedy Idalia powiedziała mu, co się stało, psiak trząsł się ze zdenerwowania. Wiedział, że jeśli nie znajdą Alika, to będzie katastrofa! Na szczęście większość olbrzymów siedziała w namiotach i jadła kolację, więc na razie nikt ich nie zauważył.

Alik siedział w cukiernicy, zagrzebany niemal po czubek głowy w białych kryształach. Nagle naczynie drgnęło i pofrunęło w górę. Kucharz postawił cukiernicę na tacy razem z dzbanem herbaty i poszedł do wielkiego namiotu. Zaszeleścił brezent w wejściu i po chwili Alik poczuł wstrząs. Taca została postawiona na stole. Rozległ się głos Giguna:

– Nie chcę jeść…

– Musisz jeść, żeby urosnąć… – To był głos jego matki.

– Kiedy wrócimy do domu?

– Ty mnie lepiej, smarkaczu, nie denerwuj! – zaryczał jakiś donośny głos.

„To ojciec Giguna. Jest tutaj!” – pomyślał Alik.

Największy olbrzym krzyczał:

– To przez ciebie przylecieliśmy na tę planetę karłów! I nie wiadomo, jak wrócić do domu! Inżynier wymyśla jakiś statek, ale to potrwa bardzo długo. Będziemy musieli się tu męczyć, może nawet rok! A wszystko przez twoje głupie pomysły.

– Nie mów tak, bo dziecko się zestresuje – łagodziła matka Giguna. – Wiesz, że noga wciąż go boli... Moje biedactwo...

Alik powoli wysunął się spod sterty cukru i zdjął z ramienia łuk. Jego plan był prosty. Chciał wyskoczyć z cukiernicy i strzelić do ojca Giguna. Jeśli czar zacznie działać od razu, to olbrzym się zmniejszy. A może wszystkie wielkoludy zaczną maleć? Zrobi się zamieszanie, a on wtedy ucieknie.

Był tylko jeden problem. W wypełnionym cukrem naczyniu Alik nie mógł założyć strzały na cięciwę i napiąć łuku. Było to możliwe dopiero po wyjściu z kryjówki. A to zajmie trochę czasu. Olbrzymy mogą go wtedy dopaść i odebrać broń.

Budyń i Idalia biegli w stronę wielkiego namiotu. Byli pewni, że Alik już tam wszedł.

Kiedy mijali ogromny czołg, Budyń pisnął:

– Uwaga!

W ich stronę szła Szafa. Olbrzymka prowadziła na smyczy Morusa, wielkiego psa. Pewnie dlatego, że Gigun nie mógł wychodzić z nim na spacer.

Ida i kundelek ukryli się za gąsienicą czołgu, obserwując z niepokojem olbrzymkę. Szafa była wyjątkowo wstrętna. Idalia pamiętała, jak gnębiła ich w Świecie Ogromnych.

Wielki pies zatrzymał się obok czołgu. Podniósł nogę. Rozległ się głośny szum, jakby obok był wodospad Niagara. Po bruku popłynął żółty strumień. Ida odsunęła się, zatykając nos z obrzydzenia. Na szczęście pies zajęty swoimi potrzebami nie wyczuł ani jej, ani Budynia.

Szafa szarpnęła smycz.

– Morus, chodź już. No chodź, głupi kundlu!

Ruszyli do wielkiego namiotu.

Ida i Budyń odczekali chwilę i pobiegli za nimi. Przed wejściem się zatrzymali.

– Ten gigapies jest w namiocie – szepnął Budyń. – Co będzie, jak nas wyczuje?

– Musimy zaryzykować. Wchodzimy!

Przeczołgali się pod brezentem zasłaniającym wejście i wpełzli do wnętrza namiotu. Tam błyskawicznie skoczyli w cień, kryjąc się za jakimiś walizami.

Namiot był gigantyczny, większy niż cyrkowe. Przy wielkim stole siedzieli Gigun i jego rodzice. Alika nigdzie nie było widać. Morus stał obok Giguna, który głaskał go po głowie.

Do stołu podeszła Szafa.

– I co, Gigun? Noga boli?

– Boli….

Szafa usiadła i zaczęła pożerać wielką bułkę.

– Te małe robale mogły ci wpuścić do nogi jakieś zarazki – mruknęła. – Ja bym nigdy nie pozwoliła, żeby kurdupelki coś robiły z moją nogą. Fuj!

– Ona ma rację! – zawołał ojciec Giguna. – Jak mogłeś pozwolić, żeby robale cię dotykały? To wstyd. Trzeba było je zmiażdżyć.

– Tato! Oni byli w porządku. Naprawdę mi pomogli.

– Nie chcę tego słuchać! Mój syn nie może się przyjaźnić z karłami! Jasne!?

– Ciekawe, gdzie oni teraz są – mruknęła Szafa. – Trzeba ich dorwać, bo jeszcze zatrują nam wodę albo żarcie. – Wzięła ciastko, powąchała je nieufnie i zaczęła łapczywie jeść.

Ukryty w cukiernicy Alik szykował się do akcji. Uchylił lekko pokrywkę i wyjrzał. Zobaczył, że ojciec Giguna stoi na końcu namiotu i szuka czegoś w kufrze. Był zbyt daleko, by trafić go strzałą. W tej chwili matka Giguna spytała:

– Synku, chcesz się napić herbaty?

– Może być… – mruknął Gigun.

– Z cukrem?

– Tak… Trzy łyżki.

Alik natychmiast opuścił wieko cukiernicy i skulił się w swojej kryjówce.

Olbrzymka nalała herbaty do wielkiego kubka. Potem sięgnęła po cukiernicę. Otworzyła ją i zobaczyła Alika!

– Tu coś siedzi! – wrzasnęła.

Upuściła naczynie na stół. Cukiernica z trzaskiem się rozbiła. Ze stosu cukru i potłuczonej porcelany wysunął się Alik.

Szafa ryknęła:

– To jeden z tych robali!

Alik błyskawicznie się zerwał. Nałożył strzałę na cięciwę.

– Zobaczcie, co ten karzeł robi! – krzyknęła Szafa. – On ma jakąś broń!

Alik zaczął napinać łuk. Był twardy i nie chciał się wygiąć. Chłopiec musiał włożyć w to całą swoją siłę. Wreszcie się udało.

Ojciec Giguna ruszył w stronę stołu.

– Co tu się dzieje!? – wrzasnął.

Alik błyskawicznie w niego wycelował. Już miał zwolnić cięciwę.

Wtedy rozległ się krzyk:

– Alik! Nie strzelaj!!!

Na środek namiotu wybiegli Ida i Budyń.

– Alik! Nie strzelaj! – krzyczeli. – Nie!!!

Alik nie wiedział, skąd pochodzi krzyk. Zawahał się na sekundę.

W tej chwili ojciec Giguna cisnął w niego kubkiem z herbatą. Naczynie roztrzaskało się tuż obok chłopca. Uderzyły w niego odłamki.

Alik puścił cięciwę.

TRACH! Strzała pomknęła w stronę olbrzyma. Grot rozjarzył się światłem tak jaskrawym, że wszyscy zmrużyli oczy. Strzała wbiła się w policzek olbrzyma.

Ojciec Giguna prawie nie poczuł ukłucia maleńkiej strzały. Ruszył do Alika, ale zaraz się zachwiał i przeraźliwie krzyknął.

A potem zaczął... r o s n ą ć! Powiększał się jak nadmuchiwany balon!

Wszyscy patrzyli oszołomieni, jak wielkolud staje się jeszcze większy. Rósł ustawicznie.

Alik patrzył na niego zdumiony.

– Co się dzieje? – jęknął.

Ida wyszeptała z rozpaczą:

– Nie udało się!

A Ogromny stawał się coraz ogromniejszy, głową dotykał już dachu namiotu. TRZASK. Rozdarł się brezent, a olbrzym rósł dalej. Wokół namiotu zgromadziły się wszystkie olbrzymy. Gapiły się zdumione. Gigun podbiegł do ojca.

– Tato... Jakim cudem ty jesteś taki wielki!? – zawołał.

Dotknął olbrzymiej nogi ojca i natychmiast wrzasnął. A potem także zaczął się powiększać!

Gigun rósł błyskawicznie, tak jak ojciec. Po sekundzie uderzył głową w dach namiotu, który z trzaskiem się zawalił.

Podbiegła do nich matka. Wspięła się na palce i dotknęła ręki Giguna. TRACH! Ona także zaczęła rosnąć. Wyglądało to jak zaraza. Jak wirus wielkości.

Inni Ogromni, widząc, co się dzieje, dopadali do rosnących. Dotykali ich i oni także zaczynali się powiększać. Po chwili wszystkie wielkoludy rosły jak szalone drzewa. Nawet pies Giguna!

Ojciec Giguna poczuł ból w policzku, tam gdzie tkwiła strzała. Podniósł rękę i wyrwał ją jak żądło osy. W jego wielkich łapach strzała pękła jak zapałka. TRZASK. Czar natychmiast przestał działać. Olbrzymy przestały rosnąć.

Ale i tak były gigantyczne. Trzy razy większe niż przedtem.

Ogromni stali w milczeniu, oszołomieni tym, co się stało. Byli tak wielcy, że ledwo mieścili się na rynku.

Jeden z olbrzymów, rosnąc, przewrócił stół. Alik zjechał z blatu na ziemię. Klęczał, patrząc z przerażeniem na powiększone olbrzymy.

– Alik!

Do chłopca podbiegli Ida i Budyń.

– Alik, musimy uciekać! Chodź!

Chłopak spojrzał na nich półprzytomnym wzrokiem. Nie poruszył się.

– Co ja zrobiłem? – jęknął. – Dlaczego oni urośli?

– Strzała… Zabrałeś niewłaściwą – szepnęła Ida. – Pomyliłeś się, rozumiesz? Wziąłeś pierwszą strzałę! Tę, która powiększa!

– Zwiewajmy stąd… – pisnął Budyń. – Szybko! Bo nas rozdepczą…

Alik nawet nie drgnął. Patrzył zrozpaczony na powiększone olbrzymy.

– Alik, chodź, bo wszyscy zginiemy! – zawołała Ida. – No chodź!!!

Chwyciła za rękę oszołomionego chłopca i popędzili przez rynek, klucząc między gigantycznymi stopami Ogromnych.

Ida chciała biec do ratusza, ale Budyń ją zatrzymał.

– Uciekajmy do schronu!

– Ale strzały zostały w ratuszu! – zawołała Idalia. – Musimy po nie iść!

– Teraz się tam nie dostaniemy! Nie ma szans! Potem po nie wrócimy.

Rynek był pełen Ogromnych. Zdumione olbrzymy oglądały swoje powiększone ciała. Niektóre krzyczały z radości. Bo dla Ogromnego nie ma nic wspanialszego, niż stać się jeszcze większym!

Dzieci i Budyń biegli do twierdzy, niemal się nie zatrzymując. Ukryli się w schronie i padli na kamienne ławki, dysząc ze zmęczenia.

Długo nikt się nie odzywał. Wreszcie Ida szepnęła:

– Alik… To nie twoja wina…

– To jest moja wina! – krzyknął Alik. – Znowu miałem pecha i wszystko zepsułem!

– Nieprawda! Znaki na strzałach były mało widoczne, bo olbrzym ochlapał je błotem…

– Powinienem uważać…

– Słuchajcie – przerwał Budyń. – Nie gadajmy już o tym, co było. Olbrzymy się powiększyły i sytuacja jest potwornie niebezpieczna. Trzeba wymyślić, co teraz robić.

– Musimy odzyskać strzały i użyć właściwej, zmniejszającej – powiedziała Idalia.

– Jeśli jej użyjemy – powiedział ponuro Alik – olbrzymy staną się takie jak przedtem. Czyli wciąż wielkie.

– Nie wiadomo, może zmniejszą się do rozmiaru mrówek – powiedziała Idalia.

– A jeśli nie?

– Wiecie co? – powiedział kundelek. – Powinniśmy teraz iść spać. Może rano przyjdzie nam do głowy jakiś nowy pomysł.

Ułożyli się na śpiworze i przykryli drugim. Gdzieś z daleka dochodziło dudnienie. To powiększone olbrzymy robiły taki hałas, że słychać go było nawet pod ziemią.

Zanim zasnęli, Idalia chwyciła Alika za rękę i szepnęła:

– To wyglądało niesamowicie, jak celowałeś z łuku do tego olbrzyma. Byłeś bardzo odważny, Alik! Zobaczysz, następnym razem się uda! Mamy jeszcze dwie strzały!

Następnego dnia po śniadaniu Idalia powiedziała:

– Trzeba odzyskać strzały. Kto po nie pójdzie?

– Ja mogę iść – zaofiarował się Budyń. – Jestem najmniejszy, więc mnie tak łatwo nie zauważą.

– To zły pomysł! – zawołała Ida.

– Dlaczego?

– A co zrobisz, jak będą zamknięte drzwi?

– No tak… To prawda – westchnął kundelek. – Drzwi nie umiem otwierać. Zawsze mówiłem, że klamki powinny być przy podłodze, wtedy życie psa byłoby łatwiejsze.

– Pójdziemy wszyscy – powiedział Alik.

– A może popłyniemy? – zaproponowała Idalia.

– Popłyniemy? Jak?

– Obok rynku przepływa kanał. On się łączy z rzeką. Możemy wziąć ze sklepu stroje dla nurków i popłynąć pod wodą prawie do samego ratusza.

– Ja raczej nie dam rady – powiedział Budyń. – Pływam tylko kiepskim pieskiem i nienawidzę nurkowania.

– Zostaniesz w schronie i będziesz pilnować łuku – zdecydowała Idalia. – A my popłyniemy odzyskać strzały.

Ida z Alikiem poszli do sklepu ze sprzętem do nurkowania. Ida pamiętała, że taki sklep jest niedaleko mostu. Chodziła tam czasem z Gabi, która uwielbiała nurkowanie.

Przed niebieskim pawilonem stało kilka desek surfingowych i kolorowy ponton. Drzwi były otwarte. Weszli do środka.

Za ladą drzemał sprzedawca w śmiesznym kapeluszu. Na półkach leżało mnóstwo sprzętu. Butle z powietrzem do oddychania pod wodą, stroje płetwonurków, a także maski i kolorowe płetwy. Było też kilka łodzi i dmuchane delfiny dla dzieci.

Idalia i Alik rozglądali się niepewnie. Nie znali się na nurkowaniu. Ida kiedyś walczyła z podwodnym smokiem, ale wtedy wyczarowała specjalne tabletki do oddychania w wodzie.

– Wiesz co, Alik? Nie damy rady płynąć głęboko z butlami. Gabi mówiła, że to trzeba długo trenować. Lepiej wziąć maski z fajkami.

– Z czym?

– Tak się nazywają te rurki do oddychania – powiedziała Ida.

– Ale z nimi można pływać najwyżej pół metra pod wodą.

– To wystarczy. Nie zauważą nas. Weźmiemy jeszcze płetwy i pianki.

– Pianki? Co to jest?

– Stroje z gąbki, żeby nie zmarznąć w wodzie. Gabi często w czymś takim nurkuje.

Zaczęli chodzić wzdłuż półek, wybierając potrzebne rzeczy. Rurki do oddychania wzięli najdłuższe, jakie były.

Przebrali się. Pianki okazały się trochę za duże, więc założyli je na swoje ubrania. Alik zabrał jeszcze podwodną latarkę i wodoszczelny worek na strzały. Wyszli ze sklepu i ruszyli nad rzekę. W strojach nurków czuli się trochę dziwnie.

– Wyglądamy jak zwariowani kosmici! – zaśmiał się Alik.

Na brzegu zdjęli buty, założyli płetwy i maski z fajkami. Wskoczyli do rzeki. Woda była dość ciepła, poza tym pianki chroniły przed chłodem. Problemem był silny prąd, który ich spychał. Na szczęście płetwy pomagały poruszać się w wodzie.

– Dokąd płyniemy? – spytał Alik.

– Za mostem jest kanał, którym można dopłynąć do rynku. Pamiętasz? Nad tym kanałem stoi dom Kukiego.

– Ale tam jest wodospad…

– Dosyć mały. Damy radę go przepłynąć. Ruszamy!

Popłynęli rzeką w stronę mostu.

Na razie nie zanurzali głów, bo żadnych wielkoludów w pobliżu nie było widać. Ale kiedy przepłynęli pod mostem, zobaczyli na placu mnóstwo śpiących ludzi. Pilnowało ich kilku wielkich żołnierzy.

Alik podpłynął do Idy.

– Widziałaś? To tutaj zrobili więzienie dla ludzi.

– Okropne! Płyńmy pod wodą, żeby nas nie zauważyli.

Zanurzyli się. Pianki były czarne, więc pod wodą dzieci były prawie niewidoczne. Tylko końce rurek połyskiwały nad powierzchnią rzeki.

Przepłynęli sto metrów i zobaczyli ujście szerokiego kanału. Idalia dała znak ręką i skręcili tam. Pchał ich prąd, bo woda wpływała do kanału z dużą prędkością. Kanał miał murowane brzegi, a po obu jego stronach stały domy.

Niesieni prądem płynęli naprawdę szybko. Co jakiś czas mijali mosty. Musieli uważać, żeby nie uderzyć głowami w metalowe przęsła. Woda była ciemna, więc choć mieli maski, niewiele widzieli.

Usłyszeli szum. Prąd przyspieszył. Zbliżali się do wodospadu.

Na kanale był próg, jakby stopień. Woda spadała tam z metrowej wysokości. Wracając ze szkoły, często zatrzymywali się obok tego wodospadu. Rzucali liście, żeby patrzeć, jak spływają z wodą.

Idalia osłoniła rękoma głowę, po sekundzie poczuła, jak woda przyspiesza. TRACH! Dziewczynka została wystrzelona gwałtownie do przodu. Przefrunęła parę metrów w powietrzu i chlapnęła w wodę. Uderzyła ręką o kamień, na szczęście kostium z gąbki złagodził uderzenie. Obejrzała się i zobaczyła Alika wylatującego ze spienioną wodą. Wpadł do kanału kilka metrów za Idalią. Dał jej znak, że nic mu się nie stało. W tej chwili na wodę padł cień. Dzieci podniosły głowy.

Na brzegu stał olbrzymi żołnierz! Trzymał siatkę do łapania ludzi. Zauważył dzieci. Błyskawicznie zamachnął się siatką, by wyłowić podejrzane istoty.

Na szczęście prąd był szybki i Alik z Idalią zdążyli odpłynąć. Siatka uderzyła w wodę za nimi.

Żołnierz ruszył w pościg. Biegł wzdłuż kanału, choć było to trudne, bo domy stały tu nad samą wodą. Olbrzym musiał je przeskakiwać, burząc czasem butami kominy. W końcu wyprzedził płynących i stanął na moście przed nimi.

Sytuacja zrobiła się niebezpieczna, bo dzieci nie mogły się zatrzymać ani zawrócić. Brzegi kanału były wysokie, a prąd szybki. Ogromny żołnierz czekał z siatką na moście jak koszmarny rybak. Pod ciężarem olbrzyma most się przechylił.

– Alik, pod wodę! – krzyknęła Ida.

Błyskawicznie zanurkowała i pod wodą skręciła, by przepłynąć jak najbliżej brzegu. Minęła most z zaczajonym olbrzymem. Usłyszała, jak siatka uderza o wodę kilka metrów za nią. Idalia przepłynęła może dziesięć metrów i wynurzyła głowę.

Zobaczyła okropną scenę. Olbrzym wyciągał z wody siatkę. Był w niej Alik! Został złowiony!

Chłopak krzyczał i miotał się jak ryba. Olbrzym uniósł siatkę i wysunął wielką rękę po Alika. W tej chwili rozległ się huk. TRACH! Most, na którym stał wielkolud, pękł i zwalił się do wody. Olbrzym wleciał do kanału i zaczął się zapadać w jego grząskim dnie. Cisnął siatkę i próbował wydobyć się z mułu. Złapał rękoma dom stojący nad brzegiem i z trudem udało mu się wydostać na brzeg.

Tymczasem siatka z uwięzionym Alikiem spłynęła z prądem. Chłopak bezskutecznie próbował się uwolnić. Podpłynęła Idalia i pomogła mu się wyplątać z sieci. Zaczęli oboje uciekać, płynąc najszybciej, jak potrafili. Na szczęście olbrzym ich nie ścigał.

Minęli zakręt i wynurzyli głowy. Zobaczyli przed sobą ścianę przegradzającą kanał. W ścianie był duży okrągły otwór, w który wpływała woda. Dalej płynęła podziemnym tunelem pod ulicą. Nie mieli wyjścia, musieli wpłynąć w tę mroczną przestrzeń.

Znaleźli się w okrągłym tunelu do połowy wypełnionym wodą. Ściany były obrośnięte zielonymi wodorostami. Pełzały po nich wielkie ślimaki i pająki wodne.

Prąd był bardzo wartki, więc płynęli z dużą prędkością. Gdzieś daleko było widać światło. To znaczyło, że z tunelu można wypłynąć. Ale kiedy minęli zakręt, zobaczyli przed sobą kratę. Przegradzała tunel, chyba po to, by zatrzymywać śmieci. Obok kraty unosiły się plastikowe butelki i torebki. Prąd przycisnął dzieci do żelaznych prętów. Dalej płynąć nie mogły.

Rozglądały się wystraszone.

– Co robimy? – szepnął Alik.

– Chyba musimy wrócić. Szybko, bo potem będziemy tak zmęczeni, że nie damy rady…

Spróbowali popłynąć z powrotem, do wlotu tunelu, jednak okazało się to niemożliwe. Prąd był zbyt silny. Machali nogami i rękoma, ale prawie stali w miejscu. Po chwili spieniona woda cisnęła ich znowu na kratę. Byli w pułapce bez wyjścia. Uwięzieni w podziemnej rzece, z której nie mogli się wydostać! Wyglądało na to, że zostaną w tym cuchnącym podziemiu na zawsze.

Zaczęli szarpać kratę, ale była mocno przykręcona do ścian. Nie było szans, by ją wyrwać.

– Alik… Co teraz będzie?

– Czekaj… Sprawdzę coś.

Alik wyjął wodoszczelną latarkę. Włączył ją i promień światła zaczął błądzić po wilgotnych ścianach tunelu. Alik skierował go w górę, na sufit.

– Zobacz… Jest jakaś drabina…

– Gdzie?

– Tam na górze.

W suficie był otwór, a nad nim „studnia" prowadząca w górę. W jej ścianie były metalowe klamry do wspinania. Drabina zaczynała się pół metra nad wodą.

– Spróbujmy tamtędy wyjść.

– Musimy zdjąć płetwy.

– Tak.

Zsunęli płetwy i rzucili do wody razem z workiem na strzały, bo musieli mieć swobodne ręce. Alik zaczął się wspinać po metalowych szczeblach. Idalia ruszyła za nim. Pięli się powoli w górę studni. Po chwili dotarli do metalowej klapy. Alik zaczął ją pchać, próbując unieść. TRACH. Ciężka pokrywa zaczęła się odsuwać. Zobaczyli światło. Jeszcze jedno pchnięcie i odsłonił się okrągły otwór. Alik wysunął głowę.

– Łał! Ale mamy szczęście! Jesteśmy na rynku! Ratusz jest obok…

– Super – szepnęła Idalia. – A olbrzymy?

– Są, ale dość daleko. Wyłazimy.

Alik wypełzł z otworu. Za nim wyszła Ida. Byli na rynku, kilkanaście metrów od ratusza! Dokładnie tam, gdzie chcieli się dostać!

Pobiegli do budynku ratusza. Otworzyli ciężkie drzwi i weszli do holu. Tutaj szybko ściągnęli pianki, które utrudniały im poruszanie się. Ich ubrania były mokre, ale nie mieli czasu się tym przejmować.

– Gdzie zostawiłaś strzały? – spytał Alik.

– Na drugim piętrze, obok okna.

Wspięli się schodami na drugie piętro.

– Są! – zawołała z ulgą Ida.

Dwie strzały leżały na podłodze. Ich groty świeciły w mroku. Podbiegli do nich.

– Zobacz – powiedziała Idalia. – Znaki zabrudziły się od błota. Prawie ich nie widać. Dlatego się pomyliłeś. – Podniosła jedną ze strzał. – To ta strzała pomniejsza.

– Powinienem to dokładnie sprawdzić – westchnął Alik.

– Nie myśl już o tym. Teraz musimy mądrze tę strzałę wykorzystać.

– Co robimy?

– Wrócimy po łuk i zakradniemy się do olbrzymów nocą, kiedy zasną.

– To zły pomysł.

– Czemu?

– Bo ten czar działa jak wirus. Gdy trafisz strzałą jednego olbrzyma, inne zarażają się przez dotyk. To znaczy, że Ogromni muszą być blisko siebie, w jednym miejscu. Jak będą w różnych namiotach, czar nie zmniejszy wszystkich.

Zanim Idalia odpowiedziała, usłyszeli za oknem huczący głos olbrzyma.

Wyjrzeli ostrożnie. Na drugim końcu rynku stał ojciec Giguna. Przemawiał do żołnierzy:

– Słuchajcie! Dziś pójdziemy oczyścić miasto. Musimy znaleźć i pozbierać wszystkie małe robale. Wiemy, że są między nimi dywersanci. Dlatego każdego karła trzeba umieścić w zamkniętym miejscu. Powyciągajcie je z domów i innych nor. Wszystkie! Zbiórka tutaj o piątej. Zabierzcie siatki i szczypce.

– Słyszałaś? – jęknął Alik. – Chcą wyciągać śpiących ludzi z domów! Moi rodzice są zagrożeni! I inni ludzie…

– Oni będą rozwalać ściany – szepnęła przerażona Ida. – Ludzie mogą zginąć jak w czasie trzęsienia ziemi!

– Musimy temu zapobiec! – zawołał Alik. – Trzeba przyjść tu z łukiem o piątej, kiedy Ogromni się zbiorą na rynku. Wtedy wszystkie olbrzymy będą razem. Jak trafimy jednego, to się zmniejszy cała banda.

– Musimy iść do schronu po łuk… Chodź! Szybko!

Wzięli strzały i wybiegli z ratusza. Nie było mowy, żeby znów płynąć rzeką. Nie mieli już płetw ani wodoszczelnego worka na strzały. Ruszyli więc na piechotę przez labirynt staromiejskich uliczek. Szli na bosaka, bo ich buty zostały na brzegu rzeki. Szybko rozbolały ich stopy.

Ida zatrzymała się przed sklepem sportowym.

– Co robisz!? – zawołał Alik.

– Poszukajmy tu jakichś adidasów. Boso nie damy rady dojść do twierdzy.

– Dobra, tylko szybko!

Weszli do sklepu. Na półkach stało mnóstwo sportowych butów.

Alik błyskawicznie wybrał jedną parę dla siebie. Po prostu wziął pierwsze buty, które pasowały, bo nie cierpiał przymierzania. Idalia wybierała staranniej. Mimo zagrożenia nie chciała, żeby jej buty były obrzydliwe. W końcu zdecydowała się na żółte reeboki. Już mieli wyjść, kiedy Ida zauważyła stoisko z hulajnogami. Był to nowoczesny, wyczynowy sprzęt. Pojazdy miały trzy koła i dziwne urządzenia z tyłu. Wyglądały niesamowicie.

– Alik! To są hulajnogi trikke. Jedna dziewczyna w szkole ma taką. One jeżdżą tak szybko jak rowery. Trzeba tylko balansować, wtedy się rozpędzają. Może spróbujemy?

Wzięli dwie hulajnogi, modele o nazwie Gepard. Potrenowali trochę przed sklepem. Alik poganiał Idalię, bo się bał, że nie zdążą wrócić na rynek przed godziną piątą. A jeśli olbrzymy rozbiegną się po mieście, to nie będzie można zmniejszyć wszystkich.

– Pospiesz się!

– Właśnie w ten sposób będziemy szybsi – powiedziała Idalia. – Jazda!

Ruszyli na hulajnogach w stronę twierdzy.

Gepardy były naprawdę szybkie. Musieli tylko pamiętać, żeby stale balansować. To nadawało hulajnogom dużą prędkość. Tak im się spodobała jazda, że na chwilę zapomnieli o zagrożeniu.

Kiedy skręcili w następną ulicę, usłyszeli za sobą jakiś hałas. Myśleli, że nadchodzi żołnierz, ale dźwięk nie przypominał ciężkich kroków olbrzyma. Był bardziej miękki. Potem rozległo się głośne sapanie. Ida odwróciła się i wrzasnęła:

– Wielki pies!

Zza budynku wynurzył się Morus, olbrzymi bokser Giguna. On także się powiększył pod wpływem działania strzały. Był teraz wielki jak dinozaur!

Pies pochylił łeb. Przez chwilę węszył, a potem ruszył w stronę dzieci.

– Uciekajmy!

Lit'l Wizards

STOP
MODERN

Popędzili na hulajnogach najszybciej, jak potrafili. Ale mimo że gepardy rozwijały dużą prędkość, gigantyczny pies ich doganiał. Słyszeli coraz bliżej łomot jego łap. Pies ogonem rozbijał wystawy i łamał latarnie.

Dzieci wyjechały na główną ulicę. Była to szeroka dwupasmowa arteria, w pobliżu nie było domów, poza wielopiętrowym parkingiem.

Wielki pies był coraz bliżej.

– Tam się schowajmy! – krzyknęła Ida.

Pociągnęła Alika w stronę parkingu. Wjechali hulajnogami na pierwsze piętro. Było tu kilka zaparkowanych samochodów. Alik zauważył, że w dużym jeepie jest otwarte okno. Podjechali do niego, wrzucili hulajnogi do wnętrza auta i sami się tam wczołgali. Skulili się na tylnym siedzeniu.

Wielki pies zatrzymał się przed budynkiem. Piętrowy parking nie miał bocznych ścian i samochody były widoczne z ulicy. Morus zmarszczył gigantyczny nochal i zaczął węszyć. Szybko wyczuł dzieci. Chciał dosięgnąć jeepa, w którym się schowały, ale nie dał rady wcisnąć pyska między sufit a betonową balustradę. Wtedy pies wsunął tam wielką łapę. Posypał się tynk i złamał się betonowy słup. Morus wciskał łapę coraz głębiej, aż dosięgnął auta, w którym ukryły się dzieci. Przysunął je do brzegu parkingu. Potem wielki pies złapał samochód w zęby i ruszył ulicą, niosąc dumnie zdobycz.

Dzieci kuliły się na tylnej kanapie samochodu.

– On idzie na rynek! – jęknęła Ida. – Chce nas zanieść olbrzymom.

Nie mogli uciec, bo pies zacisnął zęby na drzwiach auta. Idalia ściskała w dłoni strzały. „Czemu nie zabraliśmy łuku – myślała rozpaczliwie. – Wtedy byłaby jakaś szansa na obronę…”

Nagle Alik przeczołgał się na przednie siedzenie. Włączył samochodowe radio.

– Zwariowałeś? Co robisz!? – zawołała Ida.

– Może on nie lubi hałasu.

Alik zwiększył głośność do maksimum. Zabrzmiała hałaśliwa muzyka. Właściciel auta chyba lubił ostre granie, bo w bagażniku był ogromny głośnik. Auto aż się trzęsło od potężnych dźwięków. BUM! BUM! BUM!

Wielki pies się zatrzymał. Muzyka hucząca w jego pysku musiała go drażnić, bo warknął i postawił samochód na jezdni. Pochylił łeb, szczerząc kły.

Dzieci były pewne, że zaraz pogryzie samochód, ale wtedy rozległo się wołanie:

– Morus! Chodź tu! Gdzie ty łazisz!? No chodź!

Ulicą szedł Gigun, niezbyt szybko, bo wciąż bolała go noga. Dokuśtykał do psa i złapał go za obrożę. Morus zaczął szczekać

– Co ty kombinujesz, malutki? – mruknął olbrzym. – Chodź! No chodź!

Pies szczekał, wskazując nosem na samochód. Gigun wreszcie się nim zainteresował. Podniósł jeepa z jezdni i zajrzał do środka. Zobaczył Idę i Alika.

– To wy!?

Dzieci nie odpowiedziały. Morus pochylił łeb i zaczął warczeć. Gigun go odciągnął i patrzył na dzieci.

– Powinienem was oddać ojcu – mruknął.

Ida i Alik milczeli.

Olbrzym rozejrzał się niepewnie. Nagle postawił samochód na ulicy i szepnął:

– Okej. Umówmy się, że was nie widziałem. Zwiewajcie.

Dzieci wyszły z auta. Alik wcześniej ukrył strzały pod bluzą. Wyjęli hulajnogi.

– Naprawdę możemy odjechać? – spytała Ida.

– Tak. Tylko szybko, zanim ktoś was zobaczy.

– Trzymaj psa.

– Nie bójcie się. Morus nic wam nie zrobi – powiedział olbrzym. – On tylko lubi się bawić.

Ida i Alik wskoczyli na gepardy i odjechali. Pies zaczął szczekać, ale olbrzym go trzymał.

– Dzięki! – zawołała z daleka Idalia.

Gigun już tego nie słyszał. Pokuśtykał razem z psem w stronę obozu Ogromnych.

Budyń czekał przed wejściem do schronu. Był okropnie zdenerwowany długą nieobecnością dzieci. Już chciał wyruszyć na poszukiwania, kiedy usłyszał ich głosy. W bramę twierdzy wjechali Alik i Ida.

Budyń popędził do nich.

– No wreszcie! Gdzie wy byliście? Co się stało?

– O rany, Budyń. Ale mieliśmy przygody! – zawołała Ida. – Najpierw mało się nie utopiliśmy, a potem napadł nas wielki pies.

– Morus was napadł!?

– Prawie nas pożarł! – powiedziała Idalia. – Na szczęście Gigun go zabrał.

– Widział was?

– Tak. Ale pozwolił nam odejść.

– To dziwne… A strzały? Odzyskaliście je?

Alik położył na trawie dwie strzały.

– Słuchaj, Budyń! O piątej Ogromni ruszają na polowanie. Chcą uwięzić wszystkich ludzi. Rozumiesz? Będą ich wyciągać z domów. I chcą nas złapać!

Kundelek spojrzał niespokojnie.

– Co robimy?

– Postanowiliśmy, że trzeba wcześniej ich zaatakować i zmniejszyć. Musimy być z łukiem o piątej na rynku.

– A która jest godzina?

Alik spojrzał na zegarek.

– Trzecia.

– Trzeba szybko wyruszyć.

– Tak. Ale musimy trochę odpocząć, bo jesteśmy wykończeni. I coś zjeść.

Przygotowali kilka kanapek i wypili jogurty. Na odpoczynek mieli niewiele czasu, położyli się tylko na kwadrans na śpiworach.

O czwartej wyruszyli. Zabrali łuk i strzałę. Wcześniej starannie sprawdzili, czy jest właściwa. Trzecią strzałę postanowili zostawić w schronie. To była ich rezerwa na wypadek niepowodzenia.

Pojechali na gepardach ulicą wzdłuż rzeki. Ta droga była dłuższa, ale bezpieczniejsza, bo rosły tu wysokie drzewa, pod którymi można było się chować. Nie spotkali żadnego olbrzyma. Widocznie wszyscy Ogromni zgromadzili się już na Rynku Głównym, czekając na wyprawę.

– Kto strzela? – spytała Idalia.

– Ja – powiedział Alik.

– A dlaczego zawsze ty? Teraz ja powinnam spróbować.

– A jak nie trafisz?

– Mam takie same szanse jak ty.

Alik się zatrzymał.

– Posłuchaj. To ja popełniłem błąd i chcę go teraz naprawić, rozumiesz? Dlatego ja będę strzelać!

– To jest bez sensu… Będziesz się denerwować i znowu coś nie wyjdzie. Ja powinnam spróbować.

– Nie!

– Nie kłóćcie się! – przerwał im Budyń.

– Ale kto ma strzelać? – spytała Ida.

– Niech Budyń zdecyduje! – mruknął Alik.

Budyń zerknął na dzieci.

– Ja myślę, że powinien strzelać Alik – powiedział kundelek. – Ma już wprawę, więc łatwiej trafi.

– No dobra – zgodziła się niechętnie Idalia.

W tej chwili usłyszeli bicie zegara na ratuszowej wieży. Pięć uderzeń.

– Już piąta! – krzyknęła Ida.

– Szybko!

Pędzili, niemal się nie kryjąc. Ale kiedy wjechali na rynek, nikogo tam nie było.

Spóźnili się. Ogromni już wyruszyli na polowanie.

Na szczęście nie odeszli daleko. Maszerowali zwartą kolumną przez sąsiednią ulicę. Ich głowy były widoczne nad dachami.

– Tam są! Musimy ich dogonić, zanim się rozejdą.

Alik i Idalia z Budyniem popędzili na hulajnogach przez rynek. Wjechali na ulicę, którą szły olbrzymy. Widok był niesamowity. Ogromni byli teraz tak wielcy, że ledwo mieścili się między domami. Co chwilę było słychać trzask rozgniatanych latarni i urywanych balkonów. Jezdnia drżała pod stopami maszerujących olbrzymów. Na końcu oddziału szli ojciec i matka Giguna, a obok Szafa i Gigun z Morusem. Byli obróceni plecami, więc nie widzieli dzieci i Budynia. Ojciec Giguna krzyczał:

– Trzeba znaleźć wszystkich małych. Wiemy, że są wśród nich dywersanci. Trzeba te karaluchy złapać. Wszystkie! Wyciągajcie karzełki z ich śmiesznych domków. Rozwalajcie je, jeśli trzeba!

Alik zeskoczył z geparda i stanął na środku ulicy. Nałożył strzałę i podniósł łuk. Naciągnął cięciwę, mierząc w ojca Giguna. Wtedy wielki pies nagle odwrócił głowę i zobaczył Alika. Zaczął szczekać. Olbrzymy to usłyszały. Spojrzały w stronę dzieci.

W tym momencie Alik strzelił.

Strzała poszybowała w stronę największego z Ogromnych, ale w tej chwili Morus rzucił się na chłopca, zasłaniając olbrzyma. TRACH! Strzała trafiła w nogę wielkiego psa! Prawie nie poczuł ukłucia, ale gwałtownie się zatrzymał. Szczeknął jeden raz, przeraźliwie głośno.

A potem zaczął się zmniejszać!

Wszyscy Ogromni patrzyli w osłupieniu na kurczącego się psa. Morus malał błyskawicznie. Po chwili miał taki rozmiar jak w czasie lądowania na Ziemi. Ale wciąż się zmniejszał. Skomlił rozpaczliwie.

Gigun chciał podbiec do swego psa, ale ojciec złapał go za rękę:

– Stój! Nie zbliżaj się do niego! – wołał. – To jakaś sztuczka tych małych drani! Chcą nas zmniejszyć! To na pewno jest zaraźliwe! Nie dotykaj go, bo też się zmniejszysz!

Malejący pies piszczał żałośnie.

Gigun wyrywał się.

– Ja chcę pomóc Morusowi! – krzyczał.

Ojciec trzymał go.

– Nie podchodź do niego! – wrzeszczał. – Niech nikt się nie zbliża do tego psa. Bo wszyscy się zmniejszą! Nie podchodźcie!!!

Malejący pies ruszył w stronę Giguna. Skomlił, błagając o pomoc. Ojciec Giguna ryknął:

– Nie pozwólcie mu podejść! On ma w sobie zmniejszającego wirusa. To gorsze od wścieklizny! Zatrzymajcie go!

Dwóch wielkich żołnierzy ruszyło w stronę Morusa. Zaczęli ciskać kawałkami gruzu. Nieszczęsny pies zapiszczał i się cofnął.

Gigun krzyczał:

– Zostawcie go! Nie róbcie mu nic!

Chciał biec do Morusa, ale ojciec mu na to nie pozwolił.

– Wycofujemy się! – rozkazał. – Bo inaczej wszyscy się zmniejszymy! Uciekajcie!

Ogromni rzucili się do ucieczki. Ulica się zatrzęsła, kiedy stado olbrzymów umykało w panice.

Tylko Gigun został. Chciał podejść do swojego psa, który piszczał żałośnie. Ale ojciec wrócił i chwycił syna za rękę, zmuszając go do ucieczki. Po chwili wszystkie olbrzymy zniknęły. Na ulicy ucichło.

Malutki pies Giguna stał na środku jezdni, osłupiały i samotny. Skomlił. Wciąż malał. Nagle poczuł ból w łapie, tam gdzie tkwiła strzała. Szarpnął ją zębami. TRZASK. Strzała pękła i spadła na jezdnię.

Czar zakończył działanie. Morus przestał się zmniejszać. Ale i tak był bardzo mały. Mniejszy od Budynia.

Wrażenie było niesamowite. Wciąż pamiętali ogromną psią bestię. A teraz stał przed nimi malutki bezradny psiak. Potwór zmienił się w psią miniaturkę! Skomlił smutno. Kiedy dzieci i Budyń ruszyli w jego stronę, Morus spojrzał na nich z przerażeniem i rzucił się do ucieczki.

Zostali sami na ulicy. Przez dłuższy czas nikt się nie odzywał. Wreszcie Alik szepnął:

– Znowu nie udało się ich pokonać! Zmarnowałem drugą strzałę, a oni wciąż są ogromni...

– Mamy jeszcze ostatnią strzałę – powiedziała Ida. – Trzeba jej użyć...

– Przecież nawet nie wiemy, jak ona działa. Być może nie ma żadnej mocy.

– To źle, że nie zabraliśmy jej ze sobą – westchnęła Idalia.

– A co by było, gdyby nas zaatakowali i byśmy ją stracili? – zapytał Budyń.

– Masz rację. Trzeba wrócić do twierdzy i przed akcją dokładnie ją zbadać.

– Najpierw musimy sprawdzić, co robią Ogromni! – powiedział Alik. – Przecież oni chcieli uwięzić wszystkich ludzi!

Pojechali na rynek. Ze zdziwieniem zobaczyli, że zniknęły namioty i wszystkie rzeczy olbrzymów. Także czołg gdzieś odjechał.

– Gdzie oni się podziali? – szepnął Alik.

Ruszyli na poszukiwania, kierując się śladami odciśniętymi w asfalcie przez buciory Ogromnych. Doprowadziły ich nad rzekę, do parku rozrywki JOYLAND. Tam usłyszeli głosy olbrzymów.

Podkradli się bliżej. Zobaczyli, że Ogromni zgromadzili się na terenie JOYLANDU. Żołnierze nosili płyty chodnikowe, części połamanego rollercoastera i wyrwane drzewa. Budowali z nich wokół JOYLANDU mur.

– Co oni robią? – zdziwiła się Ida.

– Budują obóz warowny – powiedział Alik.

– Obóz warowny? Po co?

– Chyba się nas wystraszyli! Pewnie myślą, że mamy więcej sposobów na zmniejszanie ich. Więc chcą się otoczyć murem i tam bronić.

– Olbrzymy się nas boją! – zawołał Budyń. – Super!

– To dobrze, bo przestaną się włóczyć po mieście – odetchnął z ulgą Alik. – Moi rodzice będą bezpieczni.

Nagle usłyszeli krzyk jednego z żołnierzy:

– Alarm! Alarm!

Dzieci natychmiast się schowały, ale żołnierze nie patrzyli w ich stronę. Spoglądali na krzaki po drugiej stronie ulicy.

Wyszedł stamtąd zmniejszony pies Giguna. Podbiegł do muru i zaczął skomlić. Chciał wejść do obozu, ale żołnierze szybko zamknęli bramę.

– Wynoś się! – wrzeszczeli do nieszczęsnego Morusa. – Uciekaj stąd! Odejdź, mała zarazo!

Dzieci obserwowały to z ukrycia.

– Oni myślą – szepnęła Idalia – że ten pies wciąż zaraża zmniejszaniem.

Żołnierze zaczęli ciskać w Morusa grudami ziemi. Po chwili na murze pojawił się Gigun. Było słychać, jak woła:

– Zostawcie mojego psa w spokoju. Wpuśćcie go!

Gigun chciał otworzyć bramę, ale ojciec go odciągnął. Było słychać, jak się kłócą. Żołnierze dalej rzucali w Morusa różnymi przedmiotami. Psiak uciekł i ukrył się w krzakach.

– Żal mi go – westchnął Budyń. – Biedak. Wygnany pies!

– Wracajmy do naszej twierdzy – powiedziała Idalia. – Trzeba zbadać ostatnią strzałę i zdecydować, co robić dalej.

Wsiedli na hulajnogi i pojechali pomiędzy kolorowymi budkami ustawionymi przed JOYLANDEM. Sprzedawano w nich słodycze i kanapki. Budyń zaczął węszyć.

– A może coś zjemy? – spytał. – Olbrzymy są chwilowo niegroźne. A z tych domków miło pachnie jedzonkiem.

Zatrzymali się obok okrągłego pawilonu z naleśnikami. Niestety wszystkie były spalone, bo uśpieni kucharze nie zdjęli ich z patelni. Ale w lodówkach były kanapki z różnymi dodatkami. Wzięli kilka, a także sałatki owocowe i czekoladki zwane BUM, bo kiedy się je gryzło, to jakby strzelały. Dla Budynia znaleźli pieczone kiełbaski.

Ledwo zaczęli jeść, kiedy usłyszeli dziwny dźwięk. Budyń podniósł głowę i zaczął węszyć.

– Ktoś tu jest – szepnął.

– Olbrzym?

– Chyba nie…

Ostrożnie zajrzeli za pawilon. Zobaczyli zmniejszonego psa Giguna. Malutki Morus siedział obok śmietnika i skomlił. Wyglądał tak żałośnie, że zrobiło im się go żal.

Budyń wziął jedną z kiełbasek i zaniósł maleńkiemu psu.

– Masz, stary, jedz. Czujesz się dość marnie, co? Naprawdę mi ciebie żal! Wygonili cię, a to raczej nie jest miłe. Weź jeszcze jedną kiełbaskę. Nie są takie dobre jak czosnkowe, ale da się zjeść. I nie martw się tak. To, że się skurczyłeś, ma swoje plusy. Na przykład potrzebujesz dużo mniej jedzenia. Poza tym nie zrobisz czegoś głupiego. Na przykład nas nie pożresz...

Morus raczej nie zrozumiał przemowy Budynia, ale patrzył na kundelka z wdzięcznością. Pomerdał ogonem i zaczął pochłaniać kiełbaski.

Dzieci skończyły jeść kanapki i wsiadły na hulajnogi. Budyń wskoczył na bagażnik i ruszyli do twierdzy. Zobaczyli, że pies Giguna biegnie za nimi, ale trzyma się w bezpiecznej odległości. Kiedy próbowali go zawołać, uciekał i się chował. Jednak potem wyłaził z ukrycia i uparcie za nimi podążał. Wyglądał żałośnie, mały, zziajany i wystraszony.

Kiedy dotarli do twierdzy, chcieli go zabrać do schronu, ale psiak nie chciał wejść.

– No, chodź, stary – mruknął Budyń. – Dalej, właź.

Ale Morus się nie ruszył. Usiadł pod krzakiem w bezpiecznej odległości. Chyba się ich bał.

Zamknęli drzwi schronu i zeszli do podziemnej sali.

Wzięli ostatnią strzałę i ostrożnie położyli na stole. Oglądali ją uważnie, próbując znaleźć wskazówkę, w jaki sposób działa. Niczego nie mogli wypatrzyć. Strzała była taka sama jak dwie poprzednie. Tyle że miała trzy kreski wyżłobione na drewnianym promieniu (tak nazywa się główna część strzały, o czym dowiedzieli się z podręcznika). Grot lśnił tajemniczym zielonym blaskiem.

– Pamiętacie d o k ł a d n i e, co Korto mówił o trzeciej strzale? – spytała Idalia.

– „Trzecia strzała odda ci to, co utracone" – szepnął Alik. – Chyba tak powiedział.

– Co to może znaczyć?

– Nie mam pojęcia.

– Może ona pozwala odnaleźć zgubę? – powiedział Budyń. – Na przykład jak zgubiłeś pieniądze albo telefon, to pokazuje, gdzie one są. Prowadzi do nich.

– To nam nic nie da – westchnęła Idalia. – Przecież my nie chcemy niczego znaleźć. Chcemy pokonać olbrzymy.

– A może ona pozwoli znaleźć nowe strzały!? – zawołał Alik.

– To chyba niemożliwe – powiedziała Idalia. – Korto mówił wyraźnie, że są tylko trzy strzały. Czyli nie można znaleźć innych.

– A zresztą myśmy tych strzał nie zgubili! – dodał Budyń. – Po prostu je wystrzeliliśmy.

A może ta strzała spełnia życzenia – zastanowiła się Idalia. – Mówisz, czego pragniesz, i strzelasz. Ona leci... Trafia...

– I co dalej?

– No... Wtedy spełnia się życzenie.

– Nie przekonamy się, jeżeli nie zrobimy próby – powiedział kundelek.

– To niemożliwe! – zawołał Alik. – Jak ją wystrzelimy, to nie będzie powtórnie działać!

– Szkoda, że nie ma Korto – westchnął kundelek. – On by nam wszystko wyjaśnił.

– No to co zrobimy? – szepnęła Idalia.

– Ja myślę – powiedział Alik – że po prostu trzeba iść do obozu Ogromnych i wystrzelić w nich tę strzałę. Możemy przy tym wypowiedzieć życzenie, na przykład, żeby stali się tak mali jak mrówki. I zobaczymy, co się zdarzy.

– Chcesz iść zaraz?

– Nie. Jestem okropnie zmęczony…

– Ja też jestem wykończona.

– Ja też – pisnął Budyń. – Poza tym może w nocy nam się przyśni jakieś rozwiązanie…

– Dobrze – powiedział Alik. – Zaatakujemy ich jutro… Teraz chodźmy spać.

Sprawdzili jeszcze, co dzieje się z Morusem. Zmniejszony pies siedział przed schronem. Padał deszcz i psiak ociekał wodą.

– Chodź do nas – powiedział Alik – bo tutaj zmarzniesz.

Maleńki pies się nie poruszył. Ale kiedy chłopak chciał zamknąć stalowe drzwi, nagle się zerwał i wbiegł do schronu. Nie chciał zejść do dolnej sali. Położył się obok wyjścia. Chłopak zamknął drzwi i poszedł do przyjaciół.

Zanim zasnęli, Alik szepnął:

– Wiesz, Ida… Jestem strasznie zmęczony. Chciałbym, żeby ta walka już się skończyła. Żeby wszystko znowu było zwyczajne. Jak dawniej.

– Żeby tak było, musimy ich pokonać.

– Wiem. Ale ja czuję, że już nie mam siły. Ida, my przegramy… Jesteśmy tylko dziećmi, rozumiesz? Dzieci nie wygrywają wojen!

– Nieprawda! Teraz jesteśmy wojownikami. Wygramy! – Ida usiadła obok Alika. – Pomyśl, jak to będzie cudownie, kiedy już ich zwyciężymy. Ocalimy wszystkich i będą nam za to dziękować. Kuki… i Gabi, i wszyscy będą mówić: „Byliście niesamowici!”. Nawet Blubek to powie.

– Blubek nigdy tak nie powie – mruknął Alik. – Nie o mnie.

– Powie! Jeśli zwyciężymy Ogromnych, wszyscy będą z nas dumni. Zobaczysz! Zresztą nieważne, co powiedzą. Musimy pokonać Ogromnych, żeby ocalić ludzi. Obiecaliśmy to Korto! Zapomniałeś o tym?

– Masz rację… Wygramy. Musimy!

Rankiem obudziło ich skomlenie Morusa. Stał na schodach i piszczał.

– Czego on chce? – spytał Alik.

– Chyba siusiu – powiedział Budyń. – Po prostu to porządny pies i nie chce sikać w domu.

Otworzyli drzwi. Zmniejszony pies wyskoczył i popędził do parku.

– Mocno go przycisnęło – mruknął Budyń.

Morus po chwili wrócił, ale nie chciał wejść do schronu. Położył się na trawie obok drzwi. Budyń zaniósł mu kilka kiełbasek.

– Słuchajcie – powiedział Alik. – Ja w nocy coś wymyśliłem.

– Co?

– Jeśli chcemy się zakraść do obozu Ogromnych, musimy się zamaskować.

– Co masz na myśli?

– Jak mrówka wejdzie pod liść, ludzie jej nie widzą.

– I co z tego wynika?

– Wielkoludy są bardzo wielkie. Patrzą z góry, jakby z dziesiątego piętra. Więc wystarczy, że czymś się od góry zasłonimy, to nas nie dojrzą.

– Ale zobaczą to, czym się zasłonimy – powiedział Budyń.

– Jeśli będzie miało maskujący kolor, nie zobaczą tego. Ogromni mają oczy kilkadziesiąt metrów nad ziemią. Z takiej wysokości nie widać małych rzeczy.

– Dobry pomysł! – zawołała Ida – Możemy na przykład użyć parasola. Takiego wielkiego, jakie są w kawiarniach. Tylko musi mieć szary kolor.

Podobny do koloru asfaltu. Wtedy z góry go nie zobaczą.

– Czyli musimy iść do sklepu z parasolami.

– Albo do jakiejś kawiarni.

– A przy okazji postarajmy się o jedzenie – dodał Budyń. – Bo zapasy są już w naszych brzuchach.

– Zabieramy łuk?

– Nie. Weźmiemy go dopiero na akcję bojową. Najpierw zorganizujmy to maskowanie.

Pojechali na gepardach do sklepu ze sprzętem turystycznym. Pies Giguna pobiegł za nimi. Alik chciał go posadzić na hulajnodze, ale Morus nie dawał się złapać. Trzymał się w bezpiecznej odległości.

W sklepie były parasole plażowe, niektóre bardzo duże. Niestety do maskowania się nie nadawały, bo miały jaskrawe kolory: czerwony, żółty albo różowy. Na szczęście Idalia coś sobie przypomniała.

– Słuchajcie! W ogródku obok pizzerii Rivoli były popielate parasole nad stołami. Jestem pewna!

Ruszyli na rynek.

Jechało się ciężko. Na ulicach po deszczu utworzyły się kałuże. Hulajnogi grzęzły w błocie i chlapały wodą. Najgorsze były głębokie dziury zrobione buciorami wielkoludów. Kilka razy w nie wpadli i się przewrócili. Pies Giguna uparcie za nimi biegł.

Wreszcie wyjechali na główną ulicę, gdzie było mniej dziur. Nagle Alik się zatrzymał.

– Co się stało? – spytała Ida.

– Słyszałem jakiś dziwny dźwięk... O, znowu jest... Słyszysz?

Z daleka dochodził głośny warkot, jakby zbliżał się jakiś potężny pojazd. Zaniepokojeni próbowali zlokalizować, skąd pochodzi dźwięk. Także Budyń podniósł uszy.

– Coś dużego tu jedzie... – pisnął. – Z tamtej strony.

– Co to może być? – spytała wystraszona Idalia.

Rozglądali się niepewnie. Wciąż nie było widać, co się do nich zbliża.

– Lepiej się gdzieś schowajmy.

Ale zanim ruszyli, zza zakrętu wyłonił się olbrzymi czołg.

Był to gigantyczny pojazd, który przyleciał razem z Ogromnymi! Wyglądał inaczej niż ziemskie czołgi, miał wielkie przednie koła i olbrzymią wieżyczkę. Sterczało z niego kilka luf. Czołg był monstrualny i przerażający. Musiał być też strasznie ciężki, bo kiedy jechał, pękał pod nim asfalt. Czołg toczył się w stronę dzieci, rycząc silnikiem i zgrzytając gąsienicami. Zdawało im się, że z wnętrza pojazdu dochodzi jakieś wołanie, ale głuszył je huk silnika.

Wskoczyli na hulajnogi i zaczęli uciekać. Oglądali się co chwila za siebie. Czołg jechał za nimi. Skręcili w boczną ulicę. Myśleli, że prowadzący czołg tego nie zauważy, jednak po chwili pojazd znów się za nimi pojawił. Jechał coraz szybciej. Słyszeli, jak miażdży latarnie i znaki drogowe.

Uciekali krętymi uliczkami. Kiedy im się zdawało, że zgubili prześladowcę, czołg znów wyłaniał się zza zakrętu. Uparcie ich ścigał.

– Musimy się gdzieś schować – jęknęła Ida. – W jakimś domu.

– Nie! – krzyknął Alik. – Bo on wtedy rozwali budynek. Pozabija ludzi, którzy są w środku.

– To co robimy?

– Ja wiem! – zawołał Budyń. – Ucieknijmy na most.

– Po co?

– Ten czołg jest megaciężki. Most się pod nim zawali.

Ruszyli w stronę rzeki. Most był niedaleko, ale czołg nagle wyjechał z przecznicy i zagrodził im drogę. Zawrócili i pognali w drugą stronę. Nagle z przerażeniem stwierdzili, że ulica, w którą wbiegli, jest ślepa. Nie było z niej wyjścia. Kończyła się ścianą domu, a po obu stronach stały wysokie płoty. Byli w pułapce.

Rozległ się chrzęst gąsienic. Gigantyczny czołg jechał powoli w ich stronę. Zbliżał się.

Nie mieli dokąd uciec. Oparli się plecami o ścianę.

Czołg podjechał do nich na odległość może dziesięciu kroków i się zatrzymał.

Dzieci i Budyń stali nieruchomo, zadzierając głowy. Gigantyczna maszyna piętrzyła się nad nimi jak potwór na gąsienicach.

Chwilę trwała kompletna cisza. A potem usłyszeli stłumiony krzyk:

– Ratunku! Pomóżcie mi!

Głos dochodził z wnętrza czołgu!

Rozległ się zgrzyt. Klapa na wieży czołgu się uniosła i wychyliła się głowa… Giguna!

Olbrzym był blady i ociekał potem. Zawołał:

– Ratujcie mnie!

Ida, Alik i Budyń gapili się na wielkoluda kompletnie osłupiali.

– Pomóżcie mi! – jęczał olbrzym. – Wyciągnijcie mnie stąd!

Idalia zrobiła krok w stronę czołgu i zawołała:

– O co ci chodzi!? Dlaczego nas gonisz?

– Nie gonię was. Jechałem za wami, bo chciałem prosić, żebyście mi pomogli.

– Pomogli? W czym?

– Ja utknąłem.

– Co!?

– Zakleszczyłem się! Nie mogę się wydostać z tego przeklętego czołgu – jęczał olbrzym.

Dzieci i Budyń patrzyli na niego oszołomieni. Teraz zauważyli, że Gigun faktycznie nie może wyjść. Właz był zbyt wąski na jego szerokie ramiona.

– A jak wszedłeś do tego czołgu?

– Jakoś się wcisnąłem – jęknął Gigun. – Ale wyjść nie mogę. Kiedyś normalnie do niego wsiadałem i jeszcze było dużo miejsca. Ale od kiedy się powiększyliśmy, ten czołg jest za ciasny.

– To po co tam właziłeś?

– Ja… Ja uciekłem – mruknął olbrzym.

– Uciekłeś? – spytał zdziwiony Alik.

– Tak… Pokłóciłem się z ojcem. O mojego psa i o wszystko! Ale najbardziej o psa. Wkurzyłem się, że ojciec go wygonił. To było ohydne! I jeszcze rozkazał, że gdyby Morus przyszedł, to mają go wykończyć, bo roznosi zarazę. Wtedy się z ojcem pokłóciłem. I ze wszystkimi! Nie będą gnębić mojego psa ani mi rozkazywać!

– A jak się znalazłeś w tym czołgu?

– No… po prostu postanowiłem nim uciec. Jakoś wcisnąłem się do środka. Ruszyłem, rozwaliłem bramę i uciekłem z obozu. Ale teraz nie mogę z tego przeklętego czołgu wyjść. Wyciągnijcie mnie. Błagam!

– Jakim cudem mamy cię wyciągnąć!? – zawołała Ida. – Niech rodzice ci pomogą.

– Mówię wam, że się nimi pokłóciłem. Nie wrócę do obozu. Zresztą chcę poszukać mojego psa.

– Morus jest tutaj – powiedziała Idalia. – Biedak się błąkał, więc daliśmy mu jeść i spał u nas. O, tam jest…

Morus stał obok czołgu i gapił się na Giguna. Merdał ogonem.

– Morus! Jesteś, mój piesku! – zawołał czule olbrzym.

Bokser miniaturka zaczął skakać i piszczeć radośnie.

– Czy on wciąż zaraża tym zmniejszaniem? – spytał Gigun.

– Już nie.

– Szkoda – westchnął Gigun. – Bo jakbym się trochę zmniejszył, tobym wyszedł z tego przeklętego złomu.

– Ja wiem, co się stało! – zawołała Idalia. – Po prostu w tym czołgu jest gorąco. Pod wpływem ciepła trochę spuchłeś i dlatego nie możesz się wydostać. Ja kiedyś włożyłam palec do butelki i nie mogłam go wyjąć. Doktor powiedział, że muszę go ochłodzić. Trzymałam rękę w lodówce i jak się ochłodziła, to łatwo zdjęłam tę butelkę.

– A co ja mam zrobić? – jęknął Gigun.

– Czekaj, pójdziemy się naradzić.

– Nie zostawiajcie mnie!

– Zaraz wrócimy.

Ominęli czołg i schowali się za zakrętem ulicy.

– Co robimy? – spytał Budyń.

– Możemy go zostawić – mruknął Alik. – Niech siedzi w tym czołgu.

– Zawarliśmy z nim porozumienie – powiedziała Idalia. – Podaliśmy mu ręce i umówiliśmy się, że jest zgoda. Jak byliśmy w niebezpieczeństwie, to Gigun nam pomógł.

– Ale teraz chciał nas rozjechać.

– Mówi, że nie chciał. Trzeba go uwolnić.

– W jaki sposób?

– No... musimy go ochłodzić – powiedziała Ida. – To naprawdę działa. Wtedy będzie mniej spuchnięty i jakoś wylezie.

– Tego czołgu raczej nie da się wsadzić do lodówki – mruknął psiak.

– Poczekaj, myślę... Już wiem! W sklepach są lody. Możemy przywieźć sto kartonów i wrzucić do czołgu. Wtedy zrobi się tam zimno.

Wrócili do Giguna.

– Słuchaj! Mamy sposób, żeby wyciągnąć cię z tego żelastwa – powiedziała Ida. – Ale musimy zrobić przygotowania. Zaraz wrócimy.

Na sąsiedniej ulicy znaleźli sklep PINGWIN, w którym sprzedawano lody i mrożonki. Wzięli sklepowy wózek i załadowali mnóstwo kartonów mrożonych truskawek i marchewek, a także lody o różnych smakach. Rozbolały ich ręce od noszenia zimnych rzeczy.

– Wracajmy, bo się rozmrożą. Szybko!

Zaciągnęli wózek do czołgu. Ida zawołała:

– Gigun! Jesteśmy! Schowaj się, bo będziemy coś rzucać.

– A co to jest?

– Różne zimne rzeczy. Zasłoń głowę.

Idalia i Alik zaczęli wrzucać do czołgu lody i mrożonki. Przypominało to grę w koszykówkę. Musieli trafić do włazu, jak piłką do kosza. Na początku nie szło im najlepiej, ale potem nabrali wprawy. Większość mrożonek wpadła do czołgu. Gigun wrzeszczał:

– Ale lodowate! Dostanę kataru!

Nie zwracali na niego uwagi. Wrzucili chyba sto paczek mrożonek i mnóstwo lodów. Olbrzym jęczał, ale po chwili się uspokoił. Zrobiło mu się chyba tak zimno, że nie miał siły krzyczeć.

– Nie ruszaj się i czekaj! – zawołała Ida, kiedy skończyli. – Jak zmarzniesz, to się skurczysz i może wyjdziesz.

– Może... – jęknął Gigun. Potem siedział już cicho, tylko co jakiś czas kichał.

Alik i Ida zachowali dla siebie po porcji lodów cytrynowych i zjedli je teraz. Budyń lodów nie lubił (bo dotąd nie wymyślono lodów kiełbaskowych).

Po pięciu minutach usłyszeli wołanie Giguna:

– Spróbuję wyjść!

Na wszelki wypadek odsunęli się trochę.

Gigun wysunął głowę z włazu i zaczął się przeciskać przez ciasny otwór. Szarpał się i sapał. W końcu TRACH! Wystrzelił z otworu jak korek z butelki szampana. Był wolny.

– Dzięki! – zawołał. – To był superpomysł.

Potem kichnął i usiadł na wieżyczce czołgu, sapiąc ciężko. Teraz było widać, jak bardzo Gigun się powiększył pod wpływem czaru strzały. Był monstrualnie wielki. Nic dziwnego, że utknął w czołgu.

Morus podskakiwał radośnie obok pojazdu, próbując dostać się do swojego pana.

Gigun zszedł z czołgu i kucnął obok psiaka.

– Ej, Gigun, uważaj! – zawołała Idalia. – Bo go zmiażdżysz!

Jednak olbrzym z dziwną u niego delikatnością wziął psa w dwa palce i postawił na dłoni. Pogłaskał go najłagodniej, jak umiał. Morus merdał ogonem i szczekał radośnie.

– Dzięki, że się nim zajęliście – powiedział olbrzym. I dodał: – Wiecie, to dziwne, ja zawsze nienawidziłem małych stworzeń. Ale teraz ten mały pies nawet mi się podoba. Jest taki słodki.

Gigun wstał.

– No, teraz mogę wrócić z nim do obozu. Jeżeli nie zaraża zmniejszaniem, to chyba go nie wyrzucą. Cześć... – Olbrzym chciał ruszyć. Nagle odwrócił się. – Uważajcie – powiedział. – Ojciec kazał was złapać. Żołnierze już zaczęli poszukiwania. – Pochylił i dodał ciszej: – Gdyby was gonili, uciekajcie tam, gdzie jest miękka ziemia. Żołnierze są teraz tak ciężcy, że jak wejdą na przykład na trawnik, zaraz się zapadają. Więc jeżeli uciekniecie do parku, to was nie dorwą. Cześć.

Gigun postawił Morusa na swojej wielkiej głowie i poszedł w stronę obozu Ogromnych. Morus merdał ogonem, wyraźnie uszczęśliwiony.

Dzieci i Budyń pojechali na rynek. W ogródku pizzerii Rivoli znaleźli duże parasole. Miały szary kolor, więc świetnie nadawały się do maskowania.

Zabrali jeden. Przed wyjściem Alik upiekł jeszcze cztery pizze. Dwie zjedli, a dwie zabrali ze sobą. Budyń dostał zapas różnych kiełbasek i wędzonych serków, które też dosyć lubił.

– Trzeba już wracać do twierdzy – powiedział Alik.

– Tylko ostrożnie. Gigun mówił, że nas szukają.

Ruszyli. Na razie nie otwierali parasola, bo żadnych olbrzymów nie było widać, a z parasolem trudno jechać na hulajnodze. Ale kiedy dotarli do głównej ulicy, poczuli nagle drżenie jezdni, a potem usłyszeli huk kroków. Nadchodził olbrzym.

Zatrzymali się i błyskawicznie otworzyli parasol. Przykucnęli pod nim i znieruchomieli. Jezdnia wibrowała coraz mocniej. Huk kroków stawał się coraz głośniejszy, zbliżał się. Wyjrzeli ostrożnie.

Nadchodził olbrzymi żołnierz. Miał na twarzy maskę gazową. To znaczyło, że Ogromni wciąż się obawiają „zarazy małości"! Olbrzym w jednej ręce trzymał długie szczypce, a w drugiej jakieś elektryczne urządzenie. Rozglądał się czujnie.

Było za późno, by uciekać, więc skulili się pod parasolem.

BUM! BUM! Czuli, jak Ogromny się zbliża. Chodnik drżał. Żołnierz minął ich tak blisko, że w szczelinie pod parasolem zobaczyli jego buciory. Poszedł dalej. Ale po chwili łoskot ciężkich kroków ustał. Olbrzym się zatrzymał.

Budyń wysunął nieco pyszczek. Zobaczył, że wielkolud porusza urządzeniem trzymanym w ręku.

– Budyń, co on robi? – spytał cicho Alik.

– Ma jakiś czujnik… Bada coś.

Alik wysunął odrobinę głowę. Zobaczył, że żołnierz kolistym ruchem przesuwa urządzenie i gapi się na jego ekran.

– To chyba wykrywacz ciepła – jęknął Alik. – Wykryje nas.

W tym momencie urządzenie zapiszczało. Olbrzym się odwrócił. Alik i Budyń błyskawicznie schowali się pod parasolem. Ale po chwili poczuli, że coś chwyta ich kryjówkę. Parasol złapany szczypcami pofrunął w górę.

Zostali odkryci.

Olbrzym odrzucił parasol i patrzył na dzieci. Nagle wysunął szczypce, by złapać Alika. Chłopak zdołał odskoczyć i kleszcze zacisnęły się metr od niego.

– Zwiewajmy!

Wskoczyli na gepardy. Pędzili jak szaleni. Olbrzym pobiegł za nimi, ale poruszał się dość niezdarnie. Chyba maska gazowa utrudniała mu oddychanie. Słychać było syk przy każdym zaczerpnięciu powietrza. Olbrzym nie dostrzegł sygnalizatorów świetlnych zawieszonych w poprzek ulicy. Potknął się o nie i upuścił szczypce. Kopniakiem złamał przeszkodę. Podniósł szczypce i znów ruszył za uciekinierami.

Zyskali dzięki temu sto metrów przewagi. Ale żołnierz zaczął biec szybciej. Doganiał ich.

Po prawej stronie ulicy był park. Znali go. Nazywał się Różany Ogród, bo na wielkim trawniku posadzono setki róż w wielu kolorach.

– Jedźmy tam! – krzyknął Alik. – Gigun mówił, że żołnierze zapadają się w ziemi. Może on ugrzęźnie!

Skręcili do parku. Brukowaną alejką dojechali do rozległego trawnika. Odłożyli hulajnogi i wbiegli między krzewy róż. Po deszczu trawnik był miękki i mokry. Stanęli na jego środku.

W tym momencie przybiegł wielki żołnierz. Jednak najgorsze było to, że po chwili z drugiej strony parku nadeszli dwaj następni. Oni także mieli maski i szczypce.

Dzieci i Budyń stali w centrum wielkiego trawnika otoczeni przez Ogromnych. Nie mieli szans na ucieczkę.

– Mam nadzieję, że Gigun nie kłamał i nas tu nie dopadną – szepnęła Idalia.

Olbrzymy chodziły dookoła trawnika po wybrukowanej alejce, próbując szczypcami dosięgnąć „małych". Polowały na nich jak na ślimaki w ogrodzie. Szczypce trzaskały. CAP! CAP! Na szczęście były zbyt krótkie. Nie sięgały do dzieci.

Olbrzymy wyraźnie nie miały odwagi wejść na trawnik. Wreszcie jeden z nich krzyknął:

– Naprzód!

Wtedy wielkoludy ruszyły w stronę uciekinierów. Pod ich gigantycznymi buciorami ziemia się zapadała. Ogromni starali się szybko wyciągać nogi, ale już przy trzecim kroku jeden z olbrzymów ugrzązł. Wielotonowe cielsko zaczęło się zapadać. Olbrzym zanurzał się w ziemi jak łyżka w bitej śmietanie! Najpierw po kolana, potem po pas. Wrzeszczał przeraźliwie. Pozostali żołnierze rzucili się, by go wyciągnąć. Ale zdołali zrobić tylko parę kroków i także zaczęli się zapadać. Olbrzymy były potwornie ciężkie. Zanurzały się w trawniku jak kamienie w bagnie. Miotały się i szarpały, ale nie potrafiły się wydostać.

– Uciekajmy! – zawołał Alik.

Dzieci i kundelek zbiegli z trawnika i popędzili w stronę ulicy. Niestety nie mogli zabrać gepardów, bo leżały zbyt blisko olbrzymów. Ocalili tylko dwie pizze, które Alik miał w plecaku. Wybiegając z Różanego Ogrodu, odwrócili się jeszcze. Zobaczyli, że Ogromni straszliwym wysiłkiem wydobywają się z ziemi i czołgają się w stronę twardszego terenu.

Ida, Alik i Budyń wrócili do schronu i zrobili naradę. Po dyskusji postanowili, że razem pójdą z łukiem do obozu Ogromnych. Spróbują tam trafić strzałą któregoś z olbrzymów. Nie mieli pojęcia, co z tego wyniknie, ale postanowili zaryzykować. Chcieli wyruszyć wczesnym wieczorem, zanim Ogromni zasną, by czar zadziałał na wszystkich. Oczywiście jeśli jakiś czar w ogóle nastąpi.

Byli bardzo zdenerwowani, bo działanie ostatniej strzały pozostawało tajemnicą. Może nie zdarzy się nic, a wtedy olbrzymy prawdopodobnie ich złapią.

Zastanawiali się, w jaki sposób wejść do obozu wroga. Pomysł z zamaskowaniem nie sprawdził się. Olbrzymy miały czujniki temperatury, więc potrafiły ich wykryć.

Nagle Alik zawołał:

– Już wiem! Użyjemy tego czołgu! On został na ulicy.

– Chyba zwariowałeś! – zawołała Ida. – Jak chcesz kierować czołgiem rozmiaru domu?

– Poza tym olbrzymy tak urosły, że rozwalą czołg, jak ich zaatakujemy – powiedział Budyń.

– Nie chodzi o to, żebyśmy ich atakowali.

– A o co? – spytała Idalia.

– Słuchajcie. Czytałem w podręczniku historii, że w czasie wojen robiono ataki pozorowane.

– Co to jest?

– Mały oddział udawał atak z prawej strony, a główna armia uderzała z lewego skrzydła.

– Po co?

– Wrogowie wysyłali żołnierzy w złym kierunku i można było ich zaatakować od niebronionej strony.

– A co to ma wspólnego z czołgiem?

– Po prostu podjedziemy czołgiem blisko obozu, a potem z niego wyskoczymy. Ale nie będziemy czołgu zatrzymywać. On będzie dalej jechać sam. Rozwali mur i wtargnie do obozu! Wszystkie olbrzymy się tam zbiegną. W tym czasie my się wkradniemy od drugiej strony.

– Wiem, co by na to powiedział Kuki – westchnął Budyń.

– Co?

– Czuję, że będą kłopoty.

Mimo wątpliwości postanowili sprawdzić, czy wielki czołg w ogóle da się uruchomić.

O godzinie szóstej wyruszyli do miasta pieszo, bo nie mieli już gepardów. Alik niósł łuk, a Idalia ostatnią strzałę. Poszli okrężną drogą, wzdłuż rzeki, by w razie ataku żołnierzy uciec na nadrzeczną łąkę. Jednak żadnego Ogromnego nie spotkali i bez przeszkód dotarli do gigantycznego czołgu.

– Alik, to nie ma sensu – powiedziała Ida. – Nigdy w życiu go nie uruchomimy.

– Sprawdźmy chociaż, jak wygląda w środku.

Z tyłu czołgu była kratka, chyba służąca do wentylacji, po której udało się im wspiąć aż do włazu. Budynia Ida włożyła do kaptura. Alik zaświecił latarkę i zajrzeli do wnętrza czołgu. Było naprawdę wielkie.

– Wchodzimy!

Stalowa drabina prowadziła w dół. Szczeble były daleko od siebie, ale udało im się zsunąć po pionowych rurach. Wylądowali na ogromnym fotelu kierowcy. W wielkim wnętrzu czołgu poczuli się niepewnie. Śmierdziało tu potem wielkoludów i benzyną. Fotel lepił się od lodów rozgniecionych przez Giguna. Wszystkie pokrętła i przełączniki były olbrzymie.

– Alik, nadal uważasz, że da się tym jechać? – spytała niepewnie Idalia.

– Tak.

– Jeżeli zrobimy jakiś błąd, to ta góra złomu rozgniecie pół miasta.

– Zawsze możemy go zatrzymać.

– Ciekawe jak?

– Zobacz… Tam jest przycisk START. Ten czerwony. A ten czarny to STOP. A kieruje się chyba tym joystickiem.

– Skąd wiesz?

– Są napisy: TYŁ, PRZÓD, LEWO, PRAWO.

– Nie dosięgniemy do tego sterownika.

Alik się rozejrzał. O fotel były oparte długie szczypce, których olbrzymy używały do łapania ludzi.

– Pomóż mi.

Chwycili razem szczypce. Okazało się, że są z plastiku, więc wspólnie dali radę je podnieść. Alik wziął zamach i uderzył w czerwony przycisk. TRACH! Włączył się wielki silnik. Jego huk niemal ich ogłuszył. Zapaliły się dwa ekrany. Na jednym było widać drogę z przodu, na drugim obraz z tylnej kamery. Alik złapał szczypcami wielki joystick i pociągnął go.

Czołg zaczął się toczyć do tyłu. Alik patrzył uważnie na ekran pokazujący obraz z tylnej kamery. Kiedy wjechali na główną ulicę, chłopak szybko pchnął sterownik. Monstrualny pojazd się zatrzymał, a potem skręcił i ruszył do przodu. Z okropnym chrzęstem gąsienic pojechali w stronę JOYLANDU, gdzie był warowny obóz olbrzymów.

Alik, niesamowicie skupiony, wpatrywał się w ekran. Przesunął joystick. Czołg skręcił.

Wjechali na plac przed JOYLANDEM, na którym stały pawilony z barami i sklepikami. Tutaj niedawno jedli kanapki i spotkali zmniejszonego Morusa. Dalej był obóz Ogromnych.

Na placu świeciły się latarnie i kolorowe lampiony. Alik nagle przesunął joystick. Czołg skręcił, wjechał w latarnię i ją rozgniótł.

– Co robisz!? – zawołała Idalia.

– Gaszę światło. Będzie nas mniej widać.

Ze zmiażdżonej latarni wystrzeliły iskry i natychmiast zgasły wszystkie lampy na placu.

Jechali teraz w niemal zupełniej ciemności w kierunku obozu. Byli sto metrów od jego muru, kiedy rozległy się krzyki. Zapaliły się dziesiątki latarek. Widocznie Ogromni usłyszeli czołg i wszczęli alarm.

– Musimy już wysiąść! – zawołał Alik. – Chodźcie!

Teraz czekała ich najtrudniejsza część zadania. Musieli wyskoczyć z jadącego czołgu! Alik zmniejszył prędkość, ale pojazd nadal się toczył.

– Zabierz łuk i strzałę! – krzyknęła Idalia.

– I nie zapomnijcie o mnie – pisnął Budyń.

Alik i Ida (z Budyniem w kapturze) zaczęli się wspinać po drabinie do otwartego włazu. Musieli się spieszyć, bo czołg już się zbliżał do obozu Ogromnych.

Dzieci były metr od włazu, kiedy pojazd wjechał w dziurę zrobioną buciorami olbrzymów. TRACH! Czołg podskoczył i klapa włazu spadła z trzaskiem!

Byli zamknięci!

Alik wysunął rękę i próbował unieść stalowe wieko. Nie było na to żadnych szans. Pokrywa włazu ważyła chyba tonę! Byli uwięzieni w czołgu, który jechał prosto do obozu olbrzymów!

– Mówiłem, że będą kłopoty! – jęknął Budyń.

Zanim cokolwiek zrobili, pojazd dotarł do muru i trzasnął w niego! Wstrząs był tak mocny, że dzieci i Budyń spadli z drabiny na fotel.

Czołg, miażdżąc mur i rozpychając masy gruzu, wjechał do obozu. Ogromni żołnierze uskakiwali na boki.

Pojazd toczył się w stronę hali koncertowej w centrum JOYLANDU. Ojciec Giguna urządził tutaj swoją kwaterę. Hala była tak wysoka, że olbrzymy się w niej mieściły. Tylko brama była dla nich zbyt mała, więc wybiły wielką dziurę w ścianie.

Z hali wybiegli Gigun i Szafa, za nimi wyskoczył ojciec Giguna.

– Co tu się dzieje!? – ryknął.

Nikt mu nie odpowiedział. Czołg jechał prosto w niego. Był już blisko.

– Zatrzymajcie go!!!

Kilkunastu żołnierzy podbiegło do czołgu. Powiększone olbrzymy były wyższe od pojazdu. Złapały go. Sapiąc z wysiłku, uniosły czołg i przewróciły na bok. TRACH! Gąsienice obracały się chwilę bezradnie, mieląc powietrze, a potem silnik zgasł. Opadła klapa włazu.

Olbrzymy gapiły się na wywrócony czołg. Nagle Szafa wrzasnęła:

– Tam są robale! Wyłażą! Tam!

Idalia i Alik wyczołgali się z przewróconego czołgu. Byli poobijani i oszołomieni. Ojciec Giguna krzyknął:

– Łapcie ich! Szybko!

Skoczyło kilku Ogromnych. Jeden szczypcami złapał Idalię, a drugi Alika. Trzeci przyniósł klatkę. Wsadzili tam pojmanych i zamknęli drzwi. Potem ogromni żołnierze wzięli klatkę i zanieśli do namiotu na końcu obozu. Ustawili ją na skrzyni, gapili się przez chwilę z obrzydzeniem na uwięzione małe stworzenia i wyszli.

Idalia i Alik leżeli na podłodze klatki. Byli tak oszołomieni, że przez długi czas żadne z nich się nie odezwało. Wreszcie Ida szepnęła:

– Alik… Gdzie jest łuk?

– Został w czołgu – odpowiedział ponuro Alik. – Strzała też. Zgubiłem wszystko, jak czołg się przewrócił. A co jest z Budyniem?

– Wypadł z kaptura i nie wiem, co się z nim stało...

– Ida…

– Co?

– Przegraliśmy. Już nic nie możemy zrobić. To koniec.

Przewrócony czołg pozostał na placu w środku obozu. Miał uszkodzoną gąsienicę i złamaną lufę. Olbrzymi żołnierze nie próbowali go naprawiać, bo i tak nie mogli się w nim zmieścić. Zasypali tylko wyłom w murze zrobiony przez pojazd i odeszli.

Kiedy ich kroki ucichły, coś się poruszyło we włazie czołgu.

Wysunęła się głowa Budynia. Kundelek ostrożnie się rozejrzał, a potem się cofnął. Po chwili pojawił się znowu, z łukiem i strzałą w pyszczku. Trzymał je z trudem, bo łuk był duży.

Kundelek przeczołgał się do sterty skrzyń ustawionych na placu i ukrył się tam. Odłożył łuk i strzałę. Zastanawiał się, gdzie mogą być Ida i Alik. Nagle poczuł dotknięcie. Odwrócił się błyskawicznie.

Za nim stał Morus.

Zmniejszony pies gapił się na kundelka i merdał ogonem. Był wyraźnie zadowolony, że jego znajomy jest tutaj. Szczeknął radośnie.

– Ciii! – pisnął Budyń. – Siedź cicho! Nie zdradź mnie.

W tej chwili zadrżała ziemia. Z sali koncertowej wyszedł ojciec Giguna. Olbrzym przemaszerował obok kryjówki Budynia i poszedł do namiotu, w którym trzymano jeńców. Morus nie wydał żadnego dźwięku.

Alik i Idalia usłyszeli ciężkie kroki. Odsłoniła się płachta w wejściu namiotu i wszedł ojciec Giguna. Zapalił latarkę, oświetlając jeńców w klatce.

– Posłuchajcie, wstrętne karły! – warknął. – Jeżeli chcecie stąd wyjść, musicie zdradzić swoje tajemnice. Wiem, że macie niebezpieczną broń. Chcę wiedzieć, co to jest! Chcę też wiedzieć, dlaczego my nagle urośliśmy. I czemu zmniejszył się pies Giguna? I najważniejsze… – Olbrzym pochylił się nad klatką. – Chcemy wiedzieć, jak wrócić do naszego świata! Mówcie! – wrzasnął.

Ryk olbrzyma spowodował, że Ida i Alik się przewrócili i poturlali na koniec klatki.

– Gadajcie! No już!

Dzieci milczały. Olbrzym patrzył na nie ze złością.

– Wrócę tu za godzinę – mruknął. – Jak nie powiecie mi wszystkiego, wrzucimy klatkę do rzeki. Razem z wami!

Wyszedł.

Budyń mruknął do Morusa, który uparcie siedział obok niego:

– Słuchaj. Idę szukać moich przyjaciół. Ty nie leź za mną, bo jeszcze ktoś cię zauważy.

Kundelek wyszedł z kryjówki. Potem jeszcze się odwrócił i szepnął:

– Zostawiam łuk i strzałę. Żeby ci nie wpadło do łba ściągnąć tu jakiegoś olbrzyma. Jakby jakiś przerośnięty tu przyszedł, to zasłoń te rzeczy… – Zerknął na Morusa i westchnął. – Po co ja to gadam... Przecież on i tak nie rozumie tego, co mówię.

Budyń pobiegł.

Morus patrzył na kundelka znikającego w ciemności, a potem spojrzał uważnie na łuk.

– Ida...

– Co?

– Może uda się otworzyć tę klatkę?

Dzieci podeszły do drzwi swojego więzienia. Były zablokowane zasuwą na wysokości może trzech metrów.

– Spróbuję się tam dostać – powiedział Alik.

Objął pręt kraty i zaczął się wspinać. Ale metal był gładki i śliski. Chłopak kilkakrotnie się zsunął.

– Nie dam rady.

– A może się przeciśniemy między prętami – szepnęła Idalia. – Po tamtej stronie chyba jest szerzej...

Pobiegli na drugi koniec klatki, gdzie pręty były ustawione w większej odległości. Niestety, nadal zbyt ciasno. Nie udało im się przecisnąć.

W tej chwili odsłoniła się płachta w wejściu. Na klatkę padło światło latarki. Dzieci błyskawicznie się odwróciły.

Do namiotu weszła Szafa, a za nią Gigun. Olbrzymka podeszła do klatki i gapiła się na dzieci.

– Pamiętam ich! – mruknęła. – To te obrzydliwe karaluchy ze szkoły. (Ida i Alik w Świecie Ogromnych musieli chodzić do szkoły olbrzymów). Zrobimy im małe trzęsienie ziemi – zarechotała.

Podniosła klatkę i zaczęła nią potrząsać. Ida i Alik turlali się i obijali o kraty.

– Przestań! – zawołał Gigun.

Wyrwał jej klatkę. Postawił ją ostrożnie na skrzyni.

– O co ci chodzi? – mruknęła Szafa. – Nie lubisz gnębić kurdupelków? – Olbrzymka spojrzała uważnie na Giguna. – Wiesz co, ty się zmieniłeś na tej durnej Ziemi.

Gigun wzruszył ramionami i nic nie powiedział.

– A może wrzucimy im robala do towarzystwa? – spytała Szafa. – Mam tu jednego.

Wyjęła z kieszeni czarną puszkę. Otworzyła. W środku był robak, nie znany na Ziemi. Wyglądał jak połączenie karalucha z chrabąszczem. Miał dziwny róg i szczypce. Był ogromny.

– Zgniotek, zabaw się z tymi smarkaczami! – rozkazała Szafa.

Otworzyła drzwi klatki i wrzuciła robaka. Stwór był wzrostu dzieci. Gapił się na nie wyłupiastymi oczami. Jego szczypce otwierały się i zamykały jak wielkie nożyce. CIACH! CIACH!

Alik i Ida cofnęli się na koniec klatki.

Szafa wrzasnęła:

– Dalej, Zgniotek! Bierz ich! – Pchnęła robaka patykiem. – Jazda!

Rozdrażniony stwór ruszył w stronę dzieci. Alik zasłonił Idalię. Zgniotek pochylił szczypce w stronę chłopca. Alik skoczył, złapał je i zaczął się mocować z olbrzymim robalem.

Ida rzuciła się na pomoc. Chwyciła nogę stwora i szarpnęła z całej siły. Zgniotek się przewrócił. Leżąc, złapał szczypcami Idalię i ją uniósł. Rozdziawił paszczę.

W tym momencie Gigun otworzył klatkę. Chwycił robaka, który wypuścił Idę i próbował ugryźć olbrzyma w palec. Gigun zatrzasnął klatkę i rzucił Zgniotka na podłogę. Robak szybko uciekł z namiotu.

– Gigun, kretynie, coś ty zrobił?! – wrzasnęła Szafa. – Hodowałam Zgniotka od roku. Czemu go wypuściłeś!?

Rzuciła się z pięściami na Giguna. Zaczęli się bić. Szarpali się i tłukli. Gigun był mocniejszy, wypchnął Szafę z namiotu.

– Jeszcze się policzymy – warknęła olbrzymka.

Odeszła kilka kroków, ale się zatrzymała. Potem szybko obiegła namiot i przez szparę w brezencie zajrzała do wnętrza. Zobaczyła, jak Gigun podchodzi do klatki. Usłyszała, jak pyta więźniów:

– Po co się zakradliście do naszego obozu?

Dzieci nie odpowiedziały. Poturbowane przez robaka powoli wstawały z podłogi klatki.

– Wypuść nas! – poprosiła Idalia.

– Nie mogę – powiedział Gigun.

– Myśmy tobie pomogli! Dwa razy!

Szafa po drugiej stronie brezentowej ściany podsłuchiwała rozmowę.

– Oszust, zdrajca... – szeptała. – Przyjaźni się z karłami!

Gigun pochylił się nad klatką.

– Nie mogę was uwolnić – powiedział. – Ojciec by się wściekł.

Idalia patrzyła na olbrzyma.

– Gigun, czy chcesz wrócić na swoją planetę? – spytała cicho.

– No tak... Jasne. Wszyscy chcą.

– No to posłuchaj. Jeśli nas wypuścisz, może uda nam się spowodować, że wrócicie do Świata Ogromnych. Inaczej zostaniecie tu na zawsze. A kiedy ludzie w mieście się obudzą, zacznie się prawdziwa walka. Rozumiesz? Wybuchnie wojna! Może wy ją wygracie, a może my. Ale to będzie straszna wojna. Ja i Alik chcemy temu zapobiec.

Gigun patrzył niepewnie.

– Możecie spowodować, że wrócimy na naszą planetę? – spytał olbrzym. – Naprawdę to potraficie?

– Chyba tak.

– Wcześniej mówiliście, że to niemożliwe.

– Teraz jest inaczej.

– Jak chcecie to zrobić?

– Nie możemy powiedzieć. Ale jak nas wypuścisz, spróbujemy tego dokonać. I wrócicie do Świata Ogromnych.

Gigun patrzył niepewnie na Idalię. Milczał.

– Wypuść nas! – powtórzyła Idalia.

– Nie mogę – szepnął Gigun. – Ojciec by dostał szału. Naprawdę nie mogę.

– Posłuchaj, to jest ostatnia szansa. Albo się nam uda, albo będzie okropna wojna. Musisz nas uwolnić!

– Nie mogę! – Olbrzym ruszył do wyjścia. Nagle się zatrzymał. – Dobra – powiedział. – Wypuszczę was... Ale ojciec nie może się o tym dowiedzieć, bo by mnie rozszarpał! – Gigun podbiegł do klatki. Postawił ją na ziemi i otworzył drzwiczki. – Uciekajcie! Szybko!

Ida i Alik błyskawicznie wyskoczyli z klatki. Popędzili do wyjścia.

– Dzięki! – zawołała Ida.

Wybiegli.

Stojąca za namiotem Szafa widziała i słyszała wszystko.

– Zdrajca! – syknęła. – Trzyma z karłami! Wredny zdrajca!

Olbrzymka pognała do hali koncertowej. Wpadła do środka. Siedzieli tu rodzice Giguna.

– Wasz syn to zdrajca! – wrzasnęła. – Wypuścił małych drani z klatki! Uwolnił ich!

– Co!?

– Gigun wypuścił te robale! – krzyczała Szafa. – Widziałam to!!! On jest zdrajcą! Przyjaźni się z wrogami!

W tej chwili Gigun wszedł do hali. Ojciec na jego widok ryknął:

– Uwolniłeś tych małych!?

Gigun milczał.

– Zrobiłeś to? Gadaj! Wypuściłeś ich?

– Tak – mruknął Gigun. – Oni mi kiedyś pomogli… I powiedzieli, że…

– Nie obchodzi mnie, co mówią robale! – ryknął jego ojciec.

Skoczył i złapał syna za ramię.

– Oberwiesz za to, smarkaczu!

Matka wyrwała Giguna z rąk olbrzyma.

– Zostaw w spokoju moje maleństwo!

Wściekły wielkolud sapał ze złości. Potem odwrócił się i popędził do namiotu, gdzie byli uwięzieni Alik i Idalia.

Zobaczył pustą klatkę.

– Alarm! – wrzasnął. – Więźniowie uciekli! Łapcie ich! Musicie ich znaleźć!

Wszczął się harmider. Błysnęły latarki. Wszyscy zaczęli szukać zbiegów.

Morus leżał obok łuku, tam gdzie pozostawił go Budyń. Wokół dudniły kroki żołnierzy. Świecili latarkami i szukali zbiegów. Zbliżali się. Miniaturowy pies uniósł uszy i nadsłuchiwał. Potem złapał w zęby łuk i strzałę i zaczął się czołgać w głąb labiryntu z wielkich skrzyń. Ukrył się w samym jego środku.

Po chwili do stosu skrzyń podbiegł ogromny żołnierz. Latarka oświetliła miejsce, gdzie przed chwilą leżał łuk. Ale niczego już tam nie było.

Alik i Ida biegli przez obóz, kierując się w stronę rzeki. Wiedzieli, że nad wodą jest grząsko, więc Ogromni ich tam nie dopadną. Kiedy przebiegali obok kępy krzaków, usłyszeli szept:

– Ida! Alik!

Z cienia wynurzył się Budyń. Podbiegli do niego, Idalia objęła psiaka.

– Jak to dobrze, że jesteś. Tak się martwiliśmy o ciebie.

– Ja też się o was martwiłem! Właśnie szedłem was ratować. Jak zwialiście?

– Gigun nas uwolnił.

– Co? On was uwolnił? – zdziwił się kundelek.

– Tak.

– Czy wiesz, co się stało z łukiem? – spytał Alik. – Ogromni go zabrali?

– Ja go zabrałem! – powiedział dumnie psiak.

– Uratowałeś łuk!?

– Tak. I strzałę też!

– Budyń, jesteś wielki! – zawołał Alik. – Gdzie one są?

– Idźcie za mną. Tylko ostrożnie, bo te mutanty na nas polują. Wszędzie węszą jak psy myśliwskie.

Kryjąc się pod drzewami, skradali się przez obóz. Minęli przewrócony czołg i dotarli do stosu skrzyń.

– Tam je schowałem – szepnął Budyń.

Poprowadził dzieci do kryjówki i zatrzymał się gwałtownie.

Łuku ani strzały nie było.

– Ten mały drań musiał je ukraść! – jęknął Budyń.

– Kto!?

– No... Morus, pies Giguna. Ten malec przylazł tu i się łasił... Na pewno, kiedy poszedłem, zawołał olbrzymy. Jak go dopadnę, urwę mu ogon!

W tej chwili rozległ się cichy pisk. Spomiędzy skrzyń wysunęła się głowa Morusa.

– Coś ty zrobił!? – wrzasnął do niego Budyń. – Oddawaj łuk i strzałę!

Malutki pies szczeknął cicho.

– Co ty gadasz? – spytał Budyń. – Mów wyraźnie!

Morus zaszczekał kilka razy.

– Co!? – zawołał kundelek. – Schowałeś je!? Nie kłamiesz?

Morus ruszył pomiędzy skrzynie. Poszli za nim. Dotarli do miejsca, w którym leżały łuk i strzała. Morus zaszczekał.

– Mówi – przetłumaczył szczekanie Budyń – że ukrył je tu, żeby nie znalazły ich olbrzymy.

– To dziwne – szepnął Alik, patrząc na malutkiego psa. – Czemu on nam pomaga?

– Może dlatego, że myśmy mu pomogli? – powiedziała Ida. – A może nas polubił…?

Morus gapił się na nich, merdając przyjaźnie.

– Przepraszam, stary, że gadałem coś o odrywaniu ogona – pisnął Budyń.

Alik ostrożnie podniósł łuk i strzałę. Grot świecił w ciemności tak mocno, że chłopiec go osłonił, by blask ich nie zdradził.

– Co teraz robimy? – spytała Idalia.

– Musimy zrealizować nasz plan. Trzeba iść i strzelić do jednego z olbrzymów.

– A jeśli ta strzała niczego olbrzymom nie zrobi? Wtedy nas złapią.

– Musimy zaryzykować. Przecież i tak chcieliśmy to zrobić.

– Słuchajcie – powiedział Budyń. – Zanim użyjemy łuku, musimy ściągnąć Ogromnych w jedno miejsce. Muszą być razem, żeby czar działał na wszystkich.

– Masz rację – powiedział Alik. – Zrobimy tak: ja wyjdę na środek obozu i narobię hałasu. Oni będą próbowali mnie dopaść. Kiedy wszystkie olbrzymy się zbiegną, ty, Ida, wyjdziesz z łukiem i strzelisz.

– A może ty będziesz strzelać – powiedziała Ida – a ja wywołam alarm?

– Nie. To zbyt niebezpieczne. Poza tym ja dwa razy strzelałem i mi się nie udało. Teraz twoja kolej. Tylko bądź gotowa. Jak olbrzymy się zbiegną, od razu ruszaj do akcji.

Alik podał Idalii łuk i strzałę.

– Pamiętaj, musisz trafić. To nasza ostatnia szansa.

Pobiegł.

– Alik, uważaj na siebie! – zawołała Ida.

Ale chłopak już zniknął w ciemności.

Alik wysunął się spomiędzy skrzyń. Olbrzymy krążyły dookoła w mroku. Światła latarek tańczyły w ciemnościach.

Chłopak wyskoczył i podbiegł do hali koncertowej. Schował się pod schodami. Na razie nie miał pomysłu, jak wywołać alarm. Mógł po prostu stanąć w świetle latarni i zacząć krzyczeć. Wtedy żołnierze przybiegną, ale raczej tylko kilku. Nie… Musi zrobić coś innego. Coś naprawdę głośnego, żeby przyszli wszyscy Ogromni. Ale co?

Alik spojrzał na wielkie głośniki wiszące na ścianie hali koncertowej. Kiedy JOYLAND był czynny, pewnie puszczano z nich muzykę. Gdyby udało się je włączyć… Wtedy zbiegłyby się wszystkie olbrzymy, by sprawdzić, co się dzieje. Ale jak je uruchomić? Sterowanie nagłośnieniem było na pewno w środku budynku… Alik wysunął się z kryjówki.

Przez rozbitą ścianę hali koncertowej było widać widownię i scenę. Żadnego olbrzyma w środku nie było.

Chłopak szybko wspiął się po schodach i wszedł do wnętrza hali. Na widowni większość krzeseł była porozgniatana buciorami wielkoludów. Na scenie stała konsola DJ-a, a dalej perkusja otoczona mikrofonami. Alik wszedł na scenę i podbiegł do konsoli. Obejrzał ją uważnie. Odnalazł czerwony przycisk z napisem DŹWIĘK NA ZEWNĄTRZ.

– To chyba włącza muzykę w tamtych głośnikach… – szepnął.

Nacisnął guzik. Rozświetlił się ekran. Pojawił się napis: USTAL POZIOM DŹWIĘKU.

Alik przesunął palec po ekranie do napisu MAKSIMUM. Usłyszał buczenie głośników.

„Ale jak włączyć jakąś muzykę?" – zastanawiał się.

Przyjrzał się ekranowi. Znalazł napis: PERKUSJA. Nacisnął go. Nie zabrzmiał żaden dźwięk, za to zapaliły się światła wokół bębnów stojących na scenie

„Chyba muszę sam coś zagrać" – pomyślał Alik niepewnie.

Podszedł do perkusji. Uderzył dłonią w złocisty talerz. W głośnikach rozległ się metaliczny brzęk.

Chłopak szybko usiadł na okrągłym krzesełku i chwycił pałeczki. Zaczął uderzać w bębny.

Najpierw lekko, nieśmiało, potem coraz mocniej. Z głośników popłynął potężny rytmiczny dźwięk.

Prawdę mówiąc, Alik właśnie spełnił swoje wielkie marzenie. Zawsze chciał grać na prawdziwej perkusji. Chociaż nigdy nie marzył, żeby jego słuchaczami były potworne olbrzymy.

Idalia i Budyń usłyszeli dźwięk bębnów huczący z głośników.

– Co to jest? – spytała Ida. – Myślisz, że to Alik?

– Chyba tak… – szepnął Budyń. – Puścił muzykę. A może sam gra?

Rozległy się krzyki olbrzymów. Ogromni nadbiegali ze wszystkich stron, by sprawdzić, co się dzieje.

– Budyń! Ruszamy! – szepnęła Idalia.

Chwyciła łuk i strzałę i wyszła z kryjówki. Budyń podążał za nią.

Zobaczyli tłum Ogromnych zgromadzony w centrum JOYLANDU. Rozglądali się niepewnie. Nie wiedzieli, skąd pochodzi muzyka i co oznacza. Stali blisko siebie, gotowi do walki.

Wtedy Idalia wyszła z cienia. Stanęła przed olbrzymami. Szafa wrzasnęła:

– Tam ktoś jest! To ten mały robal!

Wszystkie olbrzymy skierowały latarki w stronę Idalii.

Dziewczynka błyskawicznie nałożyła strzałę na cięciwę.

– Ona ma broń! – ryknął ojciec Giguna. – Złapcie ją! Szybko!

Olbrzymi żołnierze ruszyli w kierunku Idy. Szli ostrożnie. Niektórzy nałożyli maski gazowe.

Idalia uniosła łuk. Wiedziała, że jeśli nie trafi, to zginie i ona, i Alik, i Budyń! Pomyślała o tym, co mówił Korto: „Trzecia strzała da ci to, co utraciłaś". „Utraciliśmy spokój i bezpieczeństwo – myślała. – I przyjaciół. I zwyczajne życie… Chcę, żeby to wszystko powróciło!"

Ogromni szli w stronę Idy. Ziemia drżała.

Dziewczynka napięła cięciwę. Wycelowała strzałę w największego z olbrzymów. „Muszę trafić! Muszę!”

Skoncentrowała się i zmrużyła oczy. Błyszczący grot mierzył wprost w olbrzyma.

Żołnierze byli już blisko. Wysunęli szczypce, by ją pochwycić.

Idalia zwolniła cięciwę. TRACH! Strzała pomknęła. Grot zaczął świecić. Światło było tak mocne, że Ogromni zatrzymali się i zasłonili oczy. Strzała pędziła prosto w ojca Giguna. Lecz tuż przed nim nagle zmieniła kierunek! Ominęła olbrzyma i pomknęła w górę, w stronę nocnego nieba. Blask grotu przygasł i zniknął w ciemnościach.

– Nie trafiłam! – jęknęła Idalia.

Olbrzymy odsłoniły oczy i rozglądały się niepewnie. Widząc, że nic się nie stało, znów ruszyły w stronę Idy.

I wtedy rozległ się szum, stawał się coraz głośniejszy. Dochodził z góry. Na niebie pojawiła się złota iskra, zbliżała się.

Strzała powróciła!

Leciała w stronę olbrzymów, lśniąc w mroku jak spadająca gwiazda. Ogromni odwrócili się i patrzyli ze strachem.

Strzała pędziła prosto w nich.

– Wróciła! Ona wróciła! – krzyczała Ida.

Lecz strzała nie trafiła żadnego z olbrzymów. Podskoczyła i przeleciała ponad Ogromnymi, nie dotykając ich wcale. I pomknęła w stronę Idalii!

Zdumiona dziewczynka nie była w stanie się poruszyć. Błyszczący grot mierzył prosto w nią. Tuż przed Idą strzała zwolniła, a potem wbiła się w jej ramię.

Zabolało, choć niezbyt mocno. Ukłucie było lekkie, ale Idalii zakręciło się w głowie. Zachwiała się i prawie upadła. Działo się z nią coś dziwnego. Jakby przenikał ją prąd albo dziwny wiatr. Świetliste plamy wirowały jej przed oczami. Ramię ją bolało. Już chciała wyrwać strzałę, ale nie zrobiła tego. Bo ból nagle zniknął, słabość ustąpiła. Przestało się jej kręcić w głowie. Idalia poczuła, że wstępuje w nią niezwykła siła. Wypełniała ją całą.

Znała to uczucie. Tak było kiedyś, gdy jej życzenia się spełniały! Znowu czuła tę niesamowitą moc.

Teraz zrozumiała, co znaczyły słowa Korto. „Trzecia strzała przywróci to, co utraciłaś”. Jej moc powróciła!

Idalia bez lęku ruszyła w stronę Ogromnych. Patrzyła im prosto w oczy. W jej spojrzeniu była taka siła, że wielkoludy się przestraszyły. Cofały się przed dzieckiem!

Ida podeszła do olbrzymów i krzyknęła:

– Ogromni! Chcę, byście powrócili do waszego świata. Rozkazuję wam: macie opuścić Ziemię i już nigdy tu nie wracać! Rozkazuję!

Wtedy Ogromni zadrżeli, wrzasnęli przeraźliwie i zaczęli się unosić! Jak startujące rakiety wznosili się powoli nad ziemię. A potem przyspieszali i z hukiem odlatywali w czarną noc.

Wszystkie olbrzymy, jeden po drugim, poszybowały w ciemność. Na końcu poleciał Gigun, tuląc w ramionach małego psa. Pokiwał jeszcze w stronę Idalii. Potem olbrzymy zmieniły się w świecące punkty, które zniknęły między gwiazdami.

Ogromni opuścili na zawsze Ziemię. Blask przygasł i powróciła cisza.

Idalia stała bez ruchu. Oddychała ciężko. Potem nagle zakręciło się jej w głowie, wypuściła łuk i upadła. Strzała tkwiąca w jej ramieniu pękła, a drewniane drzazgi spadły na trawę.

Podbiegli Alik i Budyń.

Ida leżała bez ruchu, z zamkniętymi oczami. Alik objął ją.

– Idalia!

Dziewczynka powoli otworzyła oczy. Patrzyła oszołomiona na przyjaciół.

– Udało się! – krzyczał Budyń. – Nie ma ich! Odlecieli! Udało się!

– To dobrze – szepnęła Idalia. – Jak to dobrze…

Spędzili noc w domu Alika. Chłopak chciał opatrzyć skaleczone ramię Idalii, ale ze zdumieniem stwierdził, że rana zniknęła bez śladu. Potem specjalnie dla Idy upiekł pizzę, na której napisał pomidorowym sosem: ZWYCIĘSTWO. Ale dziewczynka była tak zmęczona, że zjadła tylko jeden kawałek i zaraz potem zasnęła. Budyń i Alik też położyli się spać.

Rankiem zbudziły ich jakieś odgłosy za drzwiami. Alik ostrożnie je uchylił. Zajrzał do salonu i krzyknął:

– Mamo!

Jego mama siedziała na kanapie z szeroko otwartymi oczami. Po sekundzie oczy otworzył tato.

Alik popędził do rodziców.

– Obudziliście się! Nareszcie!

Ida i Budyń też wbiegli do pokoju. Patrzyli, jak uszczęśliwiony Alik tańczy wokół rodziców, którzy rozglądają się niepewnie, wciąż oszołomieni magicznym snem.

– Alik... Śniłeś mi się... Cały czas... – szepnęła mama. – To był taki dziwny sen...

Zanim zdążyła swój sen opowiedzieć, za oknem rozległ się klakson samochodowy. Później usłyszeli dzwonienie tramwaju i głosy ludzi. Miasto się obudziło!

Budyń uniósł uszy, a potem pognał do drzwi. Ida i Alik popędzili za nim.

Wybiegli na ulicę Kasztanową. Była pełna przechodniów. Przebudzeni ludzie szli powoli, jakby nie byli pewni, czy to wciąż nie jest sen. Woźna zaczęła zamiatać schody przed szkołą, a uczniowie znów biegali po boisku.

Ulicą jechały samochody, ale dość wolno, widać kierowcy nadal czuli się niepewnie.

– Wszyscy się obudzili! – zawołał kundelek. – To znaczy, że Kuki, Gabi i Blubek też już nie śpią... Trzeba do nich iść! Szybko!

Cała trójka popędziła w stronę stadionu. Przebiegli zaledwie sto metrów, kiedy Alik krzyknął:

– Dra-kula! Tam jest dra-kula.

Nad miastem leciał błękitny pojazd.

Alik i Ida zaczęli machać i krzyczeć.

Dra-kula gwałtownie przyspieszyła i po chwili wylądowała obok nich.

Właz się otworzył. Wyskoczyli Kuki, Gabi i Blubek. Podbiegli do przyjaciół.

– Jesteście cali!? – krzyczał Kuki. – Jak to dobrze!

– Miałam koszmarny sen! – wołała Gabi. – Że przyleciało mnóstwo olbrzymów! Że była wielka inwazja i…

– To nie był sen! – przerwała jej Idalia. – Naprawdę była inwazja!

– Mówcie, co się dzieje!? – krzyknął Blubek. – Gdzie są olbrzymy?

– Już ich nie ma – powiedział Alik. – Wysłaliśmy ich z powrotem do Świata Ogromnych. Na zawsze!

– Pokonaliście ich!? Sami?

– Jasne, że tak – pisnął Budyń.

– Wiecie co? – powiedział Blubek. – Wy jesteście niesamowici!

WAŻNE INFORMACJE

ŚWIAT OGROMNYCH

Żyją tam olbrzymy z wyglądu podobne do ludzi, ale wielokrotnie od nich większe. Do Świata Ogromnych można się przenieść, gdy złoży się puzzle z obrazem planety *TERRA MAGNORUM*.

Pewnego dnia został tam przeniesiony Alik, syn nauczycielki. Spędził w Świecie Ogromnych pięć lat. Był jedynym „małym" stworzeniem wśród olbrzymów. Ogromni uczniowie w szkole gnębili go, zwłaszcza olbrzymi Gigun.

Alika uratowała Idalia i inni bohaterowie *Magicznego Drzewa*. Dzięki nim powrócił na Ziemię.

Wyprawę na ratunek Alika i zdarzenia na planecie olbrzymów opisuje powieść *Świat Ogromnych*.

PUZZLE *TERRA MAGNORUM*

Mają niezwykłą moc, bo zrobiono je z tektury zawierającej cząstki Magicznego Drzewa (papier powstaje z celulozy, a ta z drewna). Osoba, która nieopatrznie złoży te puzzle, zostaje przeniesiona do Świata Ogromnych.

By wrócić na Ziemię, trzeba na planecie olbrzymów odnaleźć drugie, bliźniacze puzzle nazywane *TERRA MINORUM*. Gdy się je złoży, powstaje tajemnicza mapa kosmosu, która pozwala przenieść się do świata ludzi.

IDALIA

Gabi wygrała w konkursie tańca drewnianą figurkę baletnicy. Figurka zmieniła się w dziewczynkę o imieniu Idalia. Wyglądała zwyczajnie, ale miała niesamowite właściwości. Wszystkie życzenia Idalii spełniały się. Pewnego dnia Idalia, w chwili złości, wywołała niechcący katastrofę. Poprosiła, by na świat przybył smok, którego widziała w wideoklipie! Idalia i inni bohaterowie *Magicznego Drzewa* musieli stoczyć walkę ze smokiem i z jego armią. Te zdarzenia są opisane w tomie *Cień smoka*.

W czasie walki, dla bezpieczeństwa, Idalia rozkazała, by jej życzenia spełniały się, gdy wypowie je dwukrotnie. Potem z tego zrezygnowała. Teraz Idalia mieszka w domu Gabi i chodzi do szkoły.

DRA-KULA

Pojazd stworzony dzięki magii czerwonego krzesła. Jest kulisty i lata z dużą prędkością. W razie niebezpieczeństwa pojazd potrafi rozdzielić się na cztery osobne miniloty. Dra-kulę można zmniejszać do rozmiaru monety, co ułatwia jej przechowywanie. O tym, jak powstała dra-kula, można się dowiedzieć z tomu *Pojedynek*.

BUDYŃ – PIES, KTÓRY UMIE MÓWIĆ

Kuki, używając mocy czerwonego krzesła, zmienił głos swego psa na ludzki. W ten sposób Budyń stał się jedynym psem na świecie, który mówi jak człowiek. Kuki i Budyń zostali potem prawdziwymi przyjaciółmi. Razem walczyli z przeciwnikami i ratowali się w czasie niebezpiecznych wypraw. Pierwsze zdarzenia z mówiącym psem są opisane w tomie *Olbrzym*.

KORTO

Robot o wyglądzie skorpiona. Jest niezwykle mądry. Nazywany jest przewodnikiem, bo wskazuje drogę do przedmiotów z Magicznego Drzewa. Dzięki Korto bohaterowie znaleźli tajemniczą kostkę do gry. A także drewnianą figurkę, która zmieniła się w Idalię, i puzzle, dzięki którym Alik powrócił na Ziemię.

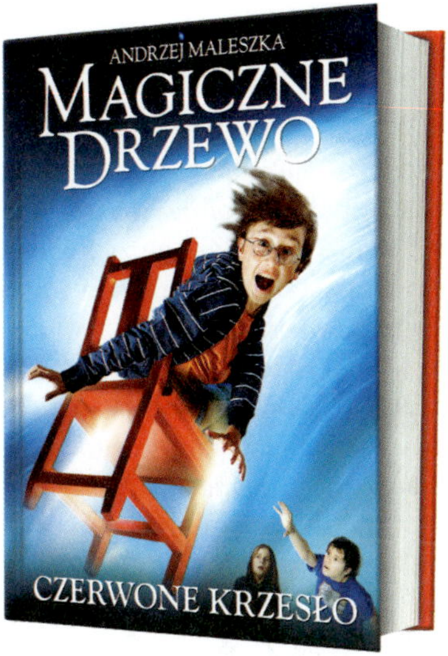

Magiczne Drzewo
czerwone krzesło

Niesamowite przygody, niebezpieczeństwa, humor i magia... Autobus, który zwariował, most ze światła i wielka fala tsunami. Latający dom, olbrzymi lew i sto wyczarowanych psów. Fantastyczna opowieść o trójce dzieci, które znalazły krzesło spełniające życzenia. Te dobre i te złe...

Magiczne Drzewo
tajemnica mostu

Kuki, Wiki i Melania muszą odnaleźć Most Zapomnienia. Czeka na nich gigantyczny pająk, podziemna rzeka i groźna Greta o trojgu oczach. Lecz tylko przejście przez most uwolni Filipa od czaru tajemniczej Żu. Na szczęście po ich stronie stoi najlepszy robot świata, pies geniusz i cudowna kotka Latte!

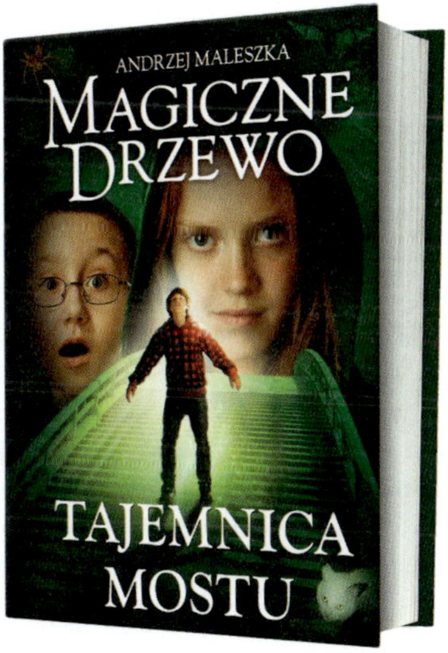

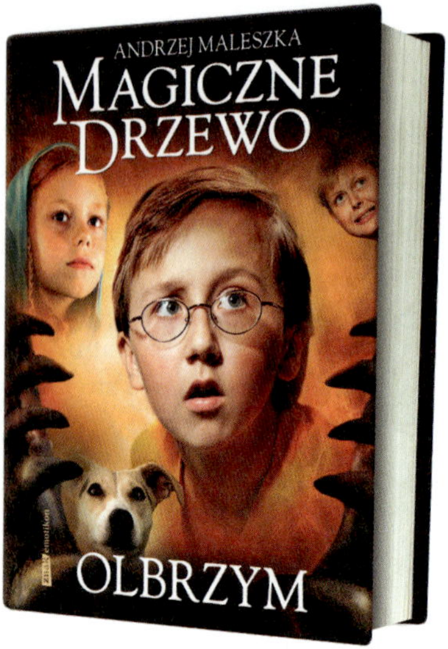

Magiczne Drzewo
olbrzym

Kuki zostaje obdarzony nadludzką siłą, by pokonać olbrzyma o siedmiu wcieleniach. Walczy ze zwierzomaszynami, stalowym ptakiem i pożeraczem światła. Wędrują z nim mądra Gabi, super gracz komputerowy Blubek i gadający pies. W dalekiej Azji szukają tajemniczego domu pilnowanego przez złotego tygrysa. Powieść w tempie gry komputerowej, pełna przygód i humoru. Nie można się od niej oderwać!

Magiczne Drzewo
pojedynek

Kuki wyczarowuje swego klona, by zastąpił go w nudnych zajęciach. Jednak klon zdobywa magiczną moc i zaczyna pojedynek z prawdziwym Kukim. Tworzy gigantycznego robota, żywe labirynty i zmienia ludzi w dziwne stworzenia. Na niesamowitej wyspie Kuki, Gabi i Blubek muszą stoczyć niebezpieczną walkę. Czekają na nich olbrzymie roboty, tajemnicze szachy, groźny łapacz i pies mówiący ludzkim głosem. Przygodowa powieść w tempie gry komputerowej.

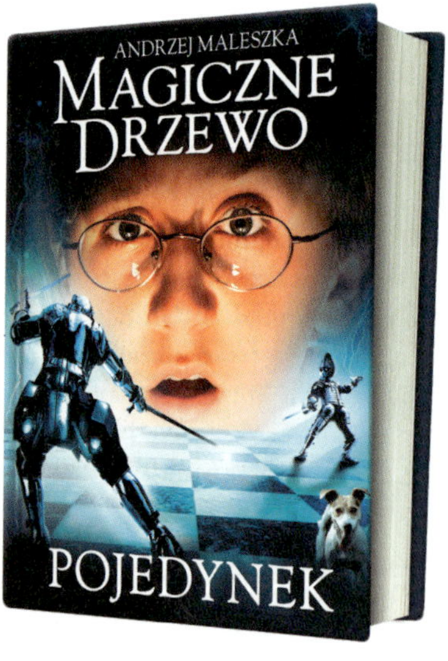

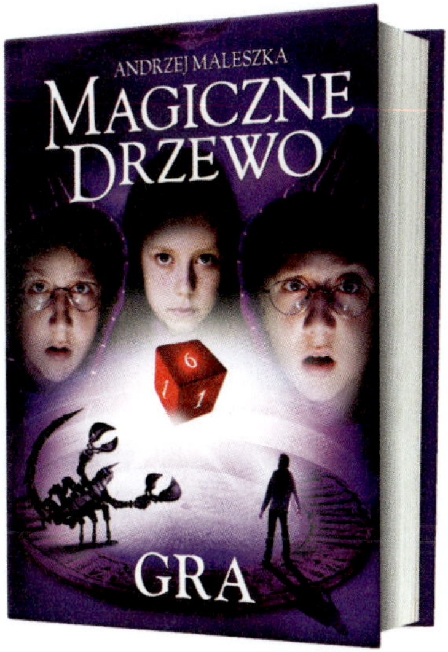

MAGICZNE DRZEWO
GRA

Klon Kukiego szuka tajemniczej kostki do gry. Odnajduje ją Kuki. Kostka ma potężną moc i wciąga posiadacza do niebezpiecznej gry. Gdy wypada jedynka, uruchamia się lawina groźnych zdarzeń. Gabi, Blubek, Kuki i jego pies zostają porwani do podziemnej twierdzy klona. Muszą pokonać roboty Moradora i Marę, sterowane nietoperze i pułapki skorpiona Korto. Przygodowa powieść o szybkim tempie i zaskakujących pomysłach. A także o szczęściu, pechu i przyjaźni…

MAGICZNE DRZEWO
CIEŃ SMOKA

Nieostrożny czar wywołuje z głębin morza smoka wraz z armią olbrzymich stworów. Bohaterowie muszą stoczyć z nimi walkę, by smok nie rzucił na świat swego cienia. Pokonać go można tylko dzięki figurce z magicznego drzewa. Figurka zmienia się w istotę obdarzoną niezwykłą mocą. Ale ma ona też niebezpieczne cechy... Kuki, Gabi i Blubek wyruszają do podwodnego świata na najtrudniejszą ze swych wypraw.

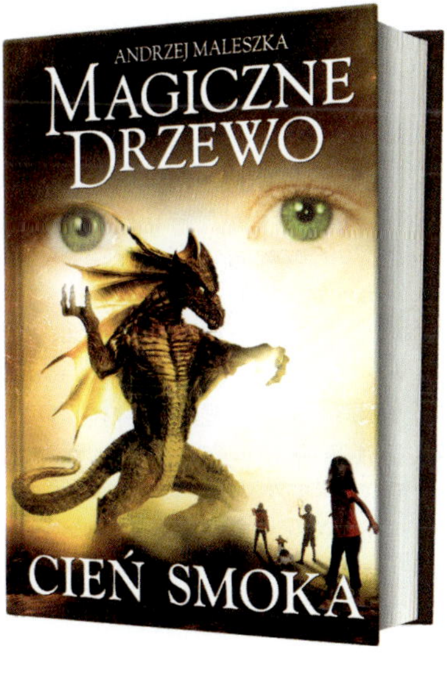

ANDRZEJ MALESZKA
BOHATEROWIE
MAGICZNEGO
DRZEWA
PORWANIE

ANDRZEJ MALESZKA

BOHATEROWIE MAGICZNEGO DRZEWA

PORWANIE

Porwano Budynia, jedynego psa na świecie, który umie mówić. Treser Gerard Kron zmusza go do występów na pokazach Szkoły Posłusznych Psów. Budyń i szczeniak Muki uciekają dra-kulą, magicznym pojazdem. Ściga ich treser i zdradziecki kameleon Prodo. Gdy Prodo psuje dra-kulę, uciekinierzy lądują w bardzo niebezpiecznym miejscu...

Bohaterowie Magicznego Drzewa to nowa seria powieści. Powstaje równolegle z bestsellerowym cyklem Magiczne Drzewo. Każdy tom opowiada o nieznanych przygodach jednej z postaci *Magicznego Drzewa*: Kukiego, Gabi, Alika, Idalii i innych. Bohaterem pierwszego tomu jest mówiący pies Budyń.